Francis Durbridge
Paul Temple
und der Fall Sullivan

(Paul Temple and the Sullivan Mystery)

Originalskript für ein achtteiliges Hörspiel

aus dem Englischen übersetzt von
Dr. Georg Pagitz

mit einem Vor- und Nachwort des Übersetzers

– Williams & Whiting –

Von Francis Durbridge sind bereits bei Williams & Whiting erschienen (Bandnummer in Klammer):

Die Anhalterin (12)
Die Frau im Hintergrund (13)
Die gelbe Windmühle (5)
Mitten ins Herz / Der Mann, der das Quiz gewann / Paul Temple
und die vorsichtige Miss Helvin (6)
Operation Diplomat (17)
Paul Temple muss her! (3)
Paul Temple und der Fall Valentine (8)
Paul Temple und der Fall Dr. Belasco (10)
Paul Temple und der Fall Z.4 (19)
Paul Temple und die Marquis-Morde (11)
Schöne Grüße von Mister Brix (4)
Schritt ins Dunkel (2)
Sie wussten zu viel / Das Gesicht der Carol West (7)
Stichtag für Harry / Paul Temple und der vorausgesagte Mord (1)
Die Teckman-Biographie (18)
Vorsicht vor Johnny Washington! (14)
Das zerbrochene Hufeisen (16)
Zwanzig Minuten von Rom (15)
Zwei Fälle für Paul Temple: McRoy / Westfield (9)

Coverdesign: Timo Schröder

ISBN 9781915887306
Williams & Whiting (Publishers)
15 Chestnut Grove, Hurstpierpoint,
West Sussex, BN6 9SS, England

Paul Temple and the Sullivan Mystery © 1947 by Francis Durbridge
Deutsche Übersetzung © 2023 by Dr. Georg Pagitz
Vor- und Nachwort © 2023 by Dr. Georg Pagitz

Inhalt

Spannung ohne Themsenebel –
Paul Temple in Afrika

Vorwort
von Dr. Georg Pagitz

Paul Temple and the Sullivan Mystery, so der Originaltitel des Hörspiels, dessen Text hier erstmals in deutscher Übersetzung erscheint, war bereits das zehnte Abenteuer von Paul Temple und seiner Frau Steve. Francis Durbridge schrieb es im Jahr 1947 zu einem Zeitpunkt, als die Figur des Kriminalschriftstellers, der immer wieder mysteriöse Fälle löst, fest etabliert war.

Damals war Temple, der 1938 als Hörspielheld seine Premiere feierte, bereits ein multimedialer Detektiv: Er ermittelte in Romanen, einem Theaterstück, in Kurzgeschichten und einem Kinofilm. Drei weitere Kinofilme sollten noch folgen, eine TV-Serie und fast 7000 Episoden eines täglich erscheinenden Comic-Strips, ganz zu schweigen von weiteren Hörspielabenteuern, Kurzgeschichten und Romanen.

Zehn Tage bevor die erste Folge des Falls Sullivan am 1. Dezember 1947 ausgestrahlt wurde, sendete die BBC am 21. November erstmals ein Temple-Special, nämlich ein rund einstündiges in sich abgeschlossenes Abenteuer unter dem Titel *Mr and Mrs Paul Temple,* das auf Deutsch als *Paul Temple und der Fall McRoy* 2022/23 von HNYWOOD und Pidax vertont wurde und dessen Manuskript innerhalb dieser Buchreihe von Williams & Whiting als Band 9 erschien.

In *Mr and Mrs Paul Temple* verließ das charmante Ehepaar erstmals den englischsprachigen Raum und erlebte Abenteuer in Italien und der Schweiz, zwei erklärten Lieblingszielen des Autors Francis Durbridge, der wie sein Protagonist das Reisen liebte. Es war die Generalprobe dafür, ob Temple auch außerhalb des Themsenebels funktionierte, denn *Paul Temple und der Fall Sullivan* spielt mit Ausnahme von Folge 1 gänzlich außerhalb des Vereinigten Königreichs und sogar außerhalb Europas. Die Handlung ist in Italien und Ägypten angesiedelt.

Die Konzeption der Paul-Temple-Geschichten und die Tatsache, dass es sich bei der Figur um keinen Polizeibeamten handelte, machte es möglich, die Storys auch außerhalb Londons (z. B. in Schottland wie in *Paul Temple und der Fall Z.4,* erschienen als Band 19 dieser Edition) und wie im vorliegenden Fall sogar im Ausland spielen zu lassen.

Francis Durbridge schrieb normalerweise nur über Orte, die er persönlich besucht hatte. Allerdings kannte er »nur« Amerika und Europa (vor allem die Schweiz, aber auch Österreich, die Bundesrepublik Deutschland, Italien und Frankreich) sehr gut. Er unternahm niemals Reisen nach Nordafrika oder Asien. Das afrikanische Ambiente für den Fall Sullivan kannte er daher nur aus Büchern und Filmen.

Dies führt uns zu Namen und Orten in *Paul Temple und der Fall Sullivan*, die oft wenig passend erscheinen. Da Francis Durbridge keinerlei Fremdsprachen beherrschte, muten Figurennamen und Ortsbezeichnungen manchmal etwas seltsam an. So gibt es beispielsweise einen Portugiesen namens Constantine und einen Italiener namens Emile, die eigentlich Constantim und Emilio heißen müssten. Das Café *El Passaro* (dessen Namen Durbridge bereits in dem Hörspielsechsteiler *Passport for Danger* von 1945 erwähnt hatte) trägt den falschen Artikel und die falsche Endung für ein sizilianisches Lokal. ›Passaru‹ bezeichnet im sizilianischen Dialekt einen Sperling, aber der korrekte Artikel müsste *u* lauten, also *U passaru,* während der Artikel *el* entweder spanisch ist (dann aber *El pájaro*) oder dem venetischen Dialekt entstammt. Derartige linguistische Ungenauigkeiten werden die Leserschaft nicht stören, für SprachliebhaberInnen sei jedoch angemerkt, dass Fehler in italienischen oder französischen Sätzen im Originaltext ausgebessert und korrekt wiedergegeben wurden.

Das Originalhörspiel wurde von Durbridges Stammregisseur und -produzent Martyn C. Webster inszeniert und zwischen dem 1. Dezember 1947 und dem 19. Januar 1948 ausgestrahlt. Kim Peacock und Marjorie Westbury sprachen darin die Temples. 2006 inszenierte Patrick Rayner für die BBC ein Remake mit Crawford Logan und Gerda Stevenson in den Hauptrollen (Ausstrahlung: 7. August 2006 bis 2. Oktober 2006). 1949 produzierte die niederländische AVRO *Paul Temple en het Sullivan mysterie* mit Jan van Ees und Eva Janssen (6. November 1949 bis 22. Dezember 1949, Regie: Kommer Kleijn).

1958/59 entstand auch eine Romanfassung unter dem Titel *East of Algiers* mit einigen Änderungen, auf die wir im Nachwort noch näher eingehen werden. Hodder & Stoughton brachten das Werk im Februar 1959 auf den britischen Markt. In Deutschland erschien das Buch unter dem Titel *Die Brille* und als Hörbuch bei Pidax als *Paul Temple und der Fall Foster*. Eine Besonderheit der englischen Erstauflage als gebundenes Buch war, dass nicht Francis Durbridge oder sein Co-Autor Douglas Rutherford auf dem Cover erschienen, sondern Paul Temple als Verfasser des Stoffs genannt wurde. Dieser »Werbegag«, bei dem es so aussah, als ob der Protagonist die Geschichte selbst geschrieben hatte, wurde schon 1957 bei *The Tyler Mystery* (deutscher Buchtitel: *Vier mussten sterben*, als Hörbuch bei Pidax als *Paul Temple und der Fall Tyler* erschienen) angewandt. Unterstützend kam diesmal hinzu, dass die Geschichte erstmals auch aus Temples Sicht, also in der Ich-Form, erzählt wurde. Das ist einerseits gewöhnungsbedürftig, zumal dies innerhalb der Temple-Romane auch das einzige Mal ist. Andererseits unterstreicht es natürlich den Eindruck, der Held der Geschichte berichte von einem eigenen, echten und persönlich erlebten Fall.

Sowohl das Hörspiel, als auch der Roman waren für Durbridge finanziell erfreulich. Für die Radioproduktion notiert er in seinem Einnahmenbuch 1004 Pfund Gage, für den Roman am 28. Februar 1959 157 Pfund und 10 Shilling, Übersetzungen und Neuauflagen nicht mitgerechnet.

Paul Temple und der Fall Sullivan zeichnet sich unter vielen Aspekten als besonderes Abenteuer des schreibenden Detektivs aus: Die übliche Umgebung wird verlassen, Diener Charlie und Sir Graham Forbes von Scotland Yard tauchen nur kurz auf, Temple und Steve sind auf sich allein gestellt und zeigen ein besonders inniges Verhältnis und einen liebevollen Umgang miteinander, außerdem gibt es Wendungen und Cliffhanger auf fast jeder Seite, wodurch der Spannungsbogen stetig ansteigt. Das Rätsel um eine ganz normale Hornbrille, hinter der ganz viele Personen her sind, ist mit Sicherheit eines der gelungensten mit Paul Temple. Dank dieser Erstübersetzung können Sie sich nun davon selbst ein Bild machen. Spannende Unterhaltung dabei!

Im Anschluss können Sie einen Artikel lesen, den Francis Durbridge 1947 im Vorfeld der Ausstrahlung des Hörspiels für die Radiozeitschrift *Radio Times* verfasste. Darin erklärt er auf Wunsch eines Journalisten, wie er auf den Plot für *Paul Temple und der Fall Sullivan* kam.

Wer den Autor kennt, versteht, dass diese Geschichte frei erfunden ist, zumal Durbridge niemals in Clubs ging, um alleine an der Bar etwas zu trinken.

Es begann mit einer Brille

von Francis Durbridge

Paul Temple kehrt am Montag im Light-Programm (BBC2) zurück. Sein Schöpfer, der bisher darauf geachtet hat, nie zu verraten, wie er sich seine Plots ausdenkt, bricht hier mit seiner Regel und beschreibt den Vorfall, der ihn auf das Sullivan-Rätsel gebracht hat.

Eines Abends, etwa zwei Monate nach der Ausstrahlung meiner letzten Serie, rief ich Martyn C. Webster, den Produzenten der Paul-Temple-Stücke, an und schlug ihm eine Idee für ein neues Paul-Temple-Abenteuer vor.

Ihm schien die Idee zu gefallen und kurze Zeit später stellte ich die erste Folge von *Paul Temle und der Fall Sullivan* fertig.

Als er sie gelesen hatte, sagte Martyn: »Die Geschichte gefällt mir sehr gut, aber sie scheint ganz anders zu sein als die üblichen Paul-Temple-Abenteuer. Wie bist du auf die Handlung gekommen?«

Ich antwortete: »Ich erzähle den Leuten nie, wie ich mir meine Plots ausdenke – das solltest du inzwischen wissen!«

Fünf Wochen später, gerade als ich in Episode 3 einen Punkt erreicht hatte, an dem ein gewisser Colonel Marquand einen Revolver auf Paul Temple richtete und sagte: »Ich gebe Ihnen fünf Sekunden, Mr. Temple, um mir genau zu sagen, wo diese Brille ist«, rief der Redakteur der *Radio Times* an.

Er klang höflich und freundlich, aber wie alle Redakteure hatte er einen seltsamen Ton der Entschlossenheit in seiner Stimme. Er sagte: »Wir wollen einen Artikel über die neue Paul-Temple-Serie und wir wollen keinen Unsinn über einen

Zahnarztbesuch bei dem Sie eingeschlafen sind.«[1]

Ich war ganz begeistert. Ich sagte: »Ich weiß genau, was für einen Artikel Sie wollen. Sie wollen, dass ich über den neuen Paul-Temple-Film schreibe, über den Erfolg, den Paul Temple – alias Paul Vlaanderen – in Holland hat, über meinen neuen Paul-Temple-Roman, der …«

Er sagte: »Wir wollen nichts dergleichen! Wir wollen einen bunten, fröhlichen kleinen Artikel über die neue Serie. Und wir wollen wissen, wie Sie auf die Handlung gekommen sind.«

Nachdem ich den Hörer aufgelegt hatte, begann ich über die Handlung von *Der Fall Sullivan* nachzudenken und darüber, wie mir die Idee für die Geschichte tatsächlich gekommen war. Es war folgendermaßen.

Eines Abends, so gegen halb neun, schlenderte ich in den *Penguin Club*, der in der Curzon Street liegt. Cecil, der Barkeeper, mixte gerade einen Cocktail. Er lächelte, als er mich sah, und kam zu mir herüber.

Er sagte: »Sie sind genau die Art von Gast, die ich sehen will!« Während er sprach, nahm er eine Hornbrille aus seiner Tasche und legte sie auf den kleinen Tisch.

Ich sagte: »Sie sind genau die Art von Kellner, die ich sehen will, Cecil. Mixen Sie mir einen trockenen Martini.«

Cecil sagte: »Sie halten sich doch für Sherlock Holmes. Was halten Sie davon?« Er deutete auf die Brille.

Ich sagte: »Sie verwechseln mich mit einem anderen Gast. Ich habe mich nie für Sherlock Holmes gehalten.«

Er sagte: »Aber Sie sind doch der Mann, der diese Paul-Temple-Stücke schreibt.«

---

[1] Damit wird auf einen Artikel angespielt, den Durbridge für die *Radio Times* im Vorfeld von *Paul Temple and Steve* (*Paul Temple und der Fall Dr. Belasco*, erschienen als Band 10 dieser Reihe von Williams & Whiting) schrieb. Darin stellte sich der Plot als Traum heraus, den der Autor während eines Zahnarztbesuches hatte. Dieser Artikel ist in dem Band *Paul Temple und der Fall Dr. Belasco* auch abgedruckt.

Ich sagte: »Ja, Cecil. Ich trinke auch trockene Martinis.«

Als der Barkeeper gegangen war, nahm ich die Brille in die Hand und untersuchte sie. Es war eine ganz normale Hornbrille.

Als Cecil meinen Drink auf dem kleinen Tisch abstellte, sagte er: »Das ist eine außergewöhnliche Sache mit dieser Brille. Ein Mann hat sie gestern Abend hier vergessen. Heute Morgen rief er an und bat mich, sie für ihn auf die Seite zu legen. Kurz nach zwei Uhr rief er wieder an und sagte mir, ich solle besonders gut darauf aufpassen. Ich habe schon den ganzen Tag darauf gewartet, dass er vorbeikommt.«

»Ist er vorbeigekommen?«

Cecil schüttelte den Kopf. »Nein, aber vor einer Viertelstunde hat ein anderer Mann angerufen. Er sagte, wenn ich sie bis Freitag für ihn aufbewahre, würde er mir fünfzig Pfund dafür geben.«

Ich sagte: »Fünfzig Pfund sind ziemlich viel Geld für eine ganz normale Brille.«

Cecil nickte. »Das habe ich mir auch gedacht! Ich fange an, mich zu fragen, ob es tatsächlich eine ganz normale Brille ist.«

Ich nahm die Brille wieder in die Hand und drehte sie um. Es bestand kein Zweifel, es war eine ganz normale Hornbrille.

»Cecil«, sagte ich, »das klingt nach einem guten Anfang für einen Krimi.«

»Das habe ich mir auch gedacht«, sagte Cecil. »Kommen Sie am Freitag wieder vorbei, dann erzähle ich Ihnen, was passiert ist.«

Ich kam am Freitag vorbei und Cecil erzählte es mir.

Er hatte recht, es war ein sehr guter Anfang für einen Krimi. Ich hoffe, dass Sie das auch denken, wenn Sie am Montag die erste Folge hören.

Francis Durbridge
Paul Temple und der Fall Sullivan

Die handelnden Personen

PAUL TEMPLE	Kriminalschriftsteller
STEVE TEMPLE	Paul Tempels Ehefrau
SIR GRAHAM FORBES	Leitender Beamter bei Scotland Yard
CHARLIE	Diener der Temples
JOYCE RAYMOND	Ex-Reporterin bei den *Daily News*
VICTOR ARMSTRONG	Wohlhabender Engländer
HAROLD DARWIN	Geschäftsmann
MISS FRASER	Alte Jungfer, Schottin
COLONEL ARTHUR MARQUAND	Amerikanischer Geschäftsmann
EMILE	Colonel Marquands Diener
MR. CONSTANTINE	Geschäftsmann
THOMSON, DER ENGLÄNDER	Freund von Joyce Raymond
OLAF SCHREIDER	Betreiber des Cafés *El Passaro*
SIDNEY JEANS	Amerikanerin
ZOLTAN BAHRI	Antiquitätenhändler
PATRICK NORMAN QUINN	Irischer Geschäftswerber
INSPEKTOR FOWLER	Kriminalbeamter in Bournemouth
SIGNOR ROSSETTI	Kriminalbeamter in Syrakus
LEWA HAKIM	Kommandant des Gouvernements

Im Hotel in Bournemouth:	In der Zollhalle:
REZEPTIONIST	ZOLLBEAMTER
REZEPTIONISTIN	ZWEITER ZOLLBEAMTER
ZIMMERMÄDCHEN	ÄLTERE DAME, Passagierin
PORTIER	BAKER, Reporter

An Bord des Flugboots:

FLUGOFFIZIER

ZWEITER FLUGOFFIZIER

ZWEI STEWARDS

VIER PASSAGIERE

DELANEY, Fluggast

Im Café *El Passaro*:

ZWEI KELLNER

Bei der T. E. O. G.:

TELEFONISTIN

CLARENCE SULLIVAN

In Kairo:

EIN STRAßENVERKÄUFER

FLAMBERT, Cafébesitzer

EIN KUTSCHER

TOM DURANT, Bootsmann

EIN KRIMINALBEAMTER

Im und vor dem Hotel in Augusta:

MÄDCHEN, Rezeptionistin

WILSON, Hotelgast

GEORGES PASCALL, Kutscher

Im Hotel Continental in Kairo:

BARMANN

EMPFANGSCHEF

KELLNER

REZEPTIONIST

CONCIERGE

Im Hotel Karamet in Kairo:

ZILLA, Oberkellner

GUSTAV VALKERIE, Kellner

EIN KELLNER

EIN MANN AUF DEM PARKPLATZ

Die Handlung spielt in London, Bournemouth, Poole, Augusta, Syrakus und Kairo im Jahr 1947.

Episode 1
Eine wunderbare Zeit

Szene 1:

Das Wohnzimmer in der Londoner Wohnung der Temples.
Aufblenden auf CHARLIE, der singt, während er einen Koffer packt. CHARLIE ist ein junger Mann um die dreißig, er ist ein Cockney und stets aufgeweckt und fröhlich.
TEMPLE ruft aus dem Schlafzimmer.

TEMPLE:	Charlie!
CHARLIE:	(*Frisch, knackig*) Ja, Sir?
TEMPLE:	Hast du den Flachmann eingepackt?
CHARLIE:	Er ist in der Tasche, Sir!

STEVE betritt den Raum und gesellt sich zu CHARLIE. Sie ist etwas aufgeregt.

STEVE:	Bist du bald fertig, Charlie?
CHARLIE:	(*Schließt den Koffer*) Ja, es ist alles gepackt, Mrs. T. – Ich muss nur noch den Koffer abschließen, dann ist alles fertig. (*Schnappt das Schloss zu*) Das hätten wir …
STEVE:	Wo ist die Hutschachtel?
CHARLIE:	Sie ist im Schlafzimmer.

Die Wohnungsklingel ist zu hören.

STEVE:	Und das Gepäck von Mr. Temple?
CHARLIE:	(*Amüsiert*) Da ist die Hutschachtel im Schlafzimmer, der braune Lederkoffer im Flur, die kleine …

CHARLIE hört die Klingel und spricht nicht weiter, als TEMPLE eintritt.

TEMPLE:	War das nicht die Türklingel?
CHARLIE:	Es klang danach.

TEMPLE: Sieh mal nach, wer das ist, Charlie!

CHARLIE: (*Geht*) Okay!

CHARLIE geht in den Flur. Dann hört man, wie die Wohnungstür geöffnet wird.

TEMPLE: Hast du meinen Taschenkalender eingepackt, Liebling?

STEVE: Ja, er ist in der Tasche.

TEMPLE: Gut! Dann sind wir ja so gut wie fertig, Steve! (*Lacht*) Endlich!

STEVE: Dieser Koffer scheint furchtbar schwer zu sein, Paul. Glaubst du, dass er ins Flugzeug passt?

TEMPLE: Aber natürlich! (*Lacht STEVE an*) Mach dir doch nicht so viele Gedanken! Alles geht gut!

STEVE lacht.

TEMPLE: Bei Timothy, was für eine Frau! (*Er nimmt STEVE am Arm*) Aufgeregt?

STEVE: Nervös.

TEMPLE: (*Leicht überrascht*) Weshalb bist du nervös?

STEVE: (*Ein kleines Lachen*) Was glaubst du, warum ich nervös bin? Wegen dem Fliegen natürlich!

TEMPLE: Meine liebe Steve, du wirst jede Minute davon genießen. Und wenn wir erst einmal in Kairo sind, wirst du die Zeit deines Lebens haben.

CHARLIE kehrt zurück.

CHARLIE: Da ist eine Miss Raymond, die Sie sehen möchte, Sir.

TEMPLE: Miss Raymond?

CHARLIE: Ja, Sir.

TEMPLE: Und sie will mich sehen?

CHARLIE: Das hat sie gesagt.

TEMPLE: (*Zu STEVE*) Kennst du jemanden namens Raymond?

STEVE: Nein …

20

TEMPLE:	Was will sie, Charlie?
CHARLIE:	Ich habe Ihnen doch gesagt, dass sie Sie sehen will!
TEMPLE:	(*Leicht irritiert*) Ja, das weiß ich, aber …
STEVE:	(*Nachdenklich*) Es gab mal ein Mädchen namens Raymond bei den *Daily News*. Erinnerst du dich nicht? Sie machte den Society-Klatsch – groß, ziemlich gutaussehend, blond.
CHARLIE:	Das ist sie!
TEMPLE:	In Ordnung, Charlie. Bitte sie herein.
CHARLIE:	Okay!

CHARLIE geht in den Flur und holt JOYCE RAYMOND.

TEMPLE:	Joyce Raymond … Doch, ja – ich erinnere mich an sie. (*Beiläufig*) Was in aller Welt will sie bloß, frage ich mich?

CHARLIE kehrt zurück.

CHARLIE:	Miss Raymond, Sir.
TEMPLE:	(*Freundlich*) Kommen Sie herein, Miss Raymond.

JOYCE ist eine kultivierte Frau von etwa fünfunddreißig Jahren.

JOYCE:	Es ist sehr nett, dass Sie mich empfangen! Hallo. (*Zu STEVE*) Mrs. Temple! Wie geht es Ihnen? Es ist ewig her, seit wir uns das letzte Mal gesehen haben.
STEVE:	Mir geht es sehr gut, danke.
JOYCE:	Es tut mir schrecklich leid, dass ich Sie so überfalle. Ich bin sicher, dass Sie jede Menge zu tun haben.
STEVE:	(*Lacht*) Nun, in der Tat, das haben wir! Wir fahren in einer halben Stunde nach Bournemouth und am Donnerstagmorgen geht's nach Kairo.
JOYCE:	Ja, ich weiß. Ich habe den Artikel über Sie beide in der Zeitung von gestern Abend gese-

hen. Das ist auch der Grund, warum ich hier bin.

TEMPLE: (*Amüsiert*) Ich fürchte, um unsere Reise gibt es kein Geheimnis, Miss Raymond: Ich fahre nur nach Ägypten, um Informationen für ein neues Buch zu sammeln, das ich gerade schreibe.

JOYCE: (*Lacht TEMPLE an*) Aber ich bin nicht wegen einer Geschichte hier, Mr. Temple. Ich habe die Fleet Street schon vor Jahren verlassen.

TEMPLE: Warum dann …?

JOYCE: Ich möchte Sie bitten, etwas für mich tun. Ich hoffe, Sie halten es nicht für eine kolossale Unverschämtheit, aber …

TEMPLE: Ganz und gar nicht, aber worum handelt es sich?

JOYCE: Ich habe einen Cousin in Kairo. Sein Name ist Richard Sullivan. Er arbeitet für die Transeurasische Ölgesellschaft. Richard war vor etwa sechs Wochen hier und … (*Amüsiert, freiheraus*) Na ja, wir waren ziemlich lange nachts unterwegs, bevor er abreiste – und da hat der arme Kerl seine Brille verloren.

STEVE lacht.

TEMPLE: (*Amüsiert*) Und jetzt haben Sie sie wohl gefunden und wollen, dass wir sie zu ihm bringen?

JOYCE: (*Lacht*) Sie sind ein Gedankenleser, Mr. Temple! Ja, ich habe sie heute Morgen gefunden und ich wäre Ihnen sehr dankbar, wenn Sie sie mitnehmen würden. Ich bekomme pausenlos die verzweifeltsten Telegramme.

TEMPLE: Das werden wir gerne tun.

JOYCE: Das ist wirklich furchtbar nett von Ihnen.

STEVE: Wenn Sie mir die Brille geben, Miss Raymond, dann stecke ich sie in meine Handtasche.

JOYCE RAYMOND holt die Brille aus ihrer Tasche und übergibt sie STEVE.

JOYCE: Hier, bitte sehr.

STEVE: Vielen Dank.

JOYCE: Ich werde Richard ein Telegramm schicken: Er wird sie wahrscheinlich am Flugzeug abholen.

TEMPLE: Nun, wir bleiben erst mal zwei Tage in Bournemouth. Wir werden also nicht vor Freitag in Kairo sein, aber keine Sorge, wir sorgen dafür, dass Mr. Sullivan die Brille bekommt.

JOYCE: Das ist wirklich furchtbar nett von Ihnen. Ich bin Ihnen wahnsinnig dankbar dafür.

TEMPLE: Das ist doch gern geschehen!

JOYCE: Dann also: *Bon voyage!* Ich hoffe, Sie haben eine wunderbare Zeit! (*Lacht*) Und nochmals vielen Dank!

Musik aufblenden, fröhlich und schnell im Tempo.

Szene 2:
Das Hotel der Temples in Bournemouth. Rezeption.

Die Gäste kommen und gehen. Während der REZEPTIONIST die TEMPLEs begrüßt, kümmert sich etwas abseits eine REZEPTIONISTIN um VICTOR ARMSTRONG.

REZEPTIONIST: Mal sehen, Sir ... Sie sind Mr. und Mrs. ...?

TEMPLE: Temple. (*Er durchsucht seine Taschen*) Irgendwo habe ich doch Ihren Brief ... (*Er findet den Brief und reicht ihn weiter*) Hier ist er.

REZEPTIONIST: Oh ja, Sir! Sie bleiben zwei Nächte. Die Abreise ist am Donnerstagmorgen ... Würden Sie sich bitte eintragen, Sir?

TEMPLE: Ja, natürlich.

Während TEMPLE sich ins Gästebuch einträgt, lehnt sich die

REZEPTIONISTIN von etwas weiter unten am Empfangspult zum REZEPTIONISTEN herüber.

REZEPTIONISTIN: Mr. Armstrong ist angekommen, Sir.

REZEPTIONIST: Mr. Armstrong? Oh, ja. Zimmer 321.

REZEPTIONISTIN: (*Zu ARMSTRONG*) Zimmer 321, Sir.

ARMSTRONG: Vielen Dank.

REZEPTIONISTIN: Sie bekommen den Schlüssel vom Portier, Sir. Ich werde Ihre Sachen sofort nach oben bringen lassen.

ARMSTRONG: Vielen Dank. (*Er dreht sich um und stößt mit STEVE zusammen*) Oh, ich bitte um Verzeihung!

STEVE: Kein Problem.

REZEPTIONIST: Zimmer 322, Mr. Temple.

TEMPLE: Danke sehr.

Szene 3:
Ein Korridor im Hotel.

TEMPLE und STEVE gehen den Korridor entlang und überprüfen die Zimmernummern.

TEMPLE: 319 ... 320 ... 321 ...

STEVE: Da wären wir, Darling. 322 ... Ich nehme den Koffer ...

TEMPLE steckt den Schlüssel in das Schloss und öffnet die Tür. Sie treten ein und STEVE erschrickt ein wenig.

STEVE: Aber das kann doch nicht sein! Das hier ist ein Einzelzimmer!

TEMPLE: Aber es ist Zimmer 322 ...

STEVE: Wahrscheinlich haben sie dem anderen Mann versehentlich ein Doppelzimmer gegeben.

TEMPLE: Ja, das müssen sie wohl.

STEVE: Da kommt jemand ...

VICTOR ARMSTRONG kommt ins Zimmer. Er ist ein Mann von etwa fünfundfünfzig Jahren, wohlhabend und gut gekleidet. Er hat einen sehr leichten Akzent aus dem Norden, der etwas

24

ausgeprägter wird, wenn er aufgeregt ist.

ARMSTRONG: (*Freundlich*) Ich bitte um Verzeihung, aber die junge Dame an der Rezeption sagte mir, ich solle Ihnen sagen, dass sie einen Fehler gemacht hat. Anscheinend bin ich in 322 und Sie in 321.

TEMPLE: (*Lacht*) Wir dachten schon, dass das passiert ist.

ARMSTRONG: (*Übergibt den Schlüssel*) Hier ist Ihr Schlüssel.

TEMPLE: Vielen Dank. Ihrer steckt in der Tür.

ARMSTRONG: Oh, danke. Und Sie sind dann nebenan …

TEMPLE: Ja … Komm mit, Steve.

Szene 4:
Die Hotel-Lounge.

Im Hintergrund spielt ein Orchester eine ruhige, anspruchs-volle Tanzmusik.

TEMPLE: Möchtest du noch etwas Kaffee, Steve?

STEVE: Nein, danke.

TEMPLE: Müde?

STEVE: Mm. Ein bisschen. (*Sie gähnt*) Immerhin können wir morgen früh ausschlafen.

TEMPLE: Ja – und das werden wir auch ausnützen, denn am Donnerstag können wir das nicht.

STEVE: Wo müssen wir durch den Zoll, in Poole?

TEMPLE: Ja. Es sollte aber nicht sehr lange dauern.

STEVE: Und was passiert dann?

TEMPLE: Nun, nach dem Zoll und der Devisenkontrolle bringen sie uns zum Flugboot.

STEVE: Und dann geht es richtig los!

TEMPLE: Ja, und dann geht es richtig los!

STEVE: Was möchtest du morgen machen?

TEMPLE: Nun, wenn es ein schöner Tag ist, dachte ich, wir könnten nach Sandbanks fahren und segeln gehen.

STEVE: Ja, das wäre sehr schön.

TEMPLE: Ausgetrunken, Steve?

STEVE: Ja.

TEMPLE: Gut, dann lass uns hochgehen!

Szene 5:

Der Hotelkorridor.

TEMPLE und STEVE nähern sich ihrem Zimmer. Weiter unten im Korridor hören wir die Stimme von VICTOR ARMSTRONG. Er ist extrem wütend.

TEMPLE: Hast du den Schlüssel?

STEVE: Ja, er ist in meiner Handtasche. (*Sie nimmt den Schlüssel aus ihrer Handtasche und reicht ihn weiter*) Hier …

TEMPLE: Danke. Ich hoffe, morgen ist ein schöner Tag, denn es wäre eine gute Abwechslung, mal wieder mit dem Boot rauszufahren … (*Er bleibt stehen, nachdem er ARMSTRONG bemerkt hat*) Unser Freund nebenan scheint ziemlich aufgedreht zu sein!

Während des folgenden Dialogs fahren wir näher an ARMSTRONG heran.

ARMSTRONG: Es hat keinen verdammten Sinn, mir das jetzt zu sagen, wo der Schaden schon angerichtet ist! Holen Sie den Manager!

MÄDCHEN: Ich habe bereits den Manager rufen lassen, Sir. Er sollte jeden Moment hier sein …

ARMSTRONG: Dann rufen Sie ihn nochmal! Sehen Sie sich das Durcheinander doch einmal an! Gütiger Himmel, es ist ein Wahnsinn! Ich hätte nicht geglaubt, dass so etwas in einem seriösen Hotel passieren kann!

TEMPLE und STEVE kommen näher.

TEMPLE: (*Freundlich*) Hallo, was gibt es denn für ein

Problem?

ARMSTRONG: (*Vor Wut kochend, aber nicht ohne einen Hauch von Humor*) Meine Güte, Sie haben vielleicht gerade noch einmal Glück gehabt, mein Freund! Bedanken Sie sich schon mal bei ihrem Glücksstern!

TEMPLE: Wie meinen Sie das?

ARMSTRONG: Werfen Sie doch mal einen Blick hier rein! Sehen Sie sich mein Zimmer an!

ARMSTRONG stößt die Tür auf und führt TEMPLE und STEVE in den Raum.

ARMSTRONG: Sehen Sie sich das an!

TEMPLE: Bei Timothy!

STEVE: (*Erstaunt*) Was ist passiert?

ARMSTRONG: Was passiert ist? Ja, was ist denn bloß passiert! Das Zimmer ist durchwühlt worden, das ist passiert! Sehen Sie es sich doch an! Sehen Sie sich den Koffer an! Sehen Sie sich die Truhe an.

TEMPLE: Wann ist das geschehen?

ARMSTRONG: Es muss passiert sein, während ich zu Abend aß. Das Zimmer war völlig in Ordnung, als ich es verließ. Sehen Sie sich nur diesen Koffer an! Sie müssen ihn mit einem Rasiermesser aufgeschlitzt haben!

STEVE: Haben sie viel mitgenommen?

ARMSTRONG: Sie haben nichts mitgenommen, das ist das Außergewöhnliche daran. Ich kann es einfach nicht verstehen! Ich habe ein Paar Manschettenknöpfe auf dem Frisiertisch liegen lassen – goldene Manschettenknöpfe – und sie sind noch da … Sehen Sie!

STEVE: Denken Sie nicht, dass es ein Scherz war …

ARMSTRONG: Ein Scherz! Das ist sicherlich nicht das, was ich unter einem Scherz verstehe!

TEMPLE:	(*Leise, ernst*) Nein, nein, das sehe ich auch so, Mr. ...?
ARMSTRONG:	Armstrong, Victor Armstrong.
TEMPLE:	Wie lange bleiben Sie hier?
ARMSTRONG:	Nur für eine Nacht, Gott sei Dank! Um ehrlich zu sein, bin ich mir nach diesem Schlamassel nicht mehr so sicher, ob ich die Nacht überhaupt noch hier verbringen werde.
TEMPLE:	(*Beiläufig*) Sind Sie ganz sicher, dass sie nichts gestohlen haben?
ARMSTRONG:	Das habe ich Ihnen doch gesagt! Sie haben nicht etwas mitgenommen! Nicht einmal ein Taschentuch. Ich kann es einfach nicht verstehen!
STEVE:	(*Plötzlich*) Paul! Ich frage mich gerade, ob unser Zimmer in Ordnung ist?
TEMPLE:	Großer Gott, ja! Daran habe ich noch gar nicht gedacht!
STEVE:	(*Ein kleines Lachen*) Wir sollten es uns mal ansehen!

Szene 6:

Das Hotelzimmer der Temples.

Ein Schlüssel wird in das Schloss gesteckt, die Tür öffnet sich und die TEMPLES treten ein.

TEMPLE:	Ah – unseres ist in Ordnung! Alles ist so, wie wir es verlassen haben.
STEVE:	Gott sei Dank. ... Es ist schon ziemlich seltsam, nicht wahr – mit diesem Zimmer, meine ich?
TEMPLE:	(*Nachdenklich*) Wenn Armstrong die Wahrheit gesagt hat und sie nichts gestohlen haben, dann muss derjenige, der in das Zimmer einbrach, nach etwas Bestimmtem gesucht haben, etwas, von dem Armstrong entweder

nichts wusste oder …

TEMPLE wird durch das Klingeln des Telefons unterbrochen.
Er hebt den Hörer ab.

TEMPLE: Hallo?

PORTIER: (*Am anderen Ende*) Mr. Temple, Sir?

TEMPLE: Ja?

PORTIER: Hier ist der Portier. Ein Herr möchte Sie sprechen, Sir. Inspektor Fowler.

TEMPLE: Inspektor Fowler? Und er will mich sprechen?

PORTIER: Ja, Sir.

TEMPLE: Ein Polizeiinspektor?

PORTIER: Ja, Sir.

Einen Moment.

TEMPLE: Wo ist er?

PORTIER: Ich habe ihn gebeten, in der Lounge zu warten, Sir.

TEMPLE: (*Nachdenklich*) Ja, in Ordnung, sagen Sie dem Inspektor, dass ich sofort runterkomme … Ach – kennen Sie Inspektor Fowler – persönlich, meine ich?

PORTIER: Ja, Sir. Er war schon mehrmals im Hotel, Sir. Er ist von der Kriminalpolizei Bournemouth.

TEMPLE: Oh … Oh, danke.

PORTIER: Danke Ihnen, Sir.

TEMPLE legt auf.

STEVE: Wer war das, Darling?

TEMPLE: Nun, anscheinend will mich ein Inspektor Fowler sehen. Er ist in der Lounge.

STEVE: Kennst du ihn?

TEMPLE: (*Seine Gedanken sind woanders*) Nein, ich habe noch nie von ihm gehört.

STEVE: Und, was will er denn?

TEMPLE: Hm?

STEVE: Ich sagte: Was will er denn?

TEMPLE: (*Ein kleines Lachen*) Ich habe genauso wenig

Ahnung wie du! (*Fröhlich*) Fragen wir ihn!

Szene 7:
Die Hotel-Lounge.

Das Orchester spielt im Hintergrund.
INSPEKTOR FOWLER ist ein Mann um die fünfzig, solide und
zuverlässig sowie höflich und wortgewandt.

FOWLER: Es tut mir leid, dass ich Sie zu dieser späten Stunde störe, Mr. Temple.

TEMPLE: Das ist schon in Ordnung, Inspektor. Oh – das ist meine Frau.

FOWLER: Schön, Sie kennenzulernen!

STEVE: Ganz meinerseits, Inspektor!

TEMPLE: (*Zügig*) Nun, was kann ich für Sie tun?

Eine kleine Pause.

FOWLER: Vor etwa einer halben Stunde erhielt ich eine telefonische Nachricht von Scotland Yard – von Superintendent Cleaver.

TEMPLE: Ich kenne Cleaver. Er ist ein alter Freund von mir.

FOWLER: Ja, Sir. Er bat mich, Sie zu kontaktieren und Erkundigungen über eine Miss Raymond ein-zuholen.

STEVE: (*Überrascht*) Miss Raymond?

FOWLER: Ja.

TEMPLE: Was genau wollen Sie über Miss Raymond wissen?

FOWLER: (*Dringlich*) Wir wollen alles wissen, Sir.

TEMPLE: (*Ein kleines Lachen*) Ja, ich weiß, aber …

FOWLER: Wir haben Grund zu der Annahme, dass Miss Raymond Sie heute Nachmittag in Ihrer Woh-nung in der Half Moon Street besucht hat. Ist das richtig, Sir?

TEMPLE: Ganz richtig.

FOWLER: War sie mit Ihnen verabredet?

TEMPLE:	Nein, der Besuch war, gelinde gesagt, unerwartet. Hören Sie, ist Miss Raymond etwas zugestoßen?
FOWLER:	(*Ignoriert die Frage*) Was meinen Sie damit, Sir – der Besuch war unerwartet?
TEMPLE:	Ich meine, dass sowohl meine Frau als auch ich sehr überrascht waren, als sie in der Wohnung auftauchte. Miss Raymond ist keine Freundin von uns – sie ist kaum eine Bekannte.

STEVE nimmt die Brille aus ihrer Tasche.

STEVE:	Sie hatte gelesen, dass wir nach Kairo fliegen, und sie fragte uns, ob wir einem Freund von ihr diese Brille mitbringen könnten. Anscheinend hat er sie vor etwa sechs Wochen in London verloren.
FOWLER:	Wie war der Name dieses Freundes?
STEVE:	(*Zu TEMPLE*) Wie war er, Darling?
TEMPLE:	Richard Sullivan. Er ist bei der Transeurasischen Ölgesellschaft.
FOWLER:	Verstehe. (*Höflich*) Darf ich die Brille sehen, Mrs. Temple?

STEVE reicht sie weiter.

FOWLER:	Vielen Dank. Hm. Das scheint eine ganz normale Brille zu sein.
TEMPLE:	(*Sieht FOWLER an*) Gibt es denn irgendeinen Grund, warum sie es nicht sein sollte?
FOWLER:	Mr. Temple, kurz nachdem sie heute Nachmittag Ihre Wohnung verlassen hatte, wurde Miss Raymond ermordet.

STEVE schnappt kurz nach Luft vor Überraschung.

FOWLER:	Sie wurde erschossen, als sie an der Ecke der Half Moon Street in ein Taxi stieg.
TEMPLE:	Wer hat sie erschossen?
FOWLER:	Das wissen wir nicht. Die Person, die es getan

hat, konnte sich unbemerkt aus dem Staub machen. Offen gesagt, wir haben nicht die geringste Ahnung, ob es ein Mann oder eine Frau war.

TEMPLE: Motiv?

FOWLER: Es scheint kein Motiv zu geben. Miss Raymond hat Sie nicht zufällig gebeten, Mr. Sullivan noch etwas anderes zu übergeben – einen Brief vielleicht, oder …?

TEMPLE: Nein, sonst nichts.

FOWLER: Gab es ein Etui für die Brille?

TEMPLE: Nein.

STEVE: Inspektor, Sie glauben doch nicht, dass diese Brille etwas zu tun hat mit …

FOWLER: (*Ziemlich scharf, unterbricht STEVE*) Womit, Mrs. Temple?

STEVE: Na, mit dem Grund warum sie ermordet wurde?

FOWLER: (*Einen Moment, dann schnell*) Was ist Ihre Meinung, Mr. Temple?

TEMPLE: Nun, wie Sie vorhin selbst sagten – (*Er untersucht die Brille*) – scheint es sich um eine ganz normale Brille zu handeln.

FOWLER: Hm. (*Plötzlich: eine Entscheidung*) Hören Sie, wir haben hier bei uns einen Mann namens Warrender, er war während des Kriegs beim MI5. Ich möchte, dass er sich diese Brille ansieht. Wenn irgendetwas daran merkwürdig ist, wird er es herausfinden.

TEMPLE: Das ist in Ordnung für mich. Ich würde sogar darauf bestehen.

FOWLER: Wann reisen Sie ab?

TEMPLE: Wir verlassen Poole mit einem BOAC-Flugboot am Donnerstagmorgen.

FOWLER: (*Geschäftsmäßig*) Gut. Ich werde die Brille

	heute Abend zu Warrender bringen und mich dann morgen bei Ihnen melden. Wenn der Bericht negativ ausfällt, gibt es keinen Grund, warum Sie die Brille nicht wie vereinbart an Mr. Sullivan übergeben sollten.
TEMPLE:	Einverstanden. Möchten Sie jetzt einen Drink, Inspektor?
FOWLER:	(*Angenehm überrascht*) Das ist sehr nett von Ihnen, Sir. Kann ich einen Whisky mit Soda haben?

Szene 8:

Das Hotelzimmer der Temples.

Aufblenden auf TEMPLE, der schnarcht. Er ist fest eingeschlafen. Das Schnarchen dauert einige Zeit an und hört dann auf. Nach einem Moment hören wir aus dem Nebenzimmer einen leisen, sanften Schrei: Es ist fast ein Stöhnen, ein Schmerzensschrei. Es gibt eine Pause, dann ertönt der Schrei erneut.

STEVE:	(Angespanntes Flüstern) Paul …

TEMPLE grunzt und dreht sich um.

STEVE:	Paul …!
TEMPLE:	Mmm.
STEVE:	Paul, wach auf.
TEMPLE:	Was ist los?
STEVE:	Hör mal.
TEMPLE:	Steve, was zum Teufel soll das, warum weckst du mich mitten … (*Er hält inne*)
STEVE:	(*Schnell*) Hast du es gehört?
TEMPLE:	Ja! Was ist das?
STEVE:	Ich weiß nicht … Ich habe es schon vorhin gehört … mehrmals …

Der Schrei ertönt erneut – ein eindeutiges, tiefes Stöhnen.

TEMPLE:	Hast du das gehört?
STEVE:	Paul, was ist das? Woher kommt es?
TEMPLE:	Das klingt für mich so, als ob … Moment!

TEMPLE steigt aus dem Bett.

TEMPLE: Mach das Licht an!

STEVE schaltet die Nachttischlampe ein. Der Schrei ist wieder zu hören. Er wird mehrere Male wiederholt.

STEVE: Paul, da hat jemand Schmerzen, schreckliche Schmerzen.

TEMPLE: Ja. Gib mir meinen Morgenmantel.

STEVE: Woher kommt es?

TEMPLE: Von nebenan – aus Armstrongs Zimmer. Du bleibst hier, Steve.

STEVE: Nein!

TEMPLE: Sei nicht albern, Liebling, ich bin gleich wieder da.

STEVE: Ich komme mit dir mit.

Der Schrei ist wieder zu hören.

TEMPLE: Pst! Hör doch ...

STEVE: Du hast recht – es kommt von nebenan.

Der Schrei wird wiederholt: Es klingt fast wie ein letzter Schrei in Agonie.

TEMPLE: Komm schon, Liebling!

TEMPLE öffnet die Tür und er und STEVE gehen auf den Korridor hinaus.

STEVE: Ich weiß nicht, was du denkst, Paul, aber ich habe das Gefühl, dass ... (*Sie hält inne*) Da kommt jemand aus dem Zimmer!

TEMPLE: Nein, es ist das Zimmer gegenüber von 322.

STEVE: Oh ja, so ist es! Sie müssen es auch gehört haben ...

HAROLD DARWIN kommt näher. Er ist ein Mann von etwa achtunddreißig Jahren. Er tritt meistens aufgeweckt und fast sarkastisch auf. In diesem Moment wirkt er jedoch ein wenig verwirrt.

DARWIN: Verzeihen Sie bitte, aber hören Sie dieses Geräusch auch, das aus 322 kommt?

TEMPLE: Ja, wir haben es auch gehört.

DARWIN:	Ich auch. Wer auch immer es ist, der arme Teufel ist offensichtlich ziemlich krank. Ich weiß nicht, wie Sie darüber denken, aber ich denke, wir sollten etwas unternehmen.
TEMPLE:	Das Zimmer wird von einem Mann namens Armstrong bewohnt.
DARWIN:	Oh, kennen Sie ihn?
TEMPLE:	Nein, nicht wirklich. Ich habe einmal mit ihm gesprochen, das war's.
DARWIN:	Ich finde, wir sollten nachsehen, ob es ihm gut geht, Sie nicht?
TEMPLE:	Doch, das finde ich auch.

Sie gehen zur Tür von Zimmer 322.

DARWIN:	Soll ich klopfen?
TEMPLE:	Ja.

DARWIN klopft an die Tür. Es folgt eine Pause. DARWIN klopft erneut. Eine Pause.

DARWIN:	Das ist seltsam ...
TEMPLE:	Was hast du da, Steve?
STEVE:	Hm? Oh – das habe ich gerade aufgehoben, es lag neben der Tür.
DARWIN:	Es sieht aus wie eine Art Bonbon – ein Pfefferminzbonbon.
STEVE:	Ja, das ist es, Pfefferminz.

DARWIN klopft erneut.

DARWIN:	Das ist doch ziemlich merkwürdig, oder? Man sollte meinen, dass er wenigstens antworten könnte ...

TEMPLE versucht die Tür zu öffnen.

TEMPLE:	Die Tür ist nicht verschlossen.

TEMPLE öffnet langsam die Tür und sie betreten den Raum.

DARWIN:	Wo ist das Licht?
TEMPLE:	Ist schon gut, ich hab's ...

STEVE schaltet das Licht an.

DARWIN:	Was denn? Es ist niemand hier ... Der Raum

ist leer!

STEVE: Aber es muss doch jemand hier sein, wir haben es doch gehört …

TEMPLE unterbricht STEVE.

TEMPLE: Das Bett ist unbenutzt.

DARWIN: Also, ich verstehe das einfach nicht. Wenn das Bett unbenutzt ist, wie zum Teufel kann dann … (*Er hält inne: angespannt*) Was gucken Sie so?

Einen Moment.

STEVE: Paul, was ist los?

TEMPLE: (*Leise*) Der Kleiderschrank … Sehen Sie sich die Tür des Kleiderschranks an …

STEVE schreckt plötzlich auf.

STEVE: Das ist Blut!

TEMPLE: (*Kommt auf die Beine*) Machen wir ihn auf! Öffnen wir den Kleiderschrank! Beeilung!

TEMPLE und DARWIN reißen die Schranktür auf und der Körper einer JUNGEN FRAU sackt nach vorne. STEVE stößt einen entsetzten Schrei aus.

DARWIN: Großer Gott, es ist eine junge Frau! Und sehen Sie sich das an … Sehen Sie sich ihr Gesicht an! Sie ist verprügelt worden!

STEVE: (*Bedeckt ihr Gesicht mit den Händen*) Oh, Paul …

TEMPLE: (*Nach einer kleinen Pause: leise*) Steve, erkennst du, wer es ist?

STEVE: Was? (*Ein entsetztes Keuchen*) Aber, das ist die Frau, die zu uns in die Wohnung kam – Joyce Raymond!

Musik aufblenden.

Musik ausblenden.

Szene 9:
Der Speisesaal des Hotels.

Es ist der nächste Morgen. TEMPLE und STEVE sitzen beim Frühstück. Im Hintergrund laufen gemurmelte Gespräche anderer Gäste.

TEMPLE: Reich mir mal die Marmelade, Steve ... (*Einen Moment*) Hör mal, Steve, du darfst dir das nicht so zu Herzen nehmen. Du musst etwas frühstücken.

STEVE: Ich kann nicht. Ich bin nicht hungrig.

TEMPLE: Dann trink wenigstens deinen Kaffee! Na los!

Einen Moment. STEVE trinkt.

STEVE: Was ist mit Armstrong passiert? Hast du es herausgefunden?

TEMPLE: Ja, er hat offenbar gestern Abend ausgecheckt, kurz nachdem wir mit ihm gesprochen hatten. Ich nehme an, er hatte einen Streit mit dem Manager. Er war auf jeden Fall auf Streit aus.

STEVE: Dann ist er gar nicht hiergeblieben?

TEMPLE: Nein, das Zimmer war eigentlich unbelegt. Ach, übrigens, dieser junge Mann, den wir gestern Abend getroffen haben. Er ist auf demselben Boot wie wir – oder vielmehr auf demselben Flugboot. Er ist auch auf dem Weg nach Ägypten.

STEVE: Oh. (*Plötzlich*) Paul, wird diese Sache irgendwas für uns ändern?

TEMPLE: Inwiefern, meine Liebe?

STEVE: Ich meine: Fliegen wir trotzdem nach Kairo?

TEMPLE: Aber natürlich fliegen wir trotzdem nach Kairo! Ich muss da hin, das weißt du doch, Liebling!

STEVE: Aber was ist mit der Untersuchung des Falls?

TEMPLE: Ich habe mit Sir Graham telefoniert. Mach dir keine Sorgen wegen der Untersuchung. Auf jeden Fall haben wir Fowler gegenüber eine detaillierte Aussage gemacht, mehr können

	wir nicht tun. (*Sanft*) Komm, Schatz, iss etwas von dem Toast.
STEVE:	(*Nachdenklich, während sie einen Bissen nimmt*) Weißt du, ich verstehe das mit Joyce Raymond immer noch nicht. Der Inspektor sagte, sie sei erschossen worden.
TEMPLE:	Joyce Raymond hatte eine Schwester namens Lydia. Lydia hat offenbar gestern Nachmittag unsere Wohnung beobachtet, als Joyce die Brille ablieferte. Nachdem ihre Schwester die Wohnung verlassen hatte und wir nach Bournemouth gefahren waren, machte sich Lydia auf den Weg zum Ende der Half Moon Street und rief ein Taxi. Und dann passierte es.
STEVE:	Du meinst, dass es Lydia Raymond war, die in der Half Moon Street erschossen wurde?
TEMPLE:	Ja. Die Polizei hat alle Häuser in der Straße überprüft und als Charlie ihnen erzählte, dass eine Miss Raymond uns einen Besuch abgestattet hatte, sind sie natürlich sofort zu dem Schluss gekommen, dass es sich um Lydia handelte. In Wirklichkeit wussten sie nichts von Joyce.
STEVE:	Ich verstehe. (*Einen Moment*) Paul, was denkst du, warum sie ermordet wurden, alle beide? Glaubst du, dass diese Brille etwas damit zu tun hat, oder ist es einfach nur ein Zufall, dass … (*Sie hält inne: zur Seite*) Da kommt der Inspektor.

INSPEKTOR FOWLER kommt an den Tisch.

FOWLER:	Guten Morgen, Sir.
TEMPLE:	Guten Morgen, Inspektor.
FOWLER:	Guten Morgen, Mrs. Temple.
STEVE:	Guten Morgen.
FOWLER:	Es tut mir leid, dass ich Ihr Frühstück unter-

	breche, aber … Ich habe die hier mitgebracht.
TEMPLE:	Ach, die Brille.
FOWLER:	Ja. Warrender hat sie untersucht, Sir. Er hat sie einer sehr gründlichen Prüfung unterzogen.
TEMPLE:	Und?
FOWLER:	Er ist davon überzeugt, dass es sich um eine ganz gewöhnliche Brille handelt.
TEMPLE:	Sie meinen, sie wurde nicht manipuliert?
FOWLER:	(*Mit Nachdruck*) Nein, Sir. Nicht in der geringsten Art und Weise, Sir.
TEMPLE:	Tja – in Anbetracht dessen, was passiert ist … Was soll ich damit machen?

Eine bedeutende Pause.

FOWLER:	Wir möchten, dass Sie sie an Mr. Sullivan übergeben, Sir.

Musik aufblenden.

Musik ausblenden.

Szene 10:

Ein Segelboot auf dem Meer.

TEMPLE und STEVE befinden sich auf dem Meer in einem kleinen Segelboot. Die See ist ruhig, wir hören im Hintergrund einige Möwen.

STEVE:	Paul, du bist wunderbar!
TEMPLE:	Warum?
STEVE:	Ich wusste gar nicht, dass du mit einer Yacht umgehen kannst.
TEMPLE:	Das ist nur ein besseres Beiboot. Ich bin sehr unkundig damit! – Pass auf! Fass das Seil nicht an, sonst liegen wir im Wasser!
STEVE:	Aye, Aye, Captain!
TEMPLE:	(*Lacht*) Genießt du es?
STEVE:	Enorm.
TEMPLE:	Dabei wolltest du ursprünglich gar nicht mit-

	kommen! Weißt du noch?
STEVE:	Ja, ich weiß, aber ich war so deprimiert. Die Sache gestern Abend hat mich aufgeregt.
TEMPLE:	Du sollst jetzt besser lenken …!
STEVE:	(*Lacht*) Tut mir leid!
TEMPLE:	Ich kann gar nicht glauben, dass wir heute in Bournemouth sind und am Freitag schon in Kairo sein werden.
STEVE:	Wann kommen wir dort an?

Das Geräusch einer herannahenden Motorbarkasse ist zu hören.

TEMPLE:	Nun, wir fahren Morgen um acht Uhr ab, verbringen die Nacht in Augusta und sollten am Freitag um die Mittagszeit in Kairo sein.
STEVE:	Das geht ja unglaublich schnell.
TEMPLE:	Keine Sorge. Es ist alles sehr luxuriös an Bord und so absolut sicher … (*Er hält an*) He …
STEVE:	Was ist los?
TEMPLE:	Da ist schon wieder diese Barkasse...
STEVE:	Welche meinst du?
TEMPLE:	Du weißt schon, der Kerl mit dem Fernglas.
STEVE:	Oh, ja! (*Einen Moment*) Er benutzt es immer noch.
TEMPLE:	Wir müssen ein sehr stattliches Paar sein! Ich glaube nicht, dass dieser Kerl uns auch nur einen Moment aus den Augen gelassen hat.
STEVE:	(*Nervös*) Er kommt uns furchtbar nahe!
TEMPLE:	(*Beobachtet die Barkasse*) Was denn, dieser verdammte Idiot! Was hat er denn jetzt vor?

Die Barkasse kommt näher.

STEVE:	(*Ein wenig erschrocken*) Darling!
TEMPLE:	Es ist alles in Ordnung, Steve! Bleib einfach ruhig! Nicht bewegen!

Die Barkasse rast an dem Segelboot vorbei, das vom Kielwasser hin- und hergeschleudert wird.

TEMPLE:	Dieser verdammte Narr hätte uns fast überfahren!
STEVE:	Das hat er absichtlich getan! Paul, er muss es absichtlich getan haben!
TEMPLE:	Bist du in Ordnung?
STEVE:	Ja, aber … (*Holt wieder Luft*) Puh!
TEMPLE:	Bei Gott, ich dachte schon, das war's! Wenn er nur einen Meter näher gewesen wäre, hätten wir … Pass auf das Seil auf, Steve! Wechsle auf die andere Seite, Schatz. (*Geht auf die andere Seite des Boots*) Ich übernehme das Boot.

In der Ferne wendet die Barkasse und nähert sich wieder.

| STEVE: | Er dreht um! |

Eine Pause. TEMPLE und STEVE beobachten die nahende Barkasse.

STEVE:	Er kommt zurück!
TEMPLE:	Wenn er nur die geringsten Manieren hat, so denke ich, dass er zurückkommen wird, um sich zu entschuldigen!
STEVE:	Paul, das gefällt mir nicht.
TEMPLE:	Es ist alles in Ordnung, Steve. Hab keine Angst, er wird es nicht wieder tun. Es ist ihm wahrscheinlich fürchterlich unangenehm …

Die Barkasse beschleunigt und fährt auf sie zu.

TEMPLE:	Hinlegen! Leg dich hin!
STEVE:	Paul!
TEMPLE:	Leg dich hin, Steve!
STEVE:	Er versucht, uns zum Kentern zu bringen! Er macht das mit Absicht! Paul!

Die Barkasse rast dicht an dem Segelboot vorbei.

| STEVE: | (*Schreit*) Paul!!!! |

Das Boot wird gegen den starken Wellengang geschleudert und kentert. Während die Barkasse davonbraust, bleiben TEMPLE und STEVE im Wasser zurück, wo sie verzweifelt nach

Luft ringen.

TEMPLE: Steve! Steve! Wo steckst du? Wo bist du, mein Schatz?

STEVE: Ich bin … ich bin … ich bin hier drüben.

TEMPLE: Wo?

STEVE: Auf der anderen Seite … Ich halte mich am Boot fest …

TEMPLE: Halt dich fest! Ich komme gleich …

TEMPLE schwimmt auf die andere Seite des gekenterten Boots.

TEMPLE: Oh … Oh, gutes Mädchen!

STEVE: Hier … Nimm das Seil.

TEMPLE: Ich hab's. Kannst du dich festhalten?

STEVE: Ja, ich glaube schon …

TEMPLE: Nicht loslassen, Steve!

TEMPLE und STEVE ringen darum, wieder zu Atem zu kommen.

STEVE: Das hat er absichtlich getan! Er hat gesehen, was passiert ist … Wenn er es nicht absichtlich getan hätte, wäre er zurückgekommen!

TEMPLE: Ja … Ja, nicht sprechen, Steve.

Eine Pause.

STEVE: Hast du ihn gesehen – den Mann im Boot, meine ich?

TEMPLE: Ich konnte sein Gesicht nicht sehen. Er hielt das Fernglas hoch.

STEVE: (*Ein Hauch von Verzweiflung schleicht sich in ihre Stimme*) Paul, was steckt hinter all dem? Warum sollten wir plötzlich …

Das Boot beginnt im Wasser auf und ab zu schwanken.

TEMPLE: Steve, pass auf! Sei vorsichtig …

STEVE: Was tun wir jetzt?

In der Ferne ist das Geräusch eines zweiten Motorboots zu hören.

TEMPLE: Wir müssen entweder hier ausharren, bis jemand kommt und uns rettet, oder … versuchen, zu schwimmen. (*Plötzlich*) Da ist ein

	Boot! Da ist ein Boot, Steve!
STEVE:	Wo?
TEMPLE:	Da drüben! Sieh doch!
STEVE:	Man hat uns gesehen! Man hat uns gesehen!
TEMPLE:	Hat man? (*Ein angespannter Moment*) Ja! Ja, du hast recht! Oh, Gott sei Dank! Gott sei Dank!

Szene 11:
Auf dem Meer.

Kurze Zeit später. Das Boot steht jetzt neben dem Segelboot. Der Motor des Boots läuft im Leerlauf. TEMPLE klettert teilweise selbst und wird teilweise von DARWIN aus dem Wasser gezogen.

DARWIN:	Kommen Sie! Kommen Sie schon! Na los! Noch einmal … und nochmal! (*Dann ist TEMPLE aus dem Wasser*) Geschafft!
TEMPLE:	Puh! Ich danke Ihnen! Bist du in Ordnung, Steve?
STEVE:	(*Atemlos*) Ja, danke, Darling …
DARWIN:	(*Amüsiert*) Wissen Sie, diese kleinen Wannen sind ziemlich schwer zu handhaben. Man sollte nicht damit rausfahren, wenn man nicht weiß, wie man damit umgeht. (*Er hält inne: verblüfft*) Sagen Sie, Sie sind doch die Leute, die ich gestern Abend im Hotel gesehen habe!
STEVE:	(*Plötzlich, erkennt DARWIN*) Aber ja, natürlich!
DARWIN:	Nun, da bin ich aber platt! (*Ein kurzes Lachen*) Ach! Ich fürchte, ich habe Sie nicht erkannt.
TEMPLE:	Das ist nicht überraschend.
DARWIN:	Hören Sie, in Anbetracht der Tatsache, dass wir uns ziemlich oft sehen werden, denke ich, es ist an der Zeit, dass wir uns vorstellen,

oder? Mein Name ist Darwin. Harold Darwin.

Musik aufblenden.

Musik ausblenden.

Szene 12:

Die Zollhalle.

Eine kleine Schar von Passagieren des Flugboots bahnt sich ihren Weg durch den Zoll. Die Atmosphäre ist recht ungezwungen.

ZOLLBEAMTER: Würden Sie bitte den Koffer öffnen, Madam?

ÄLTERE DAME: Den kleinen Koffer?

ZOLLBEAMTER: Wenn Sie so freundlich wären, Madam. (*Der Koffer wird geöffnet*) Danke. Ja, in Ordnung. Sie können weitergehen – danke. (*Nach einem Moment*) Ist das Ihr Gepäck, Sir?

TEMPLE: Ja.

ZOLLBEAMTER: Ich möchte den hier sehen, Sir.

TEMPLE: (*Zu STEVE*) Hast du den Schlüssel, Liebling?

STEVE: Ja, aber da ist absolut nichts drin ...

TEMPLE: (*Lächelt*) Hast du den Schlüssel, Steve?

STEVE gibt TEMPLE den Schlüssel.

TEMPLE: Danke.

TEMPLE öffnet den Koffer.

ZOLLBEAMTER: Ist das eine Kamera?

TEMPLE: Ja, eine Filmkamera, 16mm. Ich habe die Quittung dafür, falls Sie sie sehen wollen.

ZOLLBEAMTER: Nein, das ist schon in Ordnung.

TEMPLE: Danke.

Überblenden zum Tisch eines anderen Zollbeamten in der Nähe.

2. BEAMTER: Ist das Ihr Koffer, Sir?

DARWIN: Ja.

2. BEAMTER: Ist da noch etwas anderes drin, außer persönlichen Gegenständen?

DARWIN: Pfundnoten.

Mehrere Leute lachen.

2. BEAMTER: Ja, dann wollen wir ihn uns mal ansehen.

DARWIN: Ist schon gut! Es war nur ein Scherz, alter Junge!

Der Koffer wird geöffnet und sein Inhalt auf den Tisch geleert.

DARWIN: Passen Sie doch auf! Sie verstreuen alles überallhin!

2. BEAMTER: Schon gut, das ist nur ein Scherz, alter Junge.

STEVE und TEMPLE wollen sich gerade von ihrem Zolltisch entfernen, als BAKER auf sie zukommt.

BAKER: (*Aufgeregt, schnell*) Mr. Temple?

TEMPLE: Ja?

BAKER: Mein Name ist Baker, Sir, vom *Bournemouth Despatch*. Ich berichte über den Mord an Mrs. Raymond, Sir, und ich habe mich gefragt, ob Sie so freundlich wären …

TEMPLE: Es tut mir leid, Mr. Baker.

BAKER: Ich weiß, dass Sie es eilig haben, Sir, aber wenn Sie mir nur einen kurzen Überblick über die …

TEMPLE: (*Geht schnell weg*) Tut mir leid, Mr. Baker. Komm, Steve – das Transferboot wartet …

Szene 13:

Eine große Motorbarkasse.

Die Motorbarkasse befindet sich auf dem Weg zum Flugboot. Wir hören das Geräusch von Gesprächen von etwa zwanzig Passagieren.

DARWIN: Nun, sind Sie aufgeregt, Mrs. Temple?

STEVE: Ja, Mr. Darwin, ziemlich!

TEMPLE: Gleich kommen wir neben dem Flugboot an.

DARWIN: Ja. Ich finde, diese Flugboote sehen ziemlich beeindruckend aus, nicht wahr?

PASSAGIER: Was für ein Typ ist das? Eine Hythe?

FLUGOFFIZIER: Nein, Sir, es ist eine Plymouth … Ich würde

mir jetzt keine Zigarette mehr anzünden, Sir.

2. PASSAGIER: Ach? Dürfen wir an Bord nicht rauchen?

FLUGOFFIZIER: Erst wenn wir in der Luft sind, Sir. Dann ist es wieder erlaubt.

2. PASSAGIER: (*Erfreut*) Oh, gut, ich verstehe, danke.

MISS FRASER: Es ist immer besser, auf der sicheren Seite zu bleiben.

FLUGOFFIZIER: Ja, Madam.

MISS FRASER ist Schottin, eine alte Jungfer, um die fünfzig.

MISS FRASER: Es ist ziemlich bewegt auf dem Wasser, nicht wahr? Ich bin wirklich überrascht, es sah so ruhig aus. Ist das Ihre erste Reise, meine Beste?

STEVE: Nun, in einem Flugboot, ja.

MISS FRASER: Meine auch. Ich bin tatsächlich noch nie oben gewesen.

FLUGOFFIZIER: (*Freundlich*) Nun, es gibt keinen Grund, nervös zu sein, Madam.

MISS FRASER: Oh, ich bin nicht nervös! Ich bin vielleicht ein kleines bisschen ängstlich ...

Sie lachen alle: Die Barkasse wird langsamer.

MISS FRASER: Haben Sie von dem Mord in Bournemouth gelesen, der vorgestern Nacht geschehen ist?

STEVE: (*Unterbricht MISS FRASER beinahe, knapp*) Ja, ich ... habe etwas darüber gelesen.

Die Barkasse hat die Seite des Flugboots erreicht, es herrscht eine geschäftige Atmosphäre.

MISS FRASER: Ich habe im selben Hotel gewohnt. Im selben Hotel, wohlgemerkt!

TEMPLE: Wir sind da, Liebling!

DARWIN: Geben Sie mir Ihre Hand, Mrs. Temple.

FLUGOFFIZIER: (*Erhebt seine Stimme: freundlich*) Einen Moment, bitte!

Die stählerne Eingangstür des Flugboots wird geöffnet. Der ZWEITE FLUGOFFIZIER, ein Royal-Airforce-Typ, ruft vom

Flugboot herüber.

2. FLUGOFFIZIER: Hallo, Perry! Wie geht's?

FLUGOFFIZIER: Kann nicht meckern, alter Junge! (*Zu STEVE*) Passen Sie auf, wo Sie hintreten!

TEMPLE: Geh schon, Liebling!

2. FLUGOFFIZIER: Geben Sie mir Ihre Hand.

STEVE klettert in das Flugboot.

2. FLUGOFFIZIER: Das war's! Geschafft!

STEVE: (*Lacht*) Danke!

2. FLUGOFFIZIER: Der Nächste bitte! Gibt es noch mehr, die in unsere Skylark-Rakete einsteigen wollen?

Alle lachen.

Szene 14:

Die Passagierkabine des Flugboots.

Wir befinden uns in der Passagierkabine des Flugboots kurz vor dem Abflug. Die Motoren stehen noch still.

MISS FRASER: Nun, ich muss sagen, es ist wirklich sehr gemütlich. Und es scheint alle möglichen Annehmlichkeiten zu geben. Oh, ist Ihnen meine Handtasche im Weg?

STEVE: Nein, nein, das geht schon so. (*Zu TEMPLE*) Wo ist Mr. Darwin?

TEMPLE: Er ist da … weiter hinten – in der nächsten Kabine.

STEVE: (*Lacht*) Oh!

DARWIN: (*Ruft ihnen zu*) Hallo!

STEVE: (*Erfreut*) Hallo!

Die Motoren werden angelassen.

STEVE: Fliegen wir schon?

TEMPLE: Noch nicht.

MISS FRASER: He! Was ist denn das?

TEMPLE: Oh, das ist Ihr Sicherheitsgurt, Miss …?

MISS FRASER: Fraser.

TEMPLE: Es ist Ihr Gurt, Miss Fraser.

MISS FRASER:	Mein Gurt?
TEMPLE:	Ja, Sie legen ihn einfach um Sie herum und … Das war's! Man wird Ihnen sagen, wann Sie ihn anlegen müssen!

Das Flugboot setzt sich in Bewegung und beginnt, über das Wasser zu beschleunigen.

STEWARD:	Schnallen Sie sich bitte an!
STEVE:	Paul, wir heben ab! Wir verlassen das Wasser!
TEMPLE:	Nein, das tun wir nicht – noch nicht.

Eine Pause. Das Flugboot nimmt weiter an Fahrt auf.

MISS FRASER:	(*Leise: zu sich selbst*) Oh je, mein Magen … Dürfte ich Sie um meine Handtasche bitten?
TEMPLE:	Ja, natürlich!

TEMPLE reicht sie weiter, MISS FRASER öffnet die Tasche und sucht nervös.

MISS FRASER:	Ich habe doch irgendwo ein paar Lutschbonbons, ich … Oh, da sind sie ja! Möchten Sie ein Bonbon, meine Liebe?
STEVE:	Nein, danke, Miss Fraser.
MISS FRASER:	Nein?
STEVE:	Nein, danke.
MISS FRASER:	(*Nach einer kleinen Pause*) … Es sind Pfefferminzbonbons.

Das Flugboot braust in die Luft.
Musik aufblenden.

ENDE VON EPISODE 1.

Episode 2
Zwischenspiel in Augusta

Die Passagierkabine des Flugboots.

STEVE:	Fliegen wir schon?
TEMPLE:	Noch nicht.
MISS FRASER:	He! Was ist denn das?
TEMPLE:	Oh, das ist Ihr Sicherheitsgurt, Miss …?
MISS FRASER:	Fraser.
TEMPLE:	Es ist Ihr Gurt, Miss Fraser.
MISS FRASER:	Mein Gurt?
TEMPLE:	Ja, Sie legen ihn einfach um Sie herum und … Das war's! Man wird Ihnen sagen, wann Sie ihn anlegen müssen!

Das Flugboot setzt sich in Bewegung und beginnt, über das Wasser zu beschleunigen.

STEWARD:	Schnallen Sie sich bitte an!
STEVE:	Paul, wir heben ab! Wir verlassen das Wasser!
TEMPLE:	Nein, das tun wir nicht – noch nicht.

Eine Pause. Das Flugboot nimmt weiter an Fahrt auf.

MISS FRASER:	(*Leise: zu sich selbst*) Oh je, mein Magen … Dürfte ich Sie um meine Handtasche bitten?
TEMPLE:	Ja, natürlich!

TEMPLE reicht sie weiter, MISS FRASER öffnet die Tasche und sucht nervös.

MISS FRASER:	Ich habe doch irgendwo ein paar Lutschbonbons, ich … Oh, da sind sie ja! Möchten Sie ein Bonbon, meine Liebe?
STEVE:	Nein, danke, Miss Fraser.
MISS FRASER:	Nein?

STEVE: Nein, danke.

MISS FRASER: (*Nach einer kleinen Pause*) … Es sind Pfefferminzbonbons.

STEVE: (*Leicht verblüfft*) Pfefferminz...

MISS FRASER: (*Ganz unschuldig*) Ja, nehmen Sie doch eines, meine Liebe.

STEVE: (*Mit einem nervösen Lachen*) Nein, ich … will keines. Vielen Dank.

Das Flugboot ist auf dem letzten Meter, bevor es das Wasser verlässt.

TEMPLE: Wir verlassen das Wasser …

MISS FRASER: (*Leise*) Oh Gott … Oh Gott …

Ein plötzlicher, finaler Geschwindigkeitsschub.

TEMPLE: Geschafft!

Das Flugboot erhebt sich aus dem Wasser.

TEMPLE: Wir fliegen!

Das Flugboot steigt steil nach oben.

MISS FRASER: Oh je, wir scheinen ja sehr hoch hinaufzusteigen …

TEMPLE: (*Amüsiert*) Ich fürchte, das wird noch viel höher, Miss Fraser!

Das Flugboot fliegt steil nach oben.

STEVE: Was ist das für ein Ort, Darling?

TEMPLE: Wo? Ach, das ist die Insel Brownsea.

Eine Pause.

MISS FRASER: Ist das Poole, das ich da sehen kann?

TEMPLE: Ja, das ist Poole.

MISS FRASER: Was für ein winziger Ort!

TEMPLE lacht.

Eine Pause.

MISS FRASER: (*Leicht überrascht*) Das ist ja wirklich sehr angenehm und schön.

TEMPLE: Sie können Ihren Gurt jetzt öffnen, Miss Fraser.

MISS FRASER: Oh.

STEVE:	Wie hoch sind wir, Darling?
TEMPLE:	Ich weiß es nicht. Ich kenne mich mit Höhen nicht so gut aus. (*Dreht sich um*) Wie hoch sind wir, Steward?
STEWARD:	Etwa fünftausend Fuß, Sir. Sie können Ihren Gurt jetzt öffnen, Madam.
STEVE:	(*Hat den Gurt vergessen*) Oh, danke.
STEWARD:	Kann ich Ihnen etwas bringen, Sir?
TEMPLE:	Im Moment nicht, danke.
STEVE:	Gibt es eine Aussichtskabine?
STEWARD:	Das ist das so genannte Promenadendeck, Madam.
TEMPLE:	(*Zu STEVE*) Das sehen wir uns später an, Liebes.
STEWARD:	(*Zu MISS FRASER*) Kann ich Ihnen irgendetwas bringen, Madam?
MISS FRASER:	Nein, danke.

Einen Moment.

MISS FRASER:	Haben Sie eine weite Reise vor sich, Mr. Temple?
TEMPLE:	Wir reisen bis nach Kairo, das ist alles.
MISS FRASER:	Oh, ich habe eine viel längere Reise vor mir: Ich fliege nach Port Darwin.
STEVE:	Port Darwin?
MISS FRASER:	Ja. Zum Glück bleibe ich eine Woche in Kairo und fast zwei Wochen in Singapur, sodass die Reise nicht ganz so lang erscheint.
TEMPLE:	Nein.
MISS FRASER:	Ist dies Ihre erste Reise nach Ägypten, Mrs. Temple?
STEVE:	Ja, ich fürchte, ja.
MISS FRASER:	Es ist ein faszinierendes Land, wirklich faszinierend. Das erste Mal besuchte ich Ägypten vor etwas mehr als zwölf Jahren ... Ja, vor etwas mehr als zwölf Jahren ... im Juni 1935 ...

	(*Ein Seufzer*) Ts, ts ... Mein Gott, wie viel ist in der Zwischenzeit geschehen, nicht wahr?
TEMPLE:	Haben Sie Freunde in Kairo?
MISS FRASER:	Ich habe einen Bruder – oder besser gesagt, einen Halbbruder. Abgesehen von einem kurzen Aufenthalt in Indochina hat er fast sein ganzes Leben in Ägypten verbracht. Ich muss sagen, er hat ganz schön Karriere gemacht. Er ist bei der Transeurasischen Ölgesellschaft.
TEMPLE:	(*Nickt*) Ach ja.
MISS FRASER:	(*Leicht amüsiert*) In vielerlei Hinsicht sind wir wohl eine recht seltsame Familie. Ich habe einen Halbbruder in Kairo, eine Schwester in Singapur, zwei Brüder in Port Darwin und eine Schwester in Wellington, New South Wales.
TEMPLE:	Sie haben sich ganz gut verstreut ...
MISS FRASER:	Ja ... Ja, in der Tat. (*Nachdenklich: Andeutung eines Seufzers*) Ich frage mich manchmal, ob das eine gute Sache ist oder nicht ...

Eine Pause.

STEVE:	Wir scheinen immer höher zu steigen, Paul.
TEMPLE:	Ja.
MISS FRASER:	Meine Güte, das Meer sieht langsam ziemlich rau aus.
TEMPLE:	(*Zu STEVE*) Würdest du gerne das Promenadendeck sehen?
STEVE:	Ja. Ja, das würde ich gern.

STEVE steht auf und geht an MISS FRASER vorbei.

STEVE:	Entschuldigen Sie, Miss Fraser.

TEMPLE und STEVE gehen durch das Flugboot hinunter.

Szene 2:

Das Promenadendeck.

Die Tür öffnet sich und TEMPLE und STEVE treten ein.

TEMPLE: Von hier aus hast du die beste Aussicht, Steve.

STEVE schließt die Tür.

STEVE: (*Plötzlich angespannt*) Paul, was hältst du von dieser Frau? Glaubst du, sie ist in diese Sache verwickelt?

TEMPLE: Tja, Liebling, hör zu! Ich weiß nicht, ob sie in diese Sache verwickelt ist oder nicht, aber in den letzten fünf Minuten hast du sie angesehen, als wäre sie Draculas Lieblingstante und Frankensteins kleine Schwester in einer Person!

STEVE: Aber du weißt doch, was passiert ist! Du hast gehört, was sie gesagt hat!

TEMPLE: Steve, Miss Fraser hat im selben Hotel übernachtet wie Miss Raymond. Das stimmt. Genau wie wir, genau wie Harold Darwin, genau wie fünfzig oder sechzig andere Leute.

STEVE: Aber die Pfefferminzbonbons ...

TEMPLE: Miss Fraser lutscht Pfefferminzbonbons. Einverstanden – aber das tun auch Tausende von anderen Menschen.

STEVE: Und die Tatsache, dass ihr Bruder ...

TEMPLE: Sie hat einen Halbbruder, der für die Transeurasische Ölgesellschaft arbeitet.

STEVE: Heißt das, dass du an diesem Fall nicht interessiert bist?

TEMPLE: Fall? Welcher Fall? Joyce Raymond hat uns eine Brille gegeben und uns gebeten, sie an einen Mann in Kairo namens Richard Sullivan zu übergeben.

STEVE: Aber Joyce Raymond wurde ermordet! Und sie wurde ermordet, weil ...

TEMPLE: Weil was?

Einen Moment.

STEVE:	(*Leise, zu* TEMPLE *gewandt*) Sie wurde wegen der Brille ermordet, das weißt du genauso gut wie ich. (*Ein Ton der Entschlossenheit in ihrer Stimme*) Was glaubst du, warum wir gestern Nachmittag fast ertrunken wären? Glaubst du, dass es ein Unfall war, oder glaubst du, dass es mit Absicht geschah?
TEMPLE:	(*Leicht amüsiert*) Du bist aber ziemlich entschlossen in dieser Sache, was?
STEVE:	Jemand will uns daran hindern, Richard Sullivan die Brille zu bringen. Nun, ich habe nicht vor, uns davon abhalten zu lassen. Ich habe vor, diese Brille abzuliefern, und wenn es das Letzte ist, was ich tue.
TEMPLE:	(*Höflich*) Entschuldige, Liebling, aber – äh – wo ist die Brille?
STEVE:	Sie ist in meiner Handtasche.
TEMPLE:	Bist du sicher?
STEVE:	Natürlich bin ich mir sicher. (*Sie öffnet ihre Handtasche*) Ich habe sie ... Was denn? Sie ist weg! Paul, sie ist weg!
TEMPLE:	Es ist alles in Ordnung. Reg dich nicht auf. Ich habe sie.
STEVE:	Du hast sie?
TEMPLE:	Ja, ich habe sie vor einer halben Stunde aus deiner Handtasche genommen. (*Einen Moment, lächelt*) Nur um auf Nummer sicher zu gehen.
STEVE:	Weißt du, ich habe das Gefühl, dass du in dieser Sache nicht ganz ehrlich zu mir bist. Ich glaube, du denkst, dass ich glaube, dass ... (*Sie hält inne*)
TEMPLE:	*Was* glaubst du, Liebling?
STEVE:	... ich glaube, mir wird langsam schlecht.
TEMPLE:	Ja, das dachte ich mir schon. Lass uns zu un-

seren Plätzen zurückgehen.

Die Tür öffnet sich und DARWIN tritt ein.

DARWIN: (*Strahlt*) Hallo! Ist alles in Ordnung?

STEVE: Ja, danke.

DARWIN: Gehen Sie wieder zurück?

TEMPLE: Ja. Meine Frau …

STEVE: (*Ziemlich schnell*) Entschuldigen Sie …

STEVE geht. DARWIN lacht.

DARWIN: Haben Sie eine Zigarette?

TEMPLE: Nein, ich möchte jetzt keine, danke.

Einen Moment.

DARWIN: Sieht aus, als wäre es eine schöne Reise.

TEMPLE: Ja.

DARWIN: Temple, es gibt da etwas, das ich Sie noch fragen wollte … Diese junge Frau, die wir gefunden haben …

TEMPLE: Joyce Raymond?

DARWIN: Ja. War sie eine Freundin von Ihnen?

TEMPLE: Das kann man wohl nicht sagen.

DARWIN: Aber Sie hatten sie doch kurz zuvor getroffen, oder?

TEMPLE: Ja, ich hatte sie tatsächlich noch am selben Nachmittag gesehen.

DARWIN: In Bournemouth?

TEMPLE: Nein, in London.

DARWIN: (*Ein wenig überrascht*) In London?

TEMPLE: Ja.

DARWIN: Haben Sie dem Inspektor gesagt, dass Sie sie in London gesehen haben?

TEMPLE: Ja, natürlich habe ich das.

DARWIN: Oh, Entschuldigung, ich wollte nicht unhöflich sein.

TEMPLE: (*Lacht*) Das ist schon in Ordnung.

DARWIN: Ich bin solche Dinge normalerweise ja nicht gewohnt, wissen Sie. Es ist wohl allzu natürlich, dass mich diese Sache – nun ja – etwas interessiert.

TEMPLE: Was genau interessiert Sie, Mr. Darwin?

DARWIN: (*Leicht überrascht*) Nun, die üblichen Dinge, würde ich sagen.

TEMPLE: (*Sieht DARWIN an*) Warum wurde sie ermordet? Wer hat sie ermordet?

DARWIN: (*Ein unbehagliches kleines Lachen*) Ja …

TEMPLE: (*Nach einem Moment*) Ich wünschte, ich könnte Ihre Fragen beantworten. (*Beiläufig*) Wie lange bleiben Sie in Kairo?

DARWIN: Sechs Monate … ein Jahr … vielleicht sogar länger. Ich bin bei Heinemann und Mervyn, den Ingenieuren.

TEMPLE: Oh.

DARWIN: (*Lacht*) Ich sehe schon, Heinemann und Mervyn sagen Ihnen gar nichts! Bohrer, Bergbauausrüstung. Wir handeln mit allen Konzernen im Nahen Osten.

TEMPLE: Einschließlich der Transeurasischen Ölgesellschaft?

DARWIN: Großer Gott, ja! Das kann man wohl sagen! Ohne die gute alte T.E.O.G. wären wir bald Pleite.

TEMPLE: Sie kennen nicht zufällig einen Mann in Kairo mit dem Namen Richard Sullivan? Ich glaube, er ist bei der T.E.O.G.

DARWIN: Sullivan? Nein, leider nicht. Ich hatte immer mit einem Kerl namens Beklar zu tun. Ronnie Beklar. Netter Kerl, aber er hat gesoffen wie ein Loch. Schade. (*Plötzlich*) Ist dieser Sullivan ein Freund von Ihnen?

TEMPLE: (*Kurz angebunden*) Nein, er ist nur eine Art Freund einer Bekannten.

DARWIN: (*Gleichgültig*) Hm. Ich verstehe. Wenn ich

	Ihnen behilflich sein kann, während Sie in Kairo sind, rufen Sie mich einfach an. Ich werde die erste Woche oder so im *Cosmopolitan* sein.
TEMPLE:	Das ist sehr nett von Ihnen.
DARWIN:	Aber sehr gerne. Es würde mich sehr freuen.

Einen Moment.

| DARWIN: | Sehen Sie sich bloß diese Yacht an! Sie ist prächtig, was? |

Eine Pause.

| TEMPLE: | Bis später. |
| DARWIN: | (*Dreht sich um*) Oh, ja. Bis dann! |

Szene 3:

Die Passagierkabine des Flugboots.

TEMPLE kehrt zu STEVE zurück.

TEMPLE:	Wie geht es dir?
STEVE:	Oh, ich komme schon klar. Mir ist nur ein bisschen schwindelig, das ist alles.
TEMPLE:	(*Lacht*) Gut!
MISS FRASER:	Haben Sie die Yacht gesehen, Mr. Temple?
TEMPLE:	Ja.
MISS FRASER:	Sie sah wirklich sehr schön aus. Höchst interessant.

Eine kleine Pause.

STEVE:	Wie spät ist es?
TEMPLE:	Es ist erst viertel nach zehn. Möchtest du einen Drink?
STEVE:	Ja, ich möchte einen. Ich hätte gerne einen Brandy und ein Ginger Ale. Das könnte meinen Magen beruhigen.
TEMPLE:	Das ist eine sehr gute Idee. Was ist mit Ihnen, Miss Fraser?
MISS FRASER:	Das ist sehr freundlich von Ihnen, Mr. Temple. Um ehrlich zu sein sündige ich selten, aber

	... könnte ich dasselbe haben?
TEMPLE:	Ja, natürlich. Läute nach dem Steward, Liebling.

Szene 4:

Die Passagierkabine des Flugboots.

Einige Stunden später. Die meisten Fahrgäste schlafen. MISS FRASER schnarcht leise vor sich hin.

TEMPLE:	(*Leise*) Möchtest du noch etwas Kaffee?
STEVE:	Nein, danke.
TEMPLE:	Hat dir das Mittagessen geschmeckt?
STEVE:	Ja, das hat es, Darling.
TEMPLE:	Müde?
STEVE:	Ein wenig.
TEMPLE:	Warum versuchst du nicht, etwas zu schlafen?
STEVE:	Ja, ich denke, das werde ich.
TEMPLE:	Du kannst deinen Sitz verstellen, wenn du dich hinlegen möchtest.
STEVE:	Ist schon gut, Liebes, so ist es auch bequem für mich.
TEMPLE:	Miss Fraser schläft aber ganz schön tief.

Eine kleine Pause.

STEVE	(*Schlummert*) Hm? Was hast du gesagt?
TEMPLE:	Ich sagte: Miss Fraser schläft ... (*Sieht, dass STEVE fast eingeschlafen ist*) Gar nichts ... Mach dein Nickerchen!

STEVE gibt ein leises Geräusch von sich, als ob sie in einen Dämmerzustand fallen würde. Eine Pause entsteht. MISS FRASER schnarcht weiter.

STEWARD:	(*Leise, um niemanden zu stören*) Ich bitte um Verzeihung, Sir. Mr. Temple?
TEMPLE:	Ja.
STEWARD:	Ein Gentleman in der Kabine C hat mich gebeten, Ihnen eine Nachricht zu überbringen, Sir.

TEMPLE:	Welcher Gentleman?
STEWARD:	Der dunkle, stämmige, Sir.

Einen Moment.

TEMPLE:	Der, den ich durch die Tür sehen kann: Der Mann, der eine Zigarre raucht?
STEWARD:	Ja, Sir. Er würde gerne mit Ihnen sprechen, Sir – wann immer es Ihnen passt.
TEMPLE:	Ja, in Ordnung. Sagen Sie ihm, dass ich ihn auf dem Promenadendeck treffe.
STEWARD:	Jetzt, Sir?
TEMPLE:	Ja – sofort.
STEWARD:	In Ordnung, Sir.
TEMPLE:	Ach – wissen Sie zufällig den Namen des Gentlemans?
STEWARD:	Ich glaube, er lautet Constantine, Sir.
TEMPLE:	Ist er Brasilianer?
STEWARD:	Portugiese.

TEMPLE erhebt sich und geht in Richtung Promenadendeck.

TEMPLE:	Gut. Ich danke Ihnen, Steward.
STEWARD:	Nichts zu danken, Sir.

Szene 5:

Das Promenadendeck.

Die Tür wird geöffnet und TEMPLE tritt ein.

TEMPLE:	Sie wollten mich sprechen?
CONSTANTINE:	Mr. Temple?
TEMPLE:	Ja …
CONSTANTINE:	Es ist nett, dass Sie mir ein paar Minuten schenken.

CONSTANTINE ist ein Mann von etwa fünfzig Jahren. Er spricht langsam und mit einem deutlichen Akzent.

TEMPLE:	Aber gerne.

TEMPLE schließt die Tür.

CONSTANTINE:	Möchten Sie eine Zigarre?
TEMPLE:	Nein, danke.

CONSTANTINE: Vielleicht sollte ich mich kurz vorstellen. Mein Name ist Constantine.

TEMPLE: Was kann ich für Sie tun, Mr. Constantine?

CONSTANTINE: Ich nehme an, mein Name sagt Ihnen nicht viel?

TEMPLE: Um ehrlich zu sein, nein.

CONSTANTINE: Das ist bedauerlich. Wie auch immer … (*Achselzucken, dann eine Pause, schließlich scharf*) Was machen Sie beruflich, Mr. Temple?

TEMPLE: (*Kein großes Interesse für CONSTANTINE*) Ich bin Schriftsteller. Ich schreibe Bücher, Kriminalromane – und anderes.

CONSTANTINE: Ach ja. (*Leicht amüsiert*) Krimis.

TEMPLE: Wenn Sie mich im *Who is Who* nachschlagen, Mr. Constantine, werden Sie herausfinden, dass ich der Autor von sechzehn Kriminalromanen, drei Theaterstücken, vier Biographien und einem sehr schmalen Gedichtband bin. Sie werden auch feststellen, dass ich verheiratet bin, eine Wohnung in der Stadt und ein Landhaus in der Nähe von Evesham habe und dass meine Hobbys Lesen, Reiten und Kriminologie sind. Zu Ihrer privaten Information, Mr. Constantine, ich habe eine Abneigung gegenüber einer gewissen Art von Personen.

CONSTANTINE: Und was für Personen?

TEMPLE: Leute, die nicht direkt auf den Punkt kommen.

Einen Moment, dann beginnt CONSTANTINE zu lachen.

CONSTANTINE: Offenbar haben Sie auch Sinn für Humor, mein Freund. Den werden Sie vielleicht brauchen.

TEMPLE: Was wollen Sie?

CONSTANTINE: Vor zwei Tagen suchte Sie eine sehr charmante Dame namens Miss Raymond in Ihrer

Wohnung in der Half Moon Street auf. Sie übergab Ihnen ein bestimmtes … Dokument. Wenn ich richtig informiert bin, wurden Sie beauftragt, dieses Dokument einem gewissen Mr. Richard Sullivan zu übergeben.

TEMPLE: Wie wäre es, wenn Sie direkt zur Sache kommen?

CONSTANTINE: Gute Idee. Ich bin Geschäftsmann, Mr. Temple. Ich habe Ihnen einen Vorschlag zu machen?

TEMPLE: Und was schlagen Sie vor, Mr. Constantine?

CONSTANTINE: Nun, zunächst einmal dürfte es Sie interessieren, dass es eine Person namens Richard Sullivan gar nicht gibt. Er existiert nicht. Er ist ein Mythos. Er ist ein – wie lautet das Wort? – ein Hirngespinst.

TEMPLE: Fahren Sie fort.

CONSTANTINE: Wenn Sie mir jetzt das Dokument aushändigen, das Miss Raymond Ihnen gegeben hat, werde ich Ihnen heute Abend – nach der Ankunft in Augusta – die Summe von siebentausend Pfund zahlen.

TEMPLE: Und weiter?

CONSTANTINE: (*Zuckt mit den Achseln*) Das ist alles. Was mich betrifft, so gibt es weiter nichts zu sagen.

TEMPLE: Nun, soweit es mich betrifft, gibt es eine ganze Menge zu sagen. Erstens: Miss Raymond hat mir kein Dokument ausgehändigt. Mit anderen Worten: Das Dokument, mein lieber Mr. Constantine, existiert nicht. Es ist ein Mythos. Ein Hirngespinst Ihrer offenbar fruchtbaren Phantasie. Ich wurde gebeten, eine ganz gewöhnliche Hornbrille in Kairo an einen Gentleman namens Richard Sullivan zu übergeben. Und ich beabsichtige, diese Brille zu

	übergeben, Mr. Constantine.
CONSTANTINE:	Es gibt keine Person namens Richard Sullivan.
TEMPLE:	(*Geht langsam weg*) Das werde ich selbst herausfinden, wenn ich in Kairo bin.
CONSTANTINE:	Mr. Temple, einen Moment, bitte … Diese Brille: Sie sagen, es ist eine ganz normale Hornbrille. Nicht in irgendeiner Weise manipuliert?
TEMPLE:	Nein.
CONSTANTINE:	Und Miss Raymond hat Ihnen gesagt, dass Sie …
TEMPLE:	(*Korrigiert CONSTANTINE*) Ich wurde von Miss Raymond *gebeten* …
CONSTANTINE:	… Sie wurden von Miss Raymond gebeten, sie an einen Mr. Richard Sullivan zu übergeben?
TEMPLE:	Ja.

Einen Moment lang, dann ganz plötzlich:

CONSTANTINE:	Ich gebe Ihnen zehntausend Pfund für die Brille.

Es gibt eine Pause, dann beginnt TEMPLE zu lachen.

CONSTANTINE:	Was ist so lustig?
TEMPLE:	Offenbar haben Sie auch Sinn für Humor, Mr. Constantine.

TEMPLE öffnet die Tür und kehrt zu STEVE zurück.

Szene 6:
Die Passagierkabine des Flugboots.

MISS FRASER schnarcht immer noch leise. STEVE bewegt sich und wacht langsam auf.

STEVE:	(*Gähnt*) Oh je … oh je … Wie spät ist es?
TEMPLE:	(*Sanft*) Fast halb zwei …
STEVE:	Um wie viel Uhr erreichen wir Augusta?
TEMPLE:	Etwa um fünf.

STEVE:	Paul, was ist los? Warum dieses Stirnrunzeln?
TEMPLE:	(*Nach einer Pause, mit ruhiger Stimme*) Es scheint so, als ob du mit der Brille recht hattest, Steve.
STEVE:	Was meinst du?
TEMPLE:	(*Schlechthin*) Man hat mir gerade zehntausend Pfund dafür geboten.
STEVE:	(*Erschrocken*) Zehntausend Pfund!

MISS FRASER wacht plötzlich auf.

MISS FRASER:	Ach, du meine Güte! … (*Streckt sich*) Meine Güte. Ich bin wohl eingeschlafen …

Musik aufblenden.

Musik ausblenden.

Szene 7:

<u>Das Deck einer Motorbarkasse.</u>

Die Barkasse ist mit laufendem Motor seitlich am Flugboot festgemacht. Die Passagiere steigen aus dem Flugboot und in die Barkasse. Das Wasser spritzt gegen die Seite der Barkasse und des Flugboots. Es herrscht eine Atmosphäre bestehend aus Lärm und Gesprächen.

MISS FRASER:	(*Nervös*) Ich brauche meinen Koffer … (*Erhebt ihre Stimme*) Ich brauche meinen Koffer, junger Mann!
FLUGOFFIZIER:	Alles in Ordnung, Madam. Das Gepäck wird von der Zollbehörde abgeholt. Es wird Ihnen später ausgehändigt.
TEMPLE:	Vorsicht, Miss Fraser!
FLUGOFFIZIER:	Geben Sie mir Ihre Hand!
MISS FRASER:	Oh! (*Sie klettert in die Barkasse*) Oh, danke!
FLUGOFFIZIER:	(*Zu STEVE*) Schaffen Sie das, Madam?
STEVE:	Ja. Ja, kein Problem. (*Sie rutscht aus*) Oh!
DARWIN:	Vorsicht, Mrs. Temple!

STEVE lacht ein wenig nervös.

TEMPLE:	Fall nicht ins Wasser, Liebling!

Die PASSAGIERE lachen ein wenig.

FLUGOFFIZIER: (*Zu den PASSAGIEREN*) Würden Sie bitte alle ein wenig nach vorne gehen? Ich danke Ihnen. (*Dreht sich um*) Geben Sie mir Ihren Arm, Sir.

CONSTANTINE: Ich komme schon zurecht, danke.

Szene 8:
Die Empfangshalle eines kleinen Hotels in Augusta.

Die PASSAGIERE des Flugboots melden sich im Hotel beim MÄDCHEN AN DER REZEPTION an.

MÄDCHEN: (*Italienerin, ihr Englisch ist überhaupt nicht gut*) Miss … Fraser?

MISS FRASER: Ja.

MÄDCHEN: Sie sind in Zimmer 24, bitte.

MISS FRASER: 24?

MÄDCHEN: Ja, das ist im ersten Stock. (*Nimmt einen Schlüssel vom Brett*) Hier ist Ihr Schlüssel.

MISS FRASER: Vielen Dank. (*Dreht sich um, freundlich*) Ich hoffe, dass wir uns beim Abendessen sehen, Mrs. Temple.

STEVE: Ja, ich denke schon.

DARWIN: Mr. Darwin.

MÄDCHEN: Dar-Win?

DARWIN: Darwin.

MÄDCHEN: (*Sieht Darwins Namen auf der Liste*) Ah ja! Dar-Win … Zimmer 17, Sir. (*Nimmt einen Schlüssel vom Brett*) Hier ist Ihr Schlüssel.

DARWIN: Vielen Dank. (*Zu TEMPLE und STEVE*) Machen Sie's gut!

TEMPLE: Bis später. (*Zu dem MÄDCHEN*) Mr. and Mrs. Temple.

MÄDCHEN: Mr. und Mrs. … Okay, ja! Zimmer 23, bitte … (*Nimmt einen Schlüssel vom Brett*) Hier ist Ihr Schlüssel.

TEMPLE:	Vielen Dank.
MÄDCHEN:	Ach, Mr. Temple …
TEMPLE:	Ja?
MÄDCHEN:	Vor etwa einer halben Stunde kam ein Anruf für Sie.
TEMPLE:	Für mich?
MÄDCHEN:	Ja, Sir.
TEMPLE:	Aus London?
MÄDCHEN:	Nein, Sir. Der Gentleman ruft später am Abend noch einmal an.
TEMPLE:	Hat er einen Namen hinterlassen?
MÄDCHEN:	Nein, Sir. Keinen Namen, keine Nachricht.
TEMPLE:	(*Verwirrt*) Danke.
WILTON:	(*An der Rezeption*) Wilton …
MÄDCHEN:	Wilton? Oh, ja! Mr. und Mrs. Wilton … Zimmer 14 …

Szene 9:
Das Hotelzimmer der Temples in Augusta.

STEVE packt aus.

STEVE:	Hier ist dein Rasiermesser, Darling.
TEMPLE:	Oh, danke.
STEVE:	Und deine Rasierseife.
TEMPLE:	Danke.

Einen Moment.

STEVE:	Was glaubst du, wer hat angerufen?
TEMPLE:	(*Ratlos*) Ich weiß es nicht. Ich habe keine Ahnung. Es sei denn natürlich, das Mädchen hat sich geirrt und der Anruf war für jemand anderen.
STEVE:	Ich glaube nicht, dass sie sich geirrt hat, du etwa?
TEMPLE:	(*Einen Moment*) Nein.
STEVE:	Der Mann, von dem du mir erzählt hast, der Mann auf dem Promenadendeck, Mr. …?

TEMPLE:	Mr. Constantine?
STEVE:	Ja. Hat er das mit den 10.000 Pfund ernst gemeint?
TEMPLE:	Vollkommen ernst.
STEVE:	Und trotzdem wusste er nichts von der Brille, bis du ihm davon erzählt hast?
TEMPLE:	Nein. Er hatte offenbar den Eindruck, dass Joyce Raymond mich gebeten hatte, ein Dokument an Richard Sullivan zu übergeben.
STEVE:	Ja. Ja, das bestätigt, was ich dachte.
TEMPLE:	Was dachtest du?
STEVE:	Diese Brille enthält eine geheime Botschaft.
TEMPLE:	Meine liebe Steve, egal wie man es betrachtet, diese Brille ist eine ganz normale Hornbrille, also …
STEVE:	Glaubst du denn, Mr. Constantine hätte dir 10.000 Pfund für eine ganz normale Brille geboten?
TEMPLE:	Nun, du hast sie doch auch gesehen und untersucht. Hast du irgendwelche Anzeichen für eine geheime Botschaft darauf erkannt?
STEVE:	Nein, ich muss gestehen, das habe ich nicht.
TEMPLE:	Eben! Und ich auch nicht … und der Experte von der Kriminalpolizei auch nicht.
STEVE:	Weißt du, Darling, ich verstehe nicht ganz, wie du dich in dieser Angelegenheit verhalten willst.
TEMPLE:	Ach nein? Das ist eigentlich ganz einfach, Steve. Hinter all dem steckt etwas ziemlich Wichtiges. Und ziemlich Gefährliches. Aber trotzdem werde ich, wenn ich in Kairo ankomme, die Brille an Richard Sullivan übergeben und mich höflich um meine eigenen Angelegenheiten kümmern. Damit ist die Angelegenheit für mich erledigt.

STEVE:	Aber angenommen, Mr. Constantine hat die Wahrheit gesagt und es gibt gar keinen Richard Sullivan?
TEMPLE:	Dann werde ich die Brille zurück nach London bringen und sie der Kriminalpolizei aushändigen.
STEVE:	(*Ein Hauch von Entschlossenheit in ihrer Stimme*) Ja, ich habe da so eine Eingebung was all das betrifft.
TEMPLE:	Oh, Steve, bitte nicht! Nicht diese guten alten Eingebungen!
STEVE:	Lach nur! Aber weißt du, was ich denke? Ich denke, dass es gut möglich ist, dass wir den geheimnisvollen Mr. Sullivan bereits kennengelernt haben.
TEMPLE:	Dass wir ihn bereits kennengelernt haben?
STEVE:	Ja.
TEMPLE:	Wie meinst du das genau?
STEVE:	Ist dir nicht der Gedanke gekommen, dass Harold Darwin Richard Sullivan sein könnte?
TEMPLE:	(*Überrascht*) Harold Darwin?
STEVE:	Ja.
TEMPLE:	Wenn er es ist, warum hat er dann nicht mit mir über die Brille gesprochen?
STEVE:	Er weiß wahrscheinlich nicht, dass du sie hast, es sei denn, du hast es ihm gesagt.
TEMPLE:	(*Nachdenklich*) Nein, ich habe es ihm nicht gesagt. Aber ich habe mit ihm über Richard Sullivan gesprochen und er sagte, er hätte noch nie von ihm gehört.
STEVE:	Vielleicht hatte er einen Grund, das zu sagen.
TEMPLE:	Hm. Möglicherweise. (*Plötzlich*) Ich denke, ich werde diesen Kragen wechseln, Liebling. Wo ist der saubere – der blaue?

STEVE sucht im Koffer.

STEVE: Oh je, sag bloß, ich habe vergessen, ihn ein-zupacken.

TEMPLE: Sag *mir* bloß nicht, dass du vergessen hast, ihn einzupacken!

Eine kleine Pause.

STEVE: Darling, ich fürchte, das habe ich.

TEMPLE: Oh, tja, das macht nichts. Ich werde dann diesen hier weitertragen müssen, das ist alles. (*Blickt in den Spiegel*) Ich nehme an, er sieht nicht allzu schlimm aus.

STEVE: Wo ist das Badezimmer, Paul – hast du es gesehen?

TEMPLE: Ja. Es ist am Ende des Korridors, auf der rech-ten Seite.

STEVE geht zur Tür und öffnet sie.

STEVE: Es dauert nur einen Moment.

TEMPLE: In Ordnung.

STEVE: Pack den großen Koffer nicht aus, Paul. Ich habe alles, was wir brauchen, in den kleinen gepackt.

TEMPLE: Alles, außer meinem Kragen.

STEVE: (*Lacht*) Ja, darauf habe ich gewartet!

TEMPLE lacht. STEVE schließt die Tür und wir folgen ihr, wäh-rend sie den Korridor entlanggeht.

CONSTANTINE: (*Leise*) Mrs. Temple?

STEVE: (*Erschrocken*) Oh! Ja?

CONSTANTINE: (*Höflich und eigentlich ganz freundlich*) Ver-zeihen Sie, aber ich frage mich, ob Sie so freundlich wären, mir einen Augenblick Ihrer Zeit zu schenken?

STEVE: Was wollen Sie?

CONSTANTINE: Ich weiß nicht, ob Ihr Mann es Ihnen erzählt hat, aber wir haben im Flugzeug ein ziemlich interessantes Gespräch. Leider hat er …

STEVE: Oh! Sie sind also Mr. Constantine!

CONSTANTINE: Ja. Mrs. Temple, wir können nicht so einfach hier draußen auf dem Korridor reden. Ich frage mich, ob Sie so freundlich wären, für einen Moment in mein Zimmer mitzukommen? (*Lächelnd geht er auf sein Zimmer zu und öffnet die Tür*) Es ist alles in Ordnung, das versichere ich Ihnen. Ich werde die Tür offen lassen.

Es vergeht ein Moment, dann folgt STEVE CONSTANTINE in das Zimmer.

STEVE: Vielen Dank.

Eine Pause.

STEVE: Und?

CONSTANTINE: Ihr Mann hat eine Brille bei sich. Ich habe ihm 10.000 Pfund dafür geboten. Er hat abgelehnt und besteht darauf, die Brille nach Kairo zu einem Gentleman namens Richard Sullivan zu bringen.

STEVE: Ganz richtig.

CONSTANTINE: Mrs. Temple, ich hoffe, dass Sie auf Ihren Mann Einfluss ausüben. Ich hoffe, Sie überreden ihn, mein Angebot anzunehmen.

STEVE: Aber die Brille gehört nicht meinem Mann. Sie wurde ihm anvertraut von ...

CONSTANTINE: (*Unterbricht STEVE, lächelt*) Sie wurde ihm von einer ziemlich impulsiven jungen Dame übergeben. Ja, das weiß ich alles.

STEVE: Zu Ihrer Information: Diese impulsive junge Dame wurde ermordet, Mr. Constantine.

CONSTANTINE Ermordet, weil sie dumm genug war, sich in etwas einzumischen, das ... (*Er lächelt*) ... sie nichts anging. Sehen Sie, Mrs. Temple, die Sache ist eigentlich ganz einfach. Wenn Ihr Mann darauf beharrt, die Brille nach Kairo zu bringen, wird er herausfinden – natürlich immer vorausgesetzt, dass er Kairo sicher erreicht –, dass es eine Person namens Richard Sullivan gar nicht gibt.

TEMPLE: Mr. Constantine, diese Brille scheint mir eine ganz normale Brille zu sein. Warum bieten Sie meinem Mann dann 10.000 Pfund dafür?

Es folgt eine Pause.

CONSTANTINE: (*Ignoriert Steves Frage, dann langsam und freundlich*) Mrs. Temple, ich meine es ernst und ich spreche zu Ihnen als Freund: Wenn Sie Ihren Mann lieben und nicht wollen, dass er unnötige Risiken eingeht, dann überreden Sie ihn bitte, dass er mir die Brille hier in Augusta übergibt. Jetzt … heute Abend! Bevor es zu spät ist.

Musik aufblenden.

Musik ausblenden.

Szene 10:

Das Hotelzimmer der Temples in Augusta.

STEVE öffnet die Tür.

TEMPLE: (*Freundlich*) Sag mal, du hast aber lange gebraucht … (*Plötzlich*) Steve, was ist los?

STEVE: Ich habe Constantine gesehen. Er hat mich im Korridor abgefangen.

TEMPLE: (*Schnell*) Hat er dich belästigt? Denn wenn er das getan hat, dann …

STEVE: Nein, er war wirklich sehr nett. Er hat mich gebeten, meinen Einfluss auf dich geltend zu machen, um dich zur Herausgabe der Brille zu bewegen.

TEMPLE: Ich nehme an, er hat dir auch gesagt, dass Sullivan nicht existiert, dass, wenn wir nach Kairo kommen …

Das Telefon klingelt.

70

STEVE: Da kommt dein Anruf!

TEMPLE: Ja …

TEMPLE hebt den Hörer ab.

TEMPLE: (*Am Telefon*) Hallo?

MÄDCHEN: (*Am anderen Ende der Leitung*) Mr. Temple?

TEMPLE: Ja?

MÄDCHEN: Da ist ein Anruf für Sie. Warten Sie bitte einen Moment.

Eine kleine Pause. Knacken in der Leitung, dann spricht ein ENGLÄNDER. Er ist ziemlich aufgeweckt.

ENGLÄNDER: (*Am anderen Ende des Telefons*) Hallo?

TEMPLE: Hallo?

ENGLÄNDER: Mr. Temple?

TEMPLE: Ja.

ENGLÄNDER: Hier spricht Richard Sullivan.

TEMPLE: (*Verblüfft*) Richard Sullivan?

ENGLÄNDER: (*Lacht*) Genau! Ich nehme an, das ist eine ziemliche Überraschung für Sie? Sie haben nicht erwartet, von mir zu hören …

TEMPLE: Nein, das habe ich in der Tat nicht. Nicht bevor wir Kairo erreicht haben.

ENGLÄNDER: Ich habe das Telegramm von Joyce am Dienstag bekommen, kurz bevor ich nach Neapel abreisen wollte.

TEMPLE: Wo sind Sie jetzt?

ENGLÄNDER: Wo ich bin? Ich bin hier, in Augusta. Ich wohne bei einem Freund von mir – Colonel Marquand. (*Plötzlich*) Aber was ist mit der Brille? Haben Sie sie bei sich?

TEMPLE: Ja, ich habe sie.

ENGLÄNDER: Das ist gut! Kann ich sie in etwa zwanzig Minuten abholen?

TEMPLE: Ja, natürlich.

ENGLÄNDER: Gut! Es ist sehr anständig von Ihnen, dass Sie sie für mich mitgenommen haben.

| TEMPLE: | Gern geschehen. Ich freue mich darauf, Sie kennenzulernen. |
| ENGLÄNDER: | Danke. Übrigens: Wie geht es Miss Raymond? |

Eine Pause.

TEMPLE:	Ich fürchte, ich habe eine ziemlich schlechte Nachricht für Sie, Mr. Sullivan.
ENGLÄNDER:	Was meinen Sie? Über … Joyce?
TEMPLE:	Ja. (*Leise*) Ich erzähle es Ihnen, wenn wir uns sehen.
ENGLÄNDER:	In Ordnung. Ich werde in zwanzig Minuten da sein. Treffen wir uns in der Lounge.
TEMPLE:	Ja, in Ordnung.
ENGLÄNDER:	Wiederhören.
TEMPLE:	Auf Wiederhören.

TEMPLE hängt ein.

| STEVE: | (*Erstaunt*) Das war also … Richard Sullivan? |

Einen Moment.

| TEMPLE: | (*Nachdenklich*) Ja. |

Musik aufblenden.

Musik ausblenden.

Szene 11:
Die Hotel-Lounge.

TEMPLE und STEVE sitzen in der Lounge. Im Hintergrund hört man verschiedene Gespräche.

STEVE:	Wie spät ist es?
TEMPLE:	Es ist fast halb acht.
STEVE:	Es ist jetzt über eine Stunde her, dass er angerufen hat.
TEMPLE:	Ich weiß. Und ich habe so das Gefühl, dass er nicht auftauchen wird.
STEVE:	Paul, glaubst du, es war wirklich Sullivan oder …
TEMPLE:	Oder was?

STEVE:	Oder könnte es Mr. Constantine gewesen sein?
TEMPLE:	Mr. Constantine ist es mit Sicherheit nicht gewesen. Es war nämlich ein externer Anruf. Natürlich kann er aber auch einen Freund gebeten haben, anzurufen.
STEVE:	Das ist das, was ich mir denke.
TEMPLE:	Ja. Aber wenn es so ist, warum ist der Freund dann nicht aufgetaucht?
STEVE:	(*Nachdenklich*) Paul, ist Constantine auf dem Weg nach Kairo?
TEMPLE:	Ich glaube, er ist bis Singapur durchgebucht, aber das muss nichts bedeuten.
STEVE:	(*Einen Moment: verwirrt*) Wie hat er sich angehört – der Mann am Telefon, meine ich?
TEMPLE:	Er schien ein aufgeweckter, fröhlicher Kerl zu sein. Vielleicht ein bisschen zu fröhlich.
STEVE:	Inwiefern?
TEMPLE:	Das weiß ich nicht. Er klang nur ein wenig zu bemüht, dachte ich, so als ob die ganze Sache sorgfältig einstudiert worden wäre.
STEVE:	Du hast ihn doch gefragt, von wo aus er anrief. Was hat er gesagt?
TEMPLE:	Nein. Ich habe ihn nicht gefragt, von wo aus er angerufen hat. Ich sagte: »Wo sind Sie jetzt?« Und er sagte: »Ich bin hier, in Augusta. Ich wohne bei einem Freund von mir – Colonel Marquand.« (*Zu sich*) Colonel Marquand. Das ist vielleicht eine Idee. (*Steht auf*) Gehen wir mal zur Rezeption.

TEMPLE und STEVE gehen aus der Lounge zur Rezeption.

MÄDCHEN:	(*Freundlich*) Kann ich etwas für Sie tun, Sir?
TEMPLE:	Ja. Haben Sie ein Telefonbuch?
MÄDCHEN:	Gewiss, Sir.
TEMPLE:	Ich möchte die Adresse eines Colonel Mar-

	quand herausfinden.
MÄDCHEN:	Colonel Marquand?
TEMPLE:	Ja.
MÄDCHEN:	Da kann ich Ihnen die Adresse geben, Sir. Villa Negara.
TEMPLE:	Villa Negara. Wo ist das?
MÄDCHEN:	Es ist ungefähr eine halbe Meile entfernt, Sir.
TEMPLE:	Wo genau?
MÄDCHEN:	In Richtung Syrakus, Sir. Die Villa steht in einem kleinen Park auf dem Hügel, der den Hafen überragt.
TEMPLE:	Gut. Wie kommen wir dahin?
MÄDCHEN:	Wenn Sie zu Fuß gehen wollen, nehmen Sie die Straße zum Hafen und halten sich an der Brücke rechts. Jetzt am Abend ist das ein angenehmer Spaziergang.
TEMPLE:	Vielen Dank.
MÄDCHEN:	Vielen Dank, Sir.
TEMPLE:	(*Leise*) Nun, was sagst du? Sollen wir zur Villa gehen oder warten?

Eine Pause.

STEVE:	Lass uns zur Villa gehen.
TEMPLE:	In Ordnung. Ich gehe rasch nach oben und hole die Taschenlampe, wir könnten sie brauchen …

Musik ausblenden.

Musik aufblenden.

Szene 12:

<u>Vor den Toren der Villa Negara.</u>

Wir befinden uns vor den Toren der Villa Negara, auf einem Hügel mit Blick auf den Hafen. In der Ferne ist das Rauschen des Meeres zu hören.

STEVE:	(*Leicht außer Atem*) Oh! Meine Güte, was für ein Aufstieg! Ich dachte schon, wir würden

74

nie hier ankommen.

TEMPLE: (*Lacht*) Ich habe mich schon gefragt, ob wir es jemals schaffen würden! Hier ist das Tor ...

STEVE: Wo ist das Haus, Darling?

TEMPLE: Da ist es, hinter den Bäumen.

STEVE: (*Beeindruckt*) Was für ein schöner Ort. Lass uns das Tor öffnen.

Sie öffnen das Tor.

TEMPLE: Ich wette, dass man von diesen Fenstern aus eine wunderbare Aussicht hat.

STEVE: Ja.

Sie schließen das Tor und gehen die Auffahrt hinauf.

TEMPLE: Was ist das, Steve ... da drüben?

STEVE: (*Ein kleines Lachen*) Das ist ein See! Was für ein schöner Garten!

TEMPLE: Ja, es ist schade, dass es dunkel wird, sonst könnten wir ... (*Er hält inne*)

STEVE: Was ist das?

TEMPLE: Pst!

Aus dem Haus in der Ferne hören wir wütende Stimmen. Männer schreien sich vor lauter Wut gegenseitig an. Wir hören das Geräusch eines Kampfes. Plötzlich zerspringt Glas, als sich ein Mann durch eine Terrassentür stürzt. Die Stimmen erreichen einen wütenden Höhepunkt. Die Stimmen werden lauter. Dann ist ein Revolverschuss zu hören, gefolgt von einem zweiten Schuss. Wir hören einen Schmerzensschrei. Der Mann wurde getroffen.

STEVE: Paul ... was ist da?

TEMPLE: Da kommt jemand! Jemand rennt aus dem Haus ...

Wir hören einen weiteren Revolverschuss.

STEVE: Paul!

TEMPLE: Da ist er! Sieh doch! Er kommt die Auffahrt runter!

Der ENGLÄNDER, der mit TEMPLE am Telefon gesprochen hat,

rennt die Auffahrt hinunter. Er ist verängstigt, erschöpft und schwer verletzt.

TEMPLE: (*Erhebt die Stimme*) He, Sie!

ENGLÄNDER: (*Völlig erschöpft, unter Schmerzen*) Wer sind Sie …? Wer sind …? Oh! Oh …

TEMPLE: Geben Sie mir Ihren Arm! – Ich helfe Ihnen!

ENGLÄNDER: (*Verzweifelt*) Nein! Nein, fassen Sie mich nicht an … Oh! Oh …

STEVE: Paul, er wurde angeschossen! Er ist schwer verletzt, wir müssen etwas tun …

TEMPLE: Ich halte ihn am Arm fest. Versuchen wir, ihm bis zum Tor zu helfen …

ENGLÄNDER: (*Verzweifelt verängstigt*) Nein, fassen Sie mich nicht an, lassen Sie mich einfach … (*Plötzlich, misstrauisch*) Wer sind Sie? Was machen Sie hier?

TEMPLE: (*Leise*) Moment mal, Freundchen … Sie sind der Mann, der mit mir am Telefon gesprochen hat! Sind Sie … Richard Sullivan?

ENGLÄNDER: (*Verzweifelt*) Nein, bin ich nicht, aber ich musste mit Ihnen sprechen, ich wurde gezwungen, mit Ihnen zu sprechen, ich … Oh … oh, mein Rücken, ich …

Man hört Stimmen: zwei Männer nähern sich.

EMILE: (*Off*) Potete vederlo? (Können Sie ihn sehen?)

MARQUAND: (*Off*) Dov'è andato? (Wo ist er hin?)

STEVE: Paul, da kommt jemand!

ENGLÄNDER: Nicht, dass sie mich kriegen … bitte! Nicht, dass sie mich kriegen! Oh … Oh …

STEVE: Er bricht zusammen!

TEMPLE: Es ist alles in Ordnung, ich habe ihn!

ENGLÄNDER: Temple, hören Sie zu! Hören Sie zu! Was auch immer passiert … Bringen Sie die Brille nach Kairo …

Musik aufblenden.

ENDE VON EPISODE 2.

Episode 3
Colonel Marquand wird vorgestellt

Szene 1:

<u>Vor den Toren der Villa Negara.</u>

Wir befinden uns vor den Toren der Villa Negara.

<u>STEVE</u>:   Wo ist das Haus, Darling?

<u>TEMPLE</u>:   Da ist es, hinter den Bäumen.

<u>STEVE</u>:   (*Beeindruckt*) Was für ein schöner Ort. Lass uns das Tor öffnen.

Sie öffnen das Tor.

<u>TEMPLE</u>:   Ich wette, dass man von diesen Fenstern aus eine wunderbare Aussicht hat.

<u>STEVE</u>:   Ja.

Sie schließen das Tor und gehen die Auffahrt hinauf.

<u>TEMPLE</u>:   Was ist das, Steve … da drüben?

<u>STEVE</u>:   (*Ein kleines Lachen*) Das ist ein See! Was für ein schöner Garten!

<u>TEMPLE</u>:   Ja, es ist schade, dass es dunkel wird, sonst könnten wir … (*Er hält inne*)

<u>STEVE</u>:   Was ist das?

<u>TEMPLE</u>:   Pst!

Aus dem Haus in der Ferne hören wir wütende Stimmen. Männer schreien sich vor lauter Wut gegenseitig an. Wir hören das Geräusch eines Kampfes. Plötzlich zerspringt Glas, als sich ein Mann durch eine Terrassentür stürzt. Die Stimmen erreichen einen wütenden Höhepunkt. Die Stimmen werden lauter. Dann ist ein Revolverschuss zu hören, gefolgt von einem zweiten Schuss. Wir hören einen Schmerzensschrei. Der Mann wurde getroffen.

<u>STEVE</u>:   Paul … was ist da?

<u>TEMPLE</u>:   Da kommt jemand! Jemand rennt aus dem

Haus …

Wir hören einen weiteren Revolverschuss.

STEVE: Paul!

TEMPLE: Da ist er! Sieh doch! Er kommt die Auffahrt runter!

Der ENGLÄNDER, der mit TEMPLE am Telefon gesprochen hat, rennt die Auffahrt hinunter. Er ist verängstigt, erschöpft und schwer verletzt.

TEMPLE: (*Erhebt die Stimme*) He, Sie!

ENGLÄNDER: (*Völlig erschöpft, unter Schmerzen*) Wer sind Sie …? Wer sind …? Oh! Oh …

TEMPLE: Geben Sie mir Ihren Arm! – Ich helfe Ihnen!

ENGLÄNDER: (*Verzweifelt*) Nein! Nein, fassen Sie mich nicht an … Oh! Oh …

STEVE: Paul, er wurde angeschossen! Er ist schwer verletzt, wir müssen etwas tun …

TEMPLE: Ich halte ihn am Arm fest. Versuchen wir, ihm bis zum Tor zu helfen …

ENGLÄNDER: (*Verzweifelt verängstigt*) Nein, fassen Sie mich nicht an, lassen Sie mich einfach … (*Plötzlich, misstrauisch*) Wer sind Sie? Was machen Sie hier?

TEMPLE: (*Leise*) Moment mal, Freundchen … Sie sind der Mann, der mit mir am Telefon gesprochen hat! Sind Sie … Richard Sullivan?

ENGLÄNDER: (*Verzweifelt*) Nein, bin ich nicht, aber ich musste mit Ihnen sprechen, ich wurde gezwungen, mit Ihnen zu sprechen, ich … Oh … oh, mein Rücken, ich …

Man hört Stimmen: zwei Männer nähern sich.

EMILE: (*Off*) Potete vederlo? (Können Sie ihn sehen?)

MARQUAND: (*Off*) Dov'è andato? (Wo ist er hin?)

STEVE: Paul, da kommt jemand!

ENGLÄNDER: Nicht, dass sie mich kriegen … bitte! Nicht, dass sie mich kriegen! Oh … Oh …

STEVE:	Er bricht zusammen!
TEMPLE:	Es ist alles in Ordnung, ich habe ihn!
ENGLÄNDER:	Temple, hören Sie zu! Hören Sie zu! Was auch immer passiert … Bringen Sie die Brille nach Kairo …
TEMPLE:	Es ist alles in Ordnung, ich habe ihn!

Der ENGLÄNDER stößt einen plötzlichen, verzweifelten kurzen Schrei aus und bricht zusammen.

STEVE:	Paul, ist er tot?
TEMPLE:	(*Einen Moment*) Ja … Steve, hör zu! Nimm diese Brille … Nimm sie, Liebling! Jetzt geh zurück zum Tor und warte auf mich.
STEVE:	Aber, Paul …
TEMPLE:	(*Mit Autorität, entschlossen*) Tu, was ich dir sage! Geh zurück zum Tor und warte!
STEVE:	Aber wenn du vorhast, dass du …
TEMPLE:	(*Angespannt*) Liebling, geh zurück zum Tor und warte, ich will nicht, dass sie dich sehen!
STEVE:	(*Leise*) Ja, in Ordnung.

STEVE geht. Einen Moment später trifft COLONEL MARQUAND in Begleitung von EMILE ein. MARQUAND ist Amerikaner, um die siebenundvierzig, knallhart und abgebrüht. EMILE ist ein italienischer Diener. Er spricht nur wenig Englisch. Sie sind beide außer Atem und EMILE ist sehr aufgeregt. Als er TEMPLE sieht, bricht er in einen Wortschwall aus.

EMILE:	Chi siete? Che cosa fate qui? (Wer sind Sie? Was machen Sie hier?)
MARQUAND:	Sei still, Emile. Sei still!
EMILE:	(*Zu MARQUAND*) Ma chi è? Cosa fa qui? (Wer ist er? Was macht er hier?)
MARQUAND:	Non so. Sta' zitto e lasciami parlare. (Ich weiß nicht. Sei ruhig und überlass das Reden mir) (*Zu TEMPLE*) Wer sind Sie? Was wollen Sie?
TEMPLE:	(*Ruhig*) Was noch wichtiger ist, mein Freund – wer sind Sie?

MARQUAND:	(*Scharf*) Mein Name ist Marquand – Colonel Marquand. Ist dieser Mann ein Freund von Ihnen?
TEMPLE:	Allem Anschein nach scheint er mit niemandem besonders gut befreundet gewesen zu sein …
MARQUAND:	(*Einen Moment*) Ist er tot?
TEMPLE:	Ja.
MARQUAND:	Oh, das ist bedauerlich. Aber er hat es so gewollt. Wenn diese Schurken es sich zur Gewohnheit machen, in fremde Häuser einzubrechen, dann müssen sie sich damit abfinden, dass sie kriegen, was sie verdienen.
TEMPLE:	Wollen Sie damit sagen, dass dieser Mann in Ihr Haus eingebrochen ist?
MARQUAND:	Was meinen Sie mit »wollen Sie damit sagen«? Er hat es getan! Wir haben ihn auf frischer Tat ertappt. Stimmt's, Emile?
EMILE:	Sì. Er sehr böse … versuchen, alles zu stehlen.
MARQUAND:	Diese Art von Dingen passiert viel zu oft. Wenn die Polizei nichts unternimmt, müssen wir das Gesetz eben selbst in die Hand nehmen – das ist der einzige Ausweg.
TEMPLE:	Sie scheinen das Gesetz in Ihre eigenen Hände genommen zu haben, Colonel Marquand.
MARQUAND:	(*Leise*) Was meinen Sie?
TEMPLE:	Er wurde zusammengeschlagen.
MARQUAND:	(*Nach einem kurzen Zögern*) Ja, ich weiß. Das war Emile. Sie wissen ja, wie diese Itaker sind, sie sind verdammt ungestüm und … Sehen Sie, wir haben den Kerl auf frischer Tat ertappt. Emile ging auf ihn los, es gab einen Kampf, er kratzte die Kurve, sprang durch die Terrassentür und – nun ja – ich schoss auf ihn.

	Ich wollte den Kerl nicht töten. Ehrlich gesagt, wollte ich ihm nur Angst einjagen.
TEMPLE:	Das haben Sie auch geschafft.
EMILE:	(*Wütend*) Chi è? Perché fa queste domande? (Wer ist er? Warum stellt er diese Fragen?)
MARQUAND:	(*Wendet sich an* EMILE) Sta' zitto, stupido! (Sei still, Idiot!)
TEMPLE:	Ich hatte vor etwa anderthalb Stunden einen Anruf von einem Mann namens Sullivan. Er sagte, er würde bei Ihnen wohnen. Mein Name ist Temple.
MARQUAND:	Ach, Sie sind Mr. Temple! Mensch, das erklärt alles – das erklärt alles! Sullivan ist oben im Haus, er … wartet auf Sie.
TEMPLE:	Aber er sagte, er würde mich im Hotel treffen.
MARQUAND:	Im Hotel?
TEMPLE:	Ja. Am Telefon sagte er: »Ich werde in zwanzig Minuten da sein«. Das war um sechs Uhr.
MARQUAND:	(*Scheinbar überrascht*) Tatsächlich? Da liegt wohl ein Missverständnis vor. Er gab mir zu verstehen, dass Sie hierher kommen würden. Er hat hier auf Sie gewartet. (*Plötzlich*) Hören Sie, ich denke, wir sollten besser zum Haus gehen, dann kann ich die Polizei anrufen und Sie können Mr. Sullivan die Brille aushändigen.
TEMPLE:	(*Leise*) Oh, Sie wissen also von der Brille?
MARQUAND:	(*Mit einem Lachen*) Ja! Er wird sehr froh sein, sie endlich zu bekommen. (*Zu* EMILE) Rimani qui finché non siamo arrivati alla casa e poi porti Thompson alla casa-battello. Sai cosa fare. (Bleib hier, bis wir beim Haus sind, dann bring Thompson zum Bootshaus. Du weißt, was zu tun ist.)
EMILE:	Sì, signore.

MARQUAND: Hier entlang, Mr. Temple.
Musik aufblenden.

Musik ausblenden.

Szene 2:

Ein Zimmer in der Villa Negara.

Als die Uhr acht schlägt, öffnet sich die Tür und MARQUAND tritt ein.

MARQUAND: Es tut mir leid, dass ich Sie habe warten lassen. Ich habe die ganze Zeit telefoniert.

TEMPLE: Das ist schon in Ordnung.

MARQUAND schließt die Tür.

MARQUAND: Die Polizei hat diesen Mann identifiziert. Offenbar suchen sie schon seit einiger Zeit nach ihm. So wie ich es verstanden habe, ist er in dieser Gegend ziemlich berüchtigt. (*Plötzlich*) Oh, möchten Sie einen Drink, Mr. Temple?

TEMPLE: Nein, danke.

MARQUAND: Ich habe einen sehr guten Portwein.

TEMPLE: Im Augenblick nicht, danke.

MARQUAND: Mr. Sullivan wird Sie nicht mehr lange warten lassen, er kommt gleich herunter. (*Schenkt sich einen Drink ein*) Wie lange bleiben Sie in Augusta?

TEMPLE: Nur diese Nacht.

MARQUAND: Ach – Sie reisen also morgen ab?

TEMPLE: Ja, ich bin auf dem Weg nach Kairo. Eigentlich hatte ich erwartet, Mr. Sullivan in Kairo zu treffen. Es war schon eine ziemliche Überraschung, dass er hier in Augusta ist.

MARQUAND: Ja ... Er ist heute Morgen aus Neapel hierher gekommen. (*Beiläufig*) Sind Sie sicher, dass Sie es sich nicht anders überlegen und ein Glas Portwein trinken wollen?

TEMPLE: Ziemlich sicher.

Die Tür öffnet sich.

MARQUAND: Ah, da ist Sullivan.

ARMSTRONG: Tut mir leid, dass es so lange gedauert hat, Colonel, aber …

ARMSTRONG hört auf zu sprechen. Er starrt TEMPLE an.

MARQUAND: Was ist denn mit Ihnen los?

ARMSTRONG: (*Scharf*) Was machen Sie hier?

MARQUAND: Ich habe Ihnen doch gesagt, wer er ist. Sein Name ist Temple, er hat die … (*Er hält inne, starrt TEMPLE an*) Sagen Sie mal, was ist denn los?

TEMPLE: (*Langsam*) Es ist wirklich ganz einfach. Wir sind uns schon einmal begegnet.

MARQUAND: Sie sind sich schon einmal begegnet?

TEMPLE: (*Leise, beobachtet ARMSTRONG*) Ja …

MARQUAND: (*Scharf*) Wo?

ARMSTRONG: Vor zwei Tagen in Bournemouth.

TEMPLE: Nur bei dieser Gelegenheit, wenn ich mich richtig erinnere, nannten Sie sich Victor Armstrong.

MARQUAND: (*Äußerst wütend, zu ARMSTRONG*) Warum haben Sie mir nicht gesagt, dass Sie ihm schon einmal begegnet sind? Sie Narr, warum haben Sie mir nicht gesagt, dass er …

ARMSTRONG: (*Ebenfalls wütend*) Ich wusste es nicht! Wie konnte ich wissen, dass das der Mann ist, den Sie meinen!

TEMPLE: Es scheint ein gewisses Maß an Verwirrung zu geben. Was dagegen, wenn ich die Situation aufkläre?

MARQUAND: (*Scharf*) Und wie?

Einen Moment.

TEMPLE: Vor zwei Tagen gab mir eine junge Frau namens Joyce Raymond eine Brille und bat mich, sie einem Mann namens Richard Sullivan in Kairo zu übergeben. Heute Abend, als ich in Augusta ankam, erhielt ich einen Telefonanruf aus diesem Haus, von einem Mann, der behauptete, Richard Sullivan zu sein. Dieser Mann war die Person, die mir auf der Auffahrt entgegenkam – es war der Mann, der angeschossen wurde und der zuvor zusammengeschlagen worden war.

Einen Moment.

MARQUAND: Sein Name war nicht Richard Sullivan.

TEMPLE: (*Leise*) Trotzdem war er der Mann, der mit mir am Telefon gesprochen hat.

ARMSTRONG: Um Himmels willen, reden wir nicht um den heißen Brei herum, Marquand. Wenn er die Brille hat, dann …

MARQUAND: Seien Sie still! Ich werde das regeln. Ich werde das auf meine Weise regeln. (*Zu TEMPLE*) Setzen Sie sich.

TEMPLE: Wenn es Ihnen nichts ausmacht, würde ich lieber stehen.

MARQUAND: Setzen Sie sich!

TEMPLE: (*Leicht*) Tja, da Sie offensichtlich darauf bestehen, werde ich mich setzen.

TEMPLE setzt sich.

MARQUAND: Jetzt hören Sie zu. Und hören Sie gut zu. Bevor wir weitermachen, möchte ich …

TEMPLE: Bevor wir weitermachen, möchte ich, dass Sie mit Ihrem Revolver ein wenig mehr nach rechts zielen, stört Sie das? Ich bin ziemlich empfindlich, was … Ah, danke, das ist viel besser.

MARQUAND: (*Ruhig, nicht unfreundlich*) Mr. Temple, ich bin Geschäftsmann. Ganz einfach ein Geschäftsmann. Deshalb will ich ehrlich mit Ihnen sein, meine Karten auf den Tisch legen

| | und Ihnen einen Vorschlag machen. |
| TEMPLE: | Jeder scheint mir in diesen Tagen Angebote zu machen. Wie lautet Ihres, Colonel Marquand? |

Einen Moment.

MARQUAND:	Was hat Miss Raymond Ihnen über die Brille erzählt: Was hat sie gesagt, als sie Ihnen die Brille übergab?
TEMPLE:	Ich habe Ihnen gesagt, was sie gesagt hat. Sie bat mich lediglich, sie in Kairo einem Mann namens Richard Sullivan zu übergeben.
MARQUAND:	Sonst … nichts?
TEMPLE:	Nichts.
MARQUAND:	(*Glaubt TEMPLE*) Gut! Nun aber zu meinem Vorschlag, Mr. Temple. Sie können mir die Brille entweder jetzt aushändigen, dann können Sie hier mit heiler Haut rausgehen, oder Sie können sich weigern, sie mir auszuhändigen, dann werde ich mit Vergnügen diesen Revolver benutzen.
TEMPLE:	Ich bin vielleicht voreingenommen, aber das hört sich für einen Geschäftsmann ziemlich einseitig an. Da ziehe ich zum Beispiel das Angebot, das ich heute Nachmittag von Mr. Constantine erhalten habe, vor.
ARMSTRONG:	Wer zum Teufel ist Mr. Constantine?
TEMPLE:	Er ist ein Gentleman, den ich im Flugzeug kennengelernt habe. Offenbar ist auch er an der Brille interessiert.
MARQUAND:	Was soll das heißen?

Einen Moment.

TEMPLE:	Er hat mir 10.000 Pfund dafür geboten.
ARMSTRONG:	(*Erstaunt*) 10.000 Pfund?
MARQUAND:	(*Wütend*) Wo ist die Brille? Wo ist sie?
ARMSTRONG:	(*Langsam, beobachtet TEMPLE*) Haben Sie sie

	an diesen Mr. Constantine verkauft?
TEMPLE:	Was hätten Sie unter diesen Umständen getan, Mr. Armstrong?
MARQUAND:	Was Armstrong oder ein anderer getan hätte, ist völlig nebensächlich. Ich nehme an, dass Sie die Brille noch haben, oder wenn Sie sie nicht haben, wissen Sie, wo sie ist. Jetzt reden Sie endlich, los! (*Eine angespannte Pause*) Mr. Temple, ich bin ein ziemlich ernster Typ, ich nehme mir die Dinge sehr zu Herzen. Sie haben gesehen, was mit Thompson passiert ist …
TEMPLE:	Thompson?
MARQUAND:	Das war der Mann, der Ihnen auf der Auffahrt begegnet ist.
TEMPLE:	Oh, ja. Ich habe gesehen, was mit Thompson passiert ist.
MARQUAND:	Thompson war ein netter Kerl, aber er fing an, sentimental zu werden. Ich mag keine Sentimentalität, Mr. Temple, genauso wenig wie ich Dummheit mag. Und gerade jetzt kommen Sie mir sehr dumm vor. (*Eine Pause*) Ich gebe Ihnen fünf Sekunden, um mir genau zu sagen, wo diese Brille ist. Wenn Sie es mir nicht sagen, werde ich diesen Abzug betätigen … Eins … zwei … drei … vier … fü…

Draußen in der Eingangshalle beginnt das Telefon zu klingeln.

ARMSTRONG:	Das Telefon!
MARQUAND:	(*Scharf*) Okay, gehen Sie ran.

ARMSTRONG geht hinaus und schließt die Tür hinter sich.

TEMPLE:	Wenn Sie nichts dagegen haben, überlege ich es mir nochmals wegen des Glases Portwein …
MARQUAND:	Bleiben Sie, wo Sie sind!

TEMPLE:	(*Lacht ihn an*) Nun gut … Darf ich eine Zigarette haben?
MARQUAND:	Auf dem Tisch liegt eine Schachtel. Sie können sie erreichen, ohne aufzustehen. Bedienen Sie sich.
TEMPLE:	(*Tut dies*) Danke.
MARQUAND:	Da liegt ein Feuerzeug neben der Schachtel.
TEMPLE:	Sie wollen kein Risiko eingehen, nicht wahr, Colonel?

TEMPLE zündet die Zigarette an. Die Tür wird aufgestoßen und ARMSTRONG kehrt zurück.

MARQUAND:	(*Rasch*) Und? Wer war es?
ARMSTRONG:	Sie haben sich über den Kerl da getäuscht – vollkommen getäuscht!
MARQUAND:	(*Wütend*) Was meinen Sie? Wer war am Telefon?
ARMSTRONG:	Es war der Mann, von dem er uns erzählt hat – Constantine. Der Mann auf dem Flugboot.
MARQUAND:	(*Immer noch wütend*) Und?
ARMSTRONG:	Er will Sie sehen – jetzt – heute Abend, im *El Passaro*.
MARQUAND:	Er hat die Brille. Temple hat sie ihm für 10.000 Pfund verkauft.

Eine angespannte Pause.

| MARQUAND: | (*Sanft, aber mit wilder Entschlossenheit*) Haben Sie diese Brille verkauft? Haben Sie ...? (*Langsam, die letzte Drohung*) Ich gebe Ihnen drei Sekunden Zeit, mir zu sagen, ob … |

TEMPLE kippt den Tisch um.

| ARMSTRONG: | (*Plötzlicher Warnschrei*) Achtung! Achtung, Achtung! |
| MARQUAND: | Der Revolver! Holen Sie den Revolver … |

MARQUAND stößt einen kurzen Schmerzensschrei aus, als TEMPLE ihm den Revolver aus der Hand schlägt. Dann erwischt TEMPLE ihn am Kiefer.

MARQUAND: Ahhhh!

MARQUAND fällt um wie ein Klotz. TEMPLE und ARMSTRONG stürzen sich beide auf den Revolver, ARMSTRONG ist zuerst da, TEMPLE packt ihn am Handgelenk und sie kämpfen.

ARMSTRONG: (*Vor Schmerzen*) Mein Handgelenk …

TEMPLE: Lassen Sie ihn fallen … Fallen lassen …

MARQUAND: Mein Handgelenk … mein Handgelenk … Sie brechen es mir … Sie …

TEMPLE: Lassen Sie ihn fallen!

Noch ein kurzer Kampf, dann fällt der Revolver zu Boden. Eine angespannte Pause. Sowohl ARMSTRONG als auch TEMPLE atmen schwer.

TEMPLE: (*Leise*) Stellen Sie sich dort drüben hin … Na los …

ARMSTRONG: (*Erschrocken*) Nicht schießen, Temple …

TEMPLE: Gehen Sie weiter, noch weiter weg … (*Mit wilder Entschlossenheit*) Jetzt, Mr. Armstrong, möchte ich etwas über die Brille wissen.

ARMSTRONG: Was … meinen … Sie?

TEMPLE: Sie wissen genau, was ich meine! Warum hat Mr. Constantine mir 10.000 Pfund dafür geboten?

ARMSTRONG: Ich … weiß … nicht …

TEMPLE: Warum ist unser charmanter kleiner Freund hier am Boden so entschlossen, sie in seinen Besitz zu bringen?

ARMSTRONG: Ich weiß es nicht! Ich sage Ihnen doch, ich weiß es nicht!

TEMPLE: Hören Sie, langsam werde ich ungemütlich. Ich will etwas über diese Brille wissen …

ARMSTRONG: Es gibt nichts, was ich Ihnen darüber sagen kann, absolut nichts, außer der Tatsache, dass …

TEMPLE: Was?

Einen Moment.

ARMSTRONG: Das erste Mal begegnete ich Marquand vor sechs Wochen ... in Kairo. Er erzählte mir, dass ein Freund von ihm – ein Mann namens Richard Sullivan – eine Hornbrille verloren hatte und dass er, Marquand, bereit war, viertausend Pfund dafür zu bezahlen. Zuerst dachte ich, der Mann sei verrückt und die ganze Sache sei eine Art Scherz. Später jedoch zahlte er mir zweitausend Pfund im Voraus und beauftragte mich, die Brille zu finden.

TEMPLE: Sind Sie jemals diesem Freund von Marquand begegnet, diesem Richard Sullivan?

ARMSTRONG: (*Nach einem Moment*) Nein.

TEMPLE: Was haben Sie in Bournemouth gemacht?

ARMSTRONG: Ich bin nach Bournemouth gefahren, um Joyce Raymond zu sehen.

TEMPLE: Tatsächlich? Das ist sehr interessant. Als ich Miss Raymond sah – oder besser gesagt, sie mich aufgesucht hat, war das in London. Dann hat sie sich aus irgendeinem Grund in den Kopf gesetzt, nach Bournemouth zu fahren. Warum, frage ich mich? (*Pause*) Übrigens, wer hat Ihnen überhaupt von Joyce Raymond erzählt?

ARMSTRONG: Das war Marquand. Er sagte, dass sie Informationen über die Brille haben könnte.

TEMPLE: Haben Sie Miss Raymond in Bournemouth getroffen? ... Nun?

ARMSTRONG: Nein.

TEMPLE: (*Beobachtet* ARMSTRONG) Sie wissen, was mit ihr passiert ist.

ARMSTRONG: (*Besorgt*) Ja, ich habe davon gelesen ... Das ist ... sehr bedauerlich.

TEMPLE: (*Leise*) Höchst bedauerlich ...

ARMSTRONG: Warum sehen Sie mich so an?

TEMPLE:	(*Langsam*) Haben Sie Joyce Raymond ermordet?
ARMSTRONG:	Nein! Nein! Ich schwöre, ich habe es nicht getan!

Eine Pause.

TEMPLE:	Dieser Ort, den Constantine erwähnte, das *El Passaro*. Was ist das?
ARMSTRONG:	Es ist ein Café.
TEMPLE:	Wo?
ARMSTRONG:	(*Nach einem Moment*) In Syrakus.

MARQUAND rührt sich und stöhnt.

ARMSTRONG:	Er kommt wieder zu sich.
MARQUAND:	Mein Gott, ich … ich … Mein Kopf! Was ist passiert? Was hat mich da getroffen?
TEMPLE:	Er gehört Ihnen, Mr. Armstrong. Geben Sie dem Gentleman ein Glas Portwein.

Musik aufblenden.

Musik ausblenden.

Szene 3:
Die Auffahrt zur Villa Negara.

STEVE:	Paul! Paul!
TEMPLE:	(*Off*) Wo bist du, Steve?
STEVE:	Ich bin hier drüben – neben dem Baum!
TEMPLE:	(*Er sieht sie*) Ach da!

TEMPLE kommt zu STEVE herüber.

STEVE:	Geht es dir gut, Darling?
TEMPLE:	Ja.
STEVE:	Ich habe mir schon Sorgen gemacht. Was ist passiert?
TEMPLE:	Das erzähle ich dir später, Steve. Hast du die Brille?
STEVE:	Aber ja!
TEMPLE:	Gib Sie mir.
STEVE:	Ist schon gut, Paul, ich kann darauf aufpassen.

TEMPLE: Nein, gib sie mir.

STEVE gibt ihm die Brille.

TEMPLE: Danke. Also, was ist passiert, nachdem ich
                 weg war?

STEVE: Nun, dieser ziemlich schlecht gelaunte kleine
                 Diener …

TEMPLE: Ja?

STEVE: Er trug den anderen Mann – den Mann, der
                 erschossen wurde – den Weg hinunter.

TEMPLE: Welchen Weg?

STEVE: Den da – den da drüben.

TEMPLE: (*Nickt*) Und weiter?

STEVE: Ich bin ihm ein Stück des Weges gefolgt. Der
                 Weg führt hinunter zu einem Privatstrand, an
                 dessen Ende sich ein Bootshaus befindet. Ich
                 blieb eine Weile stehen und beobachtete ihn.
                 Es wurde aber schon dunkel und ich konnte
                 nicht mehr allzu gut sehen.

TEMPLE: Was hat er gemacht?

STEVE: Ich glaube, er wollte den Mann, der erschos-
                 sen wurde, in ein Boot setzen. Nach einer
                 Weile bekam ich Angst und lief zurück zum
                 Tor.

TEMPLE: Wie weit unten liegt das Bootshaus?

STEVE: Oh, etwa dreihundert Meter.

TEMPLE: Ich muss diese Sache melden, Steve, aber das
                 Problem ist, dass mir wahrscheinlich niemand
                 glauben wird, wenn ich keine Leiche vorzei-
                 gen kann.

STEVE: Na dann, gehen wir runter zum Strand und
                 sehen wir uns um.

TEMPLE: (*Vertraut*) Gutes Mädchen!

STEVE: Auf dem Weg nach unten kannst du mir ja
                 erzählen, was im Haus passiert ist.

Szene 4:

Auf dem Weg hinunter zum Bootshaus.

Wir hören, wie sich die beiden dem Meer nähern, während
TEMPLE und STEVE den Weg entlang gehen.

TEMPLE: … natürlich ist es nach Constantines Anruf
               ziemlich klar, was er vor hat. Offensichtlich
               wird er versuchen, Marquand eine andere
               Brille zu verkaufen.

STEVE: Ja. Ich frage mich, ob Marquand die echte
               Brille erkennt, wenn er sie sieht? Weißt du, da
               muss etwas ganz Großes dahinterstecken,
               Darling. Immerhin hat Constantine dir 10.000
               Pfund dafür geboten und er muss denken, dass
               Marquand bereit ist, noch mehr zu bieten.

TEMPLE: Ja.

STEVE: Hast du ihn nach der Brille gefragt?

TEMPLE: Nein. Sobald er zu sich kam, habe ich mich
               aus dem Staub gemacht. Ehrlich gesagt ist er
               nicht gerade die Sorte Mann, bei dem man ein
               Risiko eingehen würde.

STEVE: Er sah auch aus wie ein ziemlich harter Kerl.

TEMPLE: Das ist er auch.

STEVE: Was hat Armstrong mit all dem zu tun?

TEMPLE: Armstrong sagt, er habe nichts von der Brille
               gewusst, sondern einfach Marquands Anwei-
               sungen befolgt. Ehrlich gesagt, glaube ich,
               dass er die Wahrheit sagt. Ich habe die Ver-
               mutung, dass Thompson, der Kerl, der ermor-
               det wurde, mehr oder weniger in der gleichen
               Situation war. (*Nachdenklich*) Weißt du, ir-
               gendetwas hat Thompson Angst gemacht. Et-
               was, das ich ihm am Telefon sagte, als er sich
               darauf vorbereitete, Richard Sullivan zu sein.
               Ich bin mir ziemlich sicher, dass der Streit
               deshalb begann und Marquand deswegen auf

	ihn losging.
STEVE:	Nun, du hast ihm gegenüber doch angedeutet, dass Joyce Raymond etwas zugestoßen ist. Wenn er nicht wusste, dass Joyce ermordet wurde …
TEMPLE:	Dann hat er vielleicht voreilige Schlüsse über den Mord gezogen und einen Streit mit Armstrong angezettelt? Ja. Ja, das ist durchaus möglich, Steve.
STEVE:	Sei vorsichtig, Darling – da ist eine Kehre …

Sie gehen ein paar Schritte weiter und bleiben dann stehen.

STEVE: Da ist der Strand, da unten …

Das Meer ist jetzt ganz nah.

TEMPLE: Wo ist das Bootshaus? Oh, ich sehe es … (*Blickt voraus*) Es sieht nach einem ziemlich schwierigen Weg aus … Gib mir deine Hand, Steve …

Sie beginnen, den Weg hinunter zu steigen.

TEMPLE: Glaubst du, dass du es schaffen kannst?

STEVE: Ja … Ja … Ich glaube schon.

TEMPLE: Pass auf, wo du hintrittst!

STEVE: Es ist … schon gut …

TEMPLE: Sei vorsichtig, Liebling …

TEMPLE und STEVE gehen weiter den Weg zum Strand hinunter.

STEVE: Hier ist es nicht so schlimm.

TEMPLE: Nein … Halte meine Hand fest … Vorsichtig!

Noch ein paar Schritte, dann bleibt STEVE stehen. Unten am Strand ist EMILE, der italienische Diener, zu hören. Er ist benommen, teilweise bewusstlos. Er kommt gerade wieder zu sich, nachdem er niedergeschlagen wurde.

STEVE: (*Sehr leise*) Paul …

TEMPLE: Was ist los?

STEVE: Hör doch …

Einen Moment lang hört TEMPLE dem Geräusch zu.

TEMPLE:	Das kommt vom Strand. Da unten muss jemand sein … Ja! Da ist jemand am Ende des Weges! Sieh mal, Steve!
STEVE:	Wer ist es?
TEMPLE:	Komm, das werden wir bald sehen!

TEMPLE und STEVE eilen den Weg hinunter.

Szene 5:
Der Strand.

Am Strand am Ende des Weges liegt EMILE und stöhnt, als sich die TEMPLES nähern.

TEMPLE:	Halte mal die Taschenlampe!
STEVE:	Wer ist es?
TEMPLE:	Es ist dieser Italiener, der Diener. Der Mann, der Thompson hierher gebracht hat.
STEVE:	Aber was ist mit ihm passiert?
TEMPLE:	Er wurde von jemandem niedergeschlagen! Halte die Taschenlampe hoch.
STEVE:	Sieh dir seinen Kopf an …
TEMPLE:	Man hat ihm nur einen Hieb versetzt. In einer Stunde oder so geht es ihm wieder gut.
STEVE:	Paul, was glaubst du, was passiert ist?
TEMPLE:	Ich weiß es nicht … Er muss auf dem Weg zurück zum Haus gewesen sein … Jemand muss sich von hinten angeschlichen und ihn überrascht haben … Wie auch immer, lass uns einen Blick in das Bootshaus werfen.
STEVE:	Wenn er auf dem Weg zurück zur Villa war, Paul, dann muss er sich der Leiche – der von Thompson, meine ich – bereits entledigt haben.
TEMPLE:	(*Nachdenklich*) Ja, es sei denn natürlich … Sehen wir uns mal um, Liebling.
STEVE:	Aber Paul, sollen wir diesen Mann hier einfach so liegen lassen?

TEMPLE: Es gibt nichts, was wir für ihn tun können. Er wird wieder. Komm, Steve, gib mir deine Hand.

Musik aufblenden.

Musik ausblenden.

Szene 6:
Außerhalb des Bootshauses.

TEMPLE: Das ist aber ein ziemlich luxuriöses Bootshaus ... Wo ist die Tür?

STEVE: Da.

TEMPLE: Oh, ja ... Mach nicht mehr Lärm als nötig!

STEVE: Ja, in Ordnung.

TEMPLE und STEVE steigen die Holzstufen zur Tür des Bootshauses hinauf. TEMPLE versucht, die Tür zu öffnen.

TEMPLE: Die Tür ist verschlossen.

STEVE: Bist du sicher?

TEMPLE versucht erneut, die Tür zu öffnen.

TEMPLE: Ja.

STEVE: Gibt es ein Schlüsselloch?

TEMPLE: (*Ein kleines Lachen*) Natürlich gibt es ein Schlüsselloch, Liebling ... Aber die Tür ist verschlossen!

STEVE: Ja, ich weiß! Aber kannst du durch das Loch hindurchsehen?

TEMPLE: (*Nach einem Moment*) Nein, es ist viel zu dunkel. Moment mal ... Ich habe doch hier irgendwo ein paar Schlüssel ... (*Er holt die Schlüssel aus seiner Tasche*) ... Ah, da haben wir sie ja ... (*Er probiert einen Schlüssel aus*) Hm, der taugt nicht viel, fürchte ich. Moment mal, ich glaube, ich habe hier einen, der ... (*Er probiert einen zweiten Schlüssel*) Er passt!

Das Schloss dreht sich.

TEMPLE: Ja ...

TEMPLE öffnet die Tür.

TEMPLE: Bleib hinter mir, Liebling, nur für den Fall …

STEVE: (*Leises Flüstern*) Hier ist die Taschenlampe.

TEMPLE: Danke.

TEMPLE und STEVE betreten das Bootshaus.

STEVE: Scheint ziemlich verlassen zu sein, es gibt nichts – Paul! Da ist Thompson! Sieh doch – in der Ecke!

TEMPLE: (*Geht zur Leiche*) Ja, ich sehe ihn.

STEVE: Dieser Mann muss ihn einfach hierher gebracht und ihn hier abgeladen haben … Paul, was ist los?

TEMPLE: Das ist nicht Thompson. Das ist Mr. Constantine. Komm nicht zu nahe, Liebling …

STEVE: Was ist mit ihm passiert?

TEMPLE: Er wurde niedergestochen. Halte mal die Taschenlampe!

STEVE: Ist er … tot?

TEMPLE: (*Einen Moment*) Ja.

STEVE: Wie lange ist er schon tot, kannst du das sagen?

TEMPLE: Das ist schwer zu sagen. Aber sicherlich schon eine Stunde oder so, vielleicht sogar länger.

STEVE: Aber dann kann er es nicht gewesen sein, Paul!

TEMPLE: Warum, woran denkst du? An das Telefongespräch mit Marquand?

STEVE: Ja.

TEMPLE: (*Schüttelt den Kopf*) Nein, das kann Constantine nicht gewesen sein. Es kann unmöglich Constantine gewesen sein!

STEVE: Wer war es dann?

TEMPLE: Ich wünschte, ich wüsste es.

STEVE: Paul, was sollen wir tun? Du musst die Polizei

	verständigen.
TEMPLE:	(*Nachdenklich, entschlossenes Auftreten*) Wer auch immer diesen Anruf getätigt hat, wartet im *El-Passaro*-Café auf Marquand.
STEVE:	Wo ist das? In Augusta?
TEMPLE:	Nein, in Syrakus, etwa zwölf Meilen entfernt. (*Plötzlich*) Wir fahren zurück zum Hotel und ich rufe dann von dort aus die Polizei an … (*Er zögert*)
STEVE:	Und dann?
TEMPLE:	Dann fahren wir zum *El Passaro*. Ich bin sehr gespannt auf diesen Gentleman, der behauptet, Mr. Constantine zu sein.

Musik aufblenden.

Musik ausblenden.

Szene 7:

Die Lobby von Temples Hotel in Augusta.

Die Gäste kommen und gehen im Hintergrund.

TEMPLE:	(*Dringlich*) Du wartest hier, Steve – ich gehe hoch ins Zimmer und telefoniere.
STEVE:	Ja, in Ordnung.
TEMPLE:	Ach, du könntest versuchen herauszufinden, wie weit dieses Café *El Passaro* wirklich entfernt ist. Wenn es sehr weit ist, versuche, ein Taxi zu bekommen – oder eine Droschke. Es wird nicht lange dauern …
STEVE:	In Ordnung, Darling.
TEMPLE:	(*Stößt fast mit* MISS FRASER *zusammen*) Oh, hallo, Miss Fraser!
MISS FRASER:	(*Freundlich*) Hallo, Mr. Temple! Sie scheinen es aber ziemlich eilig zu haben!
TEMPLE:	Ja, das stimmt, leider!
MISS FRASER:	Sie wissen ja, man sagt: Eile mit Weile … (*Ihre Handtasche fällt ihr aus der Hand*) –

Oh!

STEVE: Ihre Tasche, Miss Fraser!

Die Handtasche fällt zu Boden, der Inhalt verstreut sich.
TEMPLE bückt sich, um sie aufzuheben.

MISS FRASER: Tsts – Ich weiß auch nicht warum, aber dieser Tage lasse ich ständig meine Tasche fallen. Ich kann einfach nicht … Oh, machen Sie sich keine Mühe, Mr. Temple! Wirklich, es ist schon in Ordnung …

TEMPLE: Das ist gern geschehen, Miss Fraser. Hier ist Ihr Taschentuch … und Ihr Kamm …

MISS FRASER: Oh, danke …

TEMPLE: Und Ihre Puderdose.

MISS FRASER: Oh, danke, ich … Oh, bitte, Mrs. Temple! Bitte! Bitte, bemühen Sie sich nicht ...

STEVE: (*Lacht*) Hier ist Ihre Handtasche.

MISS FRASER: Wirklich, ich bin ziemlich durcheinander! Sie werden es kaum glauben, aber das ist in den letzten vierundzwanzig Stunden schon zum dritten Mal, dass ich meine Tasche fallen lasse. Wenn das noch einmal passiert, dann schwöre ich, dass ich diese vermaledeite …

TEMPLE: Vorsicht!

MISS FRASER: (*Umklammert ihre Handtasche*) Oh! Oh! Du meine Güte, ich hätte das Ding fast schon wieder fallen lassen! Was ist bloß mit mir los!

TEMPLE und STEVE lachen.

TEMPLE: Werden Sie hier Abendessen, Miss Fraser?

MISS FRASER: Ich? Nein. Nein, ich gehe nur nach oben, um mich umzuziehen. Ob Sie es glauben oder nicht, ich habe eine Verabredung!

STEVE: (*Lacht*) Eine Verabredung? Das ging ja schnell!

MISS FRASER: Ja … In dem alten Mädchen steckt noch viel Leben!

TEMPLE:	(*Amüsiert*) Bis später, Steve!
STEVE:	Ja. In Ordnung!
MISS FRASER:	Guten Abend, Mrs. Temple!
STEVE:	Guten Abend, Miss Fraser.

Szene 8:

Auf der Straße vor dem Hotel.

Eine Droschke fährt vor. Der KUTSCHER ist Franzose und lustig. Er heißt GEORGES PASCALL.

STEVE:	Sind Sie frei?
PASCALL:	Wo wollen Sie hin?
STEVE:	Wir wollen ins *El Passaro*.
PASCALL:	Wir?
STEVE:	Mein Mann und ich. Er wird gleich rauskommen.
PASCALL:	Ins *El Passaro*? (*Er zuckt mit den Schultern*) Das ist ein weiter Weg. Kostet eine Menge Geld.
STEVE:	Und, wie viel Geld?
PASCALL:	Das weiß ich nicht. (*Er zuckt wieder mit den Schultern*) Es kostet einfach eine Menge Geld.
STEVE:	Also, wie viel?
PASCALL:	(*Unauffällig*) Wie viel haben Sie?
STEVE:	Jetzt hören Sie mir mal zu, Sie Gordon Richards[2] ...
PASCALL:	Nein, Pascall ... Georges Pascall.
STEVE:	Nun, hören Sie mir zu, Mr. Pascall ...
PASCALL:	Graf Pascall, wenn ich bitten darf!
STEVE:	(*Verblüfft*) *Graf* Pascall ... Sind Sie wirklich ein Graf?
PASCALL:	(*Flüstert zu STEVE zurück*) Ja.
STEVE:	Tja, ich bin eine Gräfin. Fahren Sie uns zum

---

[2] Sir Gordon Richards (1904–1986) war ein britischer Jockey und 26 Mal Champion im Flachrennen.

100

El Passaro!
Musik aufblenden.

Musik ausblenden.

Szene 9:

In der Droschke.

Die Pferde traben.

STEVE: Wir scheinen schon seit Stunden unterwegs zu sein, Paul.

TEMPLE: Ja, ich werde mit dem Kutscher sprechen. (*Erhebt seine Stimme*) Hören Sie!

PASCALL: (*Dreht sich um*) Monsieur?

TEMPLE: Wie weit müssen wir noch fahren?

PASCALL: Bis zur Spitze des Hügels, Monsieur, dann sehen Sie das *El Passaro.*

STEVE: Was ist das für ein Café?

PASCALL: Pardon, Mademoiselle?

STEVE: (*Zu TEMPLE, beiseite*) Mir gefällt dieses Mademoiselle-Gehabe.

TEMPLE: Meine Frau fragt, was das für ein Café ist?

PASCALL: Sie waren noch nie dort? Es ist sehr schön. Zu dieser Jahreszeit gehen alle ins *El Passaro.*

TEMPLE: Wissen Sie, wer den Laden leitet?

PASCALL: (*Verwirrt*) Wer ihn leitet? … Ach, der Besitzer! Es ist ein Mann namens Schreider. Er ist ein sehr kluger junger Mann. Er hat ein Café in Neapel, ein Café in Palermo, ein Café in Brindisi, Cafés in der ganzen Gegend!

TEMPLE: Er scheint wirklich ein sehr kluger junger Mann zu sein.

Die Droschke fährt weiter.

STEVE: Du hast mir nicht erzählt, was die Polizei gesagt hat.

TEMPLE: Ich hatte ziemlich viel Glück, ich bekam einen Mann namens Rossetti an den Apparat. Abge-

	sehen davon, dass er ziemlich gut Englisch sprach, schien er sehr kompetent zu sein. Offenbar hat er Sir Graham vor zwei oder drei Jahren mal kennengelernt, das war eine große Hilfe.
STEVE:	Hast du ihm von der Brille erzählt?
TEMPLE:	Ich habe ihm einen Teil der Geschichte erzählt. Die lokalen Behörden haben offenbar schon seit einiger Zeit ein Auge auf Marquand geworfen.
STEVE:	Und? Triffst du dich mit diesem Rossetti?
TEMPLE:	Ja, ich habe mit ihm ein Treffen im *El Passaro* vereinbart.
PASCALL:	Pardon, Monsieur!
TEMPLE:	(*Erhebt seine Stimme*) Ja, was gibt es?
PASCALL:	Da ist *El Passaro*, Monsieur – auf der Spitze des Hügels.
STEVE:	Oh, ja! Es sieht sehr schön aus.
PASCALL:	Wir sind in wenigen Augenblicken da, Mademoiselle.

Szene 10:

Das Café *El Passaro.*

Eine Band spielt vor einer sehr fröhlichen Menschenmenge.

KELLNER 1:	Buona sera, signore ... Signora!
TEMPLE:	Wir hätten gerne einen Tisch für zwei Personen, bitte.
KELLNER 1:	Sie haben einen Tisch reserviert, Signore?
TEMPLE:	Nein, das haben wir leider nicht.

Die Musik endet: Es folgen Applaus und Gelächter.

KELLNER 1:	Tsts – Ich enttäusche Sie nur ungern, Signore – aber wir sind sehr voll, wie Sie selbst sehen können.

OLAF SCHREIDER nähert sich. Er ist Schweizer und etwa fünfunddreißig.

SCHREIDER:	(*Freundlich*) Wo liegt das Problem, Charles?
KELLNER 1:	Der Gentleman wünscht einen Tisch für zwei, Herr Schreider. Das ist unmöglich.
SCHREIDER:	Nichts ist unmöglich im *El Passaro* – das habe ich Ihnen doch schon einmal gesagt. (*Zu TEMPLE*) Wenn Sie ein paar Augenblicke warten wollen, Sir, dann werde ich sehen, was ich tun kann.
TEMPLE:	Vielen Dank. Das ist sehr nett von Ihnen.

Die Band beginnt wieder zu spielen.

STEVE:	Da winkt uns jemand zu. Der Mann da drüben.
TEMPLE:	Wo?
STEVE:	Das ist Mr. Darwin.
TEMPLE:	Stimmt!
STEVE:	Er kommt rüber.

DARWIN kommt näher.

DARWIN:	(*Erfreut*) Oh, hallo! Schön, Ihnen beiden wieder zu begegnen!
TEMPLE:	Hallo, Darwin!
DARWIN:	Was machen Sie – auf einen Tisch warten?
TEMPLE:	Ja, in der Tat, das tun wir.
DARWIN:	Dann kommen Sie doch an meinen – ich würde mich freuen.
TEMPLE:	Sind Sie allein?
DARWIN:	Im Moment, ja. Ich erwarte einen Gast – aber das ist schon in Ordnung.
TEMPLE:	Das ist sehr nett von Ihnen.
DARWIN:	Aber sehr gerne, alter Junge! Es freut mich sehr. Kommen Sie, Mrs. Temple.

Sie gehen zu Darwins Tisch hinüber.

DARWIN:	Bringen Sie bitte noch einen Stuhl, Kellner.
KELLNER 2:	Sì, signore.

DARWIN zieht einen Stuhl für STEVE heraus.

| DARWIN: | Mrs. Temple … |

STEVE: (*Setzt sich*) Danke.

DARWIN und TEMPLE setzen sich.

DARWIN: Das ist ja eine angenehme Überraschung!

STEVE: Ich hoffe doch, wir stören Sie nicht?

DARWIN: Unsinn! In keinster Weise!

TEMPLE: Zigarette?

DARWIN: Oh, danke, alter Junge. (*Er nimmt eine und zündet sie an*) Waren Sie schon einmal hier?

TEMPLE: In Syrakus?

DARWIN: Nein, ich meine hier … im *El Passaro*?

TEMPLE: Nein, bisher noch nicht.

DARWIN: Ein Kerl hat mir vor Ewigkeiten in Paris davon erzählt. Toller Ort, sagte er. Absolut umwerfend. Bei George! Er hat Recht!

STEVE: (*Lacht*) Es ist wirklich sehr hübsch!

DARWIN: Er ist ein sehr kluger Bursche, wissen Sie – dieser Schreider, meine ich. Er hat Cafés überall in der Gegend.

TEMPLE: Habe ich gehört, ja.

Einen Moment.

DARWIN: (*Beiläufig*) Wie spät ist es?

TEMPLE: Es ist erst viertel nach neun.

DARWIN: Oh …

TEMPLE: Ist Ihr … Gast zu spät?

DARWIN: Ja, ich fürchte, dass … Ah! Da ist sie ja! Na endlich!

MISS FRASER kommt an den Tisch.

MISS FRASER: Entschuldigen Sie die Verspätung, Mr. Darwin … Was denn, guten Abend, Mrs. Temple! Mr. Temple. Das ist eine angenehme Überraschung!

TEMPLE und STEVE sind leicht verblüfft.

STEVE: Guten Abend.

TEMPLE: Guten Abend, Miss Fraser. Das ist also … Ihre Verabredung …

Musik aufblenden.

ENDE VON EPISODE 3.

Episode 4
Kairo

Szene 1:

<u>Das *El Passaro.*</u>

Eine Band spielt vor einer sehr fröhlichen Menschenmenge.

<u>DARWIN</u>: Das ist ja eine angenehme Überraschung!

<u>STEVE</u>: Ich hoffe doch, wir stören Sie nicht?

<u>DARWIN</u>: Unsinn! In keinster Weise!

<u>TEMPLE</u>: Zigarette?

<u>DARWIN</u>: Oh, danke, alter Junge. (*Er nimmt eine und zündet sie an*) Waren Sie schon einmal hier?

<u>TEMPLE</u>: In Syrakus?

<u>DARWIN</u>: Nein, ich meine hier ... im *El Passaro*?

<u>TEMPLE</u>: Nein, bisher noch nicht.

<u>DARWIN</u>: Ein Kerl hat mir vor Ewigkeiten in Paris davon erzählt. Toller Ort, sagte er. Absolut umwerfend. Bei George! Er hat Recht!

<u>STEVE</u>: (*Lacht*) Es ist wirklich sehr hübsch!

<u>DARWIN</u>: Er ist ein sehr kluger Bursche, wissen Sie – dieser Schreider, meine ich. Er hat Cafés überall in der Gegend.

<u>TEMPLE</u>: Habe ich gehört, ja.

Einen Moment.

<u>DARWIN</u>: (*Beiläufig*) Wie spät is es?

<u>TEMPLE</u>: Es ist erst viertel nach neun.

<u>DARWIN</u>: Oh ...

<u>TEMPLE</u>: Ist Ihr ... Gast zu spät?

<u>DARWIN</u>: Ja, ich fürchte, dass ... Ah! Da ist sie ja! Na endlich!

MISS FRASER kommt an den Tisch.

MISS FRASER:	Entschuldigen Sie die Verspätung, Mr. Darwin … Was denn, guten Abend, Mrs. Temple! Mr. Temple. Das ist eine angenehme Überraschung!

TEMPLE und STEVE sind leicht verblüfft.

STEVE:	Guten Abend.
TEMPLE:	Guten Abend, Miss Fraser. Das ist also … Ihre Verabredung …
MISS FRASER:	Ja.
STEVE:	Wie geht es Ihnen nach der Anfahrt hierher?
MISS FRASER:	Oh, ich fühle mich prächtig! Ich hätte die Droschkenfahrt um nichts in der Welt missen wollen!
DARWIN:	Setzen Sie sich doch hier hin …
MISS FRASER:	(*Setzt sich*) Danke. Ich freue mich schon auf morgen früh und auf den Rest der Reise. Wo habe ich nur meine Handtasche hingetan, ich verliere sie immer … Oh, hier ist sie ja.
DARWIN:	Miss Fraser und ich haben entdeckt, dass wir sehr viel gemeinsam haben. Stimmt's, Miss Fraser?
MISS FRASER:	Das kann man wohl sagen! Mr. Darwin ist ein guter Freund meines Bruders. Sie haben sich schon mehrmals getroffen, nicht wahr?
DARWIN:	Ja, genau! Mehrmals. Ein sehr netter Kerl. (*Zu TEMPLE*) Wissen Sie, wir arbeiten viel für die T.E.O.G.-Leute. Ich glaube, ich hatte es Ihnen gegenüber bereits erwähnt.
TEMPLE:	Ja.
DARWIN:	(*Bezeichnend*) Der Bruder von Miss Fraser hat eine sehr wichtige Position bei der T.E.O.G.
TEMPLE:	Tatsächlich?
DARWIN:	(*Ein kleines Lachen*) Ja … (*Schnell*) Nun, was möchten Sie, Miss Fraser?
KELLNER 2:	Die Speisekarte, signora.

MISS FRASER: Oh, danke. Haben Sie schon bestellt?

DARWIN: Nein, das haben wir noch nicht. Was hätten Sie den gerne? Mrs. Temple?

KELLNER 2:   (*Zu TEMPLE*) Entschuldigen Sie, Sir?

TEMPLE: Ja?

KELLNER 2:   Herr Schreider würde Sie gerne sprechen, wenn Sie einen Moment Zeit haben.

TEMPLE: (*Ein kurzes Zögern*) Ja, natürlich! (*Er steht auf*) Entschuldigen Sie mich.

DARWIN: Also, ich denke, es wäre am besten, wir bestellen für den Anfang ein oder zwei Flaschen …

Umblenden auf einen anderen Teil des Cafés.

TEMPLE: Herr Schreider?

SCHREIDER: (*Höflich*) Ja? Oh, natürlich, Sie sind Mr. Temple?

TEMPLE: Ja.

SCHREIDER: Da ist ein Herr von der Polizei, der Sie sprechen möchte – ein Signor Rossetti. Er ist in meinem Büro. Würden Sie bitte hier entlang kommen?

TEMPLE: (*Leise, hält SCHREIDER zurück*) Herr Schreider …

SCHREIDER: Ja?

TEMPLE: Kennen Sie zufällig einen Mann – ich glaube, einen Stammkunden von Ihnen – namens Constantine?

SCHREIDER: Constantine? Nein, das kann ich nicht behaupten.

TEMPLE: Ich glaube, er ist hier – im Café – heute Abend … Könnten Sie sich mit ihm für mich in Verbindung setzen?

SCHREIDER: Wenn er hier ist, natürlich gerne. Sicherlich.

TEMPLE: Vielen Dank.

SCHREIDER: Hier entlang, bitte …

Szene 2:

Schreiders Büro.

Die Tür öffnet sich und SCHREIDER führt TEMPLE herein. ROSSETTI ist ein flotter, adretter kleiner Mann.

SCHREIDER: Mr. Temple …

ROSSETTI: (*Nickt, lebhaft*) Danke, Signore. Wenn Sie nun so freundlich wären, uns für einen Moment alleine zu lassen … Danke.

SCHREIDER geht und schließt die Tür.

ROSSETTI: Mr. Temple?

TEMPLE: Ja.

ROSSETTI: Mein Name ist Rossetti, wir haben vor etwa einer Stunde miteinander telefoniert. Würden Sie sich bitte setzen?

TEMPLE setzt sich.

ROSSETTI: (*Freundlich*) Es ist mir eine Ehre, Ihre Bekanntschaft zu machen, Signore. Wie es der Zufall will, habe ich gerade erst einen Ihrer Romane gelesen, *Mord in der Villa España*. (*Amüsiert*) Er war sehr spannend, wenn auch ein wenig … weit hergeholt.

TEMPLE und ROSSETTI lachen.

ROSSETTI: Aber lassen Sie uns zur Sache kommen. (*In offizieller Manier*) Nachdem Sie angerufen hatten, haben meine Männer die Villa Negara aufgesucht. Es gab keine Spur von diesem Thompson. Wir haben jedoch, wie Sie sagten, im Bootshaus die Leiche eines Mr. Constantine gefunden.

TEMPLE: Und Colonel Marquand?

ROSSETTI: Es gab leider keine Spur von Colonel Marquand oder seinem Kollegen Mr. Armstrong. Aber, bitte, lassen Sie mich zuerst Ihre Seite der Geschichte hören.

TEMPLE: Eine junge Frau namens Joyce Raymond bat

mich, in Kairo einem Freund von ihr namens Richard Sullivan eine Brille zu bringen. Kurz nachdem sie mir die Brille übergeben hatte, wurde Miss Raymond ermordet. Heute Morgen, als ich mit dem Flugzeug hierher kam, bot mir ein Mann namens Constantine 10.000 Pfund für die Brille an. Ich lehnte ab, aber als ich in Augusta ankam, erhielt ich einen Anruf von einem Mann, der behauptete, Richard Sullivan zu sein – er sagte, er wohne bei einem Colonel Marquand. Als meine Frau und ich in der Villa Negara ankamen, versuchte dieser Mann – der übrigens Thompson hieß – gerade, aus der Villa zu fliehen. Er entkam zwar, wurde aber leider erschossen. Ich ging mit Colonel Marquand zurück zum Haus und er versuchte, seinen Freund Armstrong als Richard Sullivan auszugeben. Als er merkte, dass das Spiel vorbei war, schlug er mir gegenüber eine härtere Gangart ein und wollte gerade richtig unangenehm werden, als er einen Anruf von Mr. Constantine erhielt. Mr. Constantine sagte, er habe die Brille und sei bereit, ein Geschäft mit Marquand zu machen, wenn er ihn – heute Abend – hier im *El Passaro* treffen würde.

ROSSETTI: (*Überrascht*) Aber Constantine kann es unmöglich gewesen sein, denn …

TEMPLE: … Constantine war bereits tot – genau!

ROSSETTI: Hm. Wir beobachten diesen Marquand schon seit geraumer Zeit. Offen gesagt, wir wissen nicht, was er vorhat. Er hat die Villa Negara kurz vor Weihnachten letzten Jahres gemietet. Der andere Mann – Armstrong – wie ist er so?

TEMPLE: Er ist etwa mittelgroß, gut gekleidet, sandfarbenes Haar. Mir ist aufgefallen, dass er einen Siegelring am kleinen Finger seiner linken Hand trägt.

ROSSETTI: Mhm.

Es klopft und die Tür wird geöffnet.

SCHREIDER: Ich bitte um Verzeihung, Signor Rossetti, aber …

ROSSETTI: Aber bitte! Ich bitte Sie! Kommen Sie doch herein, Schreider …

SCHREIDER: Ich habe mich nach dem Gentleman erkundigt, nach dem Sie mich gefragt haben, Mr. Temple – nach Mr. Constantine.

TEMPLE: Und?

SCHREIDER: Er ist nicht im Café, Sir.

TEMPLE: Sind Sie sicher?

SCHREIDER: Ganz sicher, Sir. (*Achselzucken*) Ob er schon früher am Abend hier war, weiß ich nicht.

ROSSETTI: Ist dieser Mr. Constantine ein Stammgast des *El Passaro*?

SCHREIDER: Der Name ist mir völlig unbekannt, Signore. Völlig unbekannt.

ROSSETTI: Hm. Herr Schreider, sagen Sie mir: Stimmt es, dass Sie ein Freund von Colonel Marquand sind?

SCHREIDER: Nun, ein Freund kann man nicht sagen, Signore. Ein Bekannter vielleicht.

ROSSETTI: Aber Sie haben doch gelegentlich die Villa Negara besucht?

SCHREIDER: Bei zwei Gelegenheiten, Signore – das ist alles.

ROSSETTI: Nun, Herr Schreider, vielleicht erinnern Sie sich demnächst daran, dass Colonel Marquand von der Polizei gesucht wird.

SCHREIDER: Von der *Polizia*?

ROSSETTI: Zur Befragung – das ist alles. Sollte er das *El*

Passaro besuchen …

SCHREIDER: Dann werden Sie umgehend informiert, Signore!

ROSSETTI: (*Winkt SCHREIDER hinaus*) Vielen Dank, Herr Schreider.

SCHREIDER geht und schließt die Tür.

SCHREIDER: Ich danke Ihnen, Signore.

SCHREIDER geht und schließt die Tür.

TEMPLE: Ich nehme an, er ist ein ziemlich gerissener junger Mann, oder?

ROSSETTI: (*Einen Moment*) Herr Schreider?

TEMPLE: Ja.

ROSSETTI: Wie man mir sagte, ist er sehr gerissen. (*Kompletter Themenwechsel*) Wann werden Sie uns verlassen, Mr. Temple?

TEMPLE: Morgen früh.

ROSSETTI: Nach Kairo?

TEMPLE: Ja.

ROSSETTI: Und bleiben Sie sehr lange dort?

TEMPLE: Das ist schwer zu sagen. Vierzehn Tage, drei Wochen, vielleicht sogar länger.

ROSSETTI: Wo werden Sie wohnen?

TEMPLE: Sie können mich im Hotel Continental finden.

ROSSETTI: Danke sehr, Signore. Ach – da ist noch ein kleiner Punkt …

TEMPLE: Ja?

ROSSETTI: (*Lächelt*) Nur aus Neugierde, Signore – haben Sie die Brille bei sich – und könnte ich sie vielleicht mal sehen?

Eine kleine Pause.

TEMPLE: Ja, natürlich.

TEMPLE nimmt die Brille heraus und reicht sie an ROSSETTI weiter.

ROSSETTI: Danke sehr.

Eine Pause.

TEMPLE:	Und?
ROSSETTI:	(*Schlicht, aber verblüfft*) Es scheint eine ganz normale Brille zu sein. Das ist höchst merkwürdig. (*Gibt die Brille zurück*) Bitte sehr, Signore.
TEMPLE:	Vielen Dank.
ROSSETTI:	Ich hoffe, dass Sie morgen eine gute Reise haben werden.
TEMPLE:	Vielen Dank. (*Ein nachträglicher Gedanke*) Das hoffe ich auch.

Musik aufblenden.

Musik ausblenden.

Szene 3:

Die Kabine des Flugboots.

Das Flugzeug befindet sich in Reiseflughöhe.

MISS FRASER:	(*Ganz aufgeregt*) Sehen Sie doch, Mrs. Temple! Sehen Sie! Wir fliegen gerade über die Küste!
STEVE:	Oh, ja …
TEMPLE:	Wie weit sind wir jetzt noch von Kairo entfernt, Darwin?
DARWIN:	Nur mehr etwa fünfundvierzig, fünfzig Minuten.
MISS FRASER:	Dann sind wir auch nicht mehr weit von El Alamein entfernt, nehme ich an?
DARWIN:	Nein … das da unten ist die Straße … Sie können Sie sehen.
TEMPLE:	Ist das die berühmte Straße – die, auf der sie die Vorräte transportiert haben?
DARWIN:	Ja, das ist sie.
MISS FRASER:	(*Beiläufig: zur Seite*) Möchten Sie ein Pfefferminzbonbon, Mrs. Temple?
STEVE:	Nein, danke.
DARWIN:	Die nächsten fünfzehn Minuten sind leider

ziemlich öde und eintönig. Möchten Sie eine Zigarette?

TEMPLE: Oh, danke.

Aufblenden: Geräusche der Flugzeugtriebwerke. Zeit vergeht.
Dann die Geräusche wieder leiser werden lassen.

STEVE: Was sind das für kleine Quadrate ... da unten, Darling?

TEMPLE: (*Gähnt*) Ich weiß nicht ...

DARWIN: Das ist nur Ackerland, Mrs. Temple. Sie wissen schon, Streifen, die man bebaut hat.

STEVE: Ich sehe den Nil nicht ...

TEMPLE: (*Schläfrig*) Was ist los?

STEVE: Ich sagte: Ich sehe den Nil nicht ...

TEMPLE: Ich sehe ihn auch nicht ...

STEVE: Aber du guckst gar nicht hin, du Dummerchen!

Alle lachen.

DARWIN: Es ist in der Tat sehr schwierig, ihn zu erkennen.

MISS FRASER: (*Sieht aus dem Fenster*) Man kann die Dörfer sehr deutlich sehen, es ist erstaunlich, wie sie sich herausstechen.

DARWIN: Ja.

Pause.

TEMPLE: (*Mit mehr Interesse*) Die Straße, die wir überquert haben ... die lange, gerade Schotterstraße ... war das die Straße von Alexandria?

DARWIN: Ja. Sie haben wahrscheinlich die Flugplätze bemerkt. Relikte des Krieges.

TEMPLE: Nein, leider, die habe ich gar nicht gesehen.

DARWIN: Einer von ihnen war Kairo West oder ... Was war es noch gleich?

MISS FRASER: L. G. 224.

DARWIN: (*Überrascht*) Ja, das ist richtig, Miss Fraser ... L. G. 224. Sie war unter den Passagieren des

Transportkommandos ziemlich gut bekannt.

Eine Pause.

MISS FRASER: Es wird ein bisschen unruhig!

TEMPLE: Ja, wir sind nicht ganz so hoch.

Der Lärm der Flugzeugtriebwerke tritt in den Vordergrund. Mehr Zeit vergeht. Dann blenden wir die Motoren wieder in den Hintergrund.

STEVE: Ich bin schon ganz aufgeregt!

TEMPLE: Wir können nicht mehr weit von Kairo entfernt sein, ...

MISS FRASER: (*Unterbricht*) Sehen Sie! Da ist ein Licht über
der Tür ... Die Tafel leuchtet auf ... Was steht
da?

DARWIN: Ach ... »Rauchen verboten« ... »Bitte an-
schnallen«.

Allgemeine Gespräche anderer Fluggäste sind zu hören.

STEWARD: (*Off*) Legen Sie bitte Ihre Sicherheitsgurte an!
Lassen Sie mich Ihnen helfen, Madam ...
(*Kommt näher*) Legen Sie bitte Ihre Gurte an.
Legen Sie Ihre Sicherheitsgurte an, bitte. (*Erhebt seine Stimme*) Meine Damen und Herren,
der Kapitän hat mich darüber informiert, dass
wir dem Zeitplan um einige Minuten voraus
sind und dass er sich Kairo auf breiter Front
nähert. Wenn Sie auf der Backbordseite hin-
ausschauen, können Sie die Pyramiden sehen.
Legen Sie bitte Ihren Sicherheitsgurt an, Sir
...

MISS FRASER: Ich sehe keine Pyramiden, Steward.

DARWIN: Da sind sie doch, Miss Fraser ... Sehen Sie!

STEVE: Ich kann sie sehen!

MISS FRASER: Oh! Du meine Güte, ja!

STEVE: Ist das die Sphinx?

TEMPLE: Wo?

DARWIN: Ja, das ist sie. Von hier oben sieht sie leider

sehr klein aus.

Das Flugzeug ist auf eine viel geringere Höhe gesunken: Es gibt leichte Luftstöße.

TEMPLE: Da ist Kairo!

DARWIN: Und da ist der Nil, Mrs. Temple!

STEVE: Werden wir auf ihm landen?

DARWIN: Ja, das werden wir.

TEMPLE: Sieh mal, Liebling, er verläuft mitten durch die Stadt …

Das Flugzeug befindet sich im schnellen Sinkflug: Die Tragflächen werden ausgeklappt.

STEVE: Paul, sieh doch! Sieh mal! Was ist das da? Es sieht aus wie ein Palast!

DARWIN: (*Lacht*) Es ist ein Palast!

Im Hintergrund allgemeine Gespräche.

PASSAGIER 1:   Da ist der Golfplatz, Schatz – siehst du ihn?

PASSAGIER 2:   Das ist eine kleine Insel – siehst du den Swimming Pool?

PASSAGIER 3:   Sehen die Häuser nicht klein aus …

PASSAGIER 4:   Es ist kein bisschen so, wie ich es erwartet habe, kein bisschen …

STEVE: Was ist das für ein Gebäude, Mr. Darwin?

DARWIN: Das ist eine Moschee.

STEVE: Ach.

TEMPLE: Sieh doch mal, eine Pferderennbahn …

Das Flugzeug sinkt schnell in Richtung des Flusses.

STEVEE: Sieh dir diese Brücke an, Paul!

DARWIN: Wir landen jede Minute auf dem Wasser!

MISS FRASER: Das ist anzunehmen, wir sind jetzt fast auf gleicher Höhe mit dem Flussufer.

Das Flugzeug landet auf dem Wasser.

TEMPLE: Geschafft!

DARWIN: Wir sind auf dem Wasser …

TEMPLE: Tja, wir sind da, Liebling … Endlich.

STEVE: Kairo!

116

Musik aufblenden.

Musik ausblenden.

Szene 4:

Das Wohnzimmer der Temples im Hotel Continental in Kairo.

TEMPLE ist am Telefon.

TEMPLE: Hallo? Wer spricht da, bitte?

TELEFONISTIN: *(Am anderen Ende der Leitung)* Hier ist Kairo 78926 – Transeurasische Ölgesellschaft.

TEMPLE: Könnte ich bitte mit Mr. Sullivan sprechen?

TELEFONISTIN: Wer ist am Apparat?

TEMPLE: Mein Name ist Temple.

TELEFONISTIN: Bleiben Sie bitte am Apparat …

Einen Moment.

STEVE: Was ist los?

TEMPLE: Ich glaube, sie stellt mich durch.

TELEFONISTIN: Hallo? *(Verwundert)* Wen wollen Sie sprechen?

TEMPLE: Mr. Sullivan. Mr. Richard Sullivan.

TELEFONISTIN: Einen Augenblick …

Die Leitung wird zu einer Nebenstelle durchgeschaltet. Wir hören, wie der Hörer abgehoben wird und eine Männerstimme, die vom Telefon weggewandt ist, sagt:

SULLIVAN: Wenn die Leute in Detroit Schwierigkeiten machen, werde ich die Sache an MacFarlane übergeben.

Leicht irritiert widmet SULLIVAN seine Aufmerksamkeit nun dem Telefon.

SULLIVAN: Hallo?

TEMPLE: Mr. Sullivan?

SULLIVAN: Ja.

TEMPLE: Ist da Mr. Sullivan? Persönlich am Apparat?

SULLIVAN: Ja.

TEMPLE: *(Ein Hauch von Erleichterung)* Gut, hier spricht Temple, Paul Temple … Ich habe Ihre

Brille.

SULLIVAN: (*Erstaunt*) Meine was?

TEMPLE: Ihre Brille … Ihre Augengläser.

SULLIVAN: Machen Sie sich nicht lächerlich – ich trage sie doch.

TEMPLE: (*Einen Moment*) Da spricht doch Mr. Sullivan?

SULLIVAN: Ja, hier spricht Sullivan.

TEMPLE: (*Ein kleines Lachen*) Nun, ich habe Ihre Brille, die Brille, die Miss Raymond mir gegeben hat.

SULLIVAN: Miss Raymond? Wer ist Miss Raymond? Soll das ein Scherz sein, alter Knabe?

TEMPLE: Hören Sie mal, sind Sie Richard Sullivan oder nicht?

SULLIVAN: (*Verärgert*) Hier spricht Clarence Sullivan. Durchwahl 72. Exportabteilung.

TEMPLE: Oh, das erklärt es. Es tut mir leid, ich fürchte, man hat mich mit dem falschen Büro verbunden.

SULLIVAN: Wen wollen Sie denn nun? Ich lasse Sie weiterverbinden.

TEMPLE: Ich möchte Mr. Richard Sullivan sprechen.

SULLIVAN: Richard Sullivan?

TEMPLE: Ja.

SULLIVAN: Ich nehme an, Sie wissen, dass dies die Transeurasische Ölgesellschaft ist, Kairo 78926?

TEMPLE: Ja, das weiß ich. Ich möchte Mr. Richard Sullivan sprechen.

SULLIVAN: Ich bin der einzige Sullivan hier, alter Junge. Es gibt keinen anderen Sullivan, nicht bei der T.E.O.G.

TEMPLE: Sind Sie sicher?

SULLIVAN: Absolut sicher.

TEMPLE: (*Einen Moment*) Ich verstehe. (*Nachdenklich*)

| | Es tut mir leid, dass ich Sie gestört habe. |
| SULLIVAN: | Das ist schon in Ordnung. Es war eine schöne Abwechslung … |

TEMPLE hängt den Hörer ein.

STEVE:	Und?
TEMPLE:	Es gibt keinen Richard Sullivan. Nicht bei der T.E.O.G.
STEVE:	(*Leise*) Oh. Das wundert mich nicht.
TEMPLE:	Nein, mich eigentlich auch nicht.
STEVE:	Ich hatte schon das Gefühl, dass es so kommen würde, als er nicht zum Flugboot kam.
TEMPLE:	Ja. (*Fast zu sich selbst*) Und doch sagte Miss Raymond, er sei bei der T.E.O.G. – Warum sollte sie das sagen, frage ich mich, es sei denn … (*Er hält inne*)
STEVE:	Es sei denn, was?
TEMPLE:	Nichts. Ich habe nur nachgedacht. (*Plötzlich*) Du bist wahrscheinlich ziemlich hungrig?
STEVE:	Hungrig und neugierig, Darling. Ich will unbedingt Kairo sehen.
TEMPLE:	In Ordnung, lass uns runtergehen und etwas trinken und dann einen Spaziergang machen.
STEVE:	Ja, in Ordnung. (*Einen Moment*) Paul … Machst du dir Sorgen wegen dieser Sache – wegen der Brille, meine ich?
TEMPLE:	Ich denke, wir müssen vorsichtig sein.
STEVE:	(*Lacht*) In Anbetracht dessen, was passiert ist, ist das eine wunderbare Untertreibung! (*Ernst*) Was wirst du damit machen?
TEMPLE:	Ich nehme an, das Vernünftigste wäre, sie der Polizei zu übergeben. Und doch … Ich würde der Sache wirklich gerne auf den Grund gehen, Steve, und herausfinden, was es damit auf sich hat.
STEVE:	Ja, ich glaube, das würde ich auch gerne, Dar-

ling.

TEMPLE: Lass uns runtergehen und etwas trinken.

Szene 5:
Die Cocktailbar des Hotels Continental.

Ein Tanzorchester spielt. Die Leute lachen und unterhalten sich: Es ist eine große, kosmopolitische Menge aus Menschen, die viele Sprachen sprechen.

TEMPLE: Hier ist ein Hocker, Liebes.

STEVE: Danke.

BARMANN: Was kann ich Ihnen bringen, Sir?

TEMPLE: Was möchtest du, Steve?

STEVE: Nun, ich weiß nicht ... Was trinkt man hier normalerweise?

TEMPLE: Man trinkt, worauf man Lust hat. Einen trockenen Martini?

STEVE: Äh – ja. Ich nehme einen trockenen Martini.

TEMPLE: Einen trockenen Martini und einen Whisky mit Soda.

BARMANN: Kommt sofort, Sir.

TEMPLE: Und?

QUINN: Dürfte ich Sie um Feuer bitten, Sir?

PATRICK QUINN ist Ire und etwa fünfundfünfzig Jahre alt. Er ist, wie immer, leicht alkoholisiert.

TEMPLE: Gewiss.

TEMPLE nimmt sein Feuerzeug heraus und betätigt es.

TEMPLE: Bitte schön.

QUINN: Ah, danke ... (*Er zündet seine Zigarre an*) Das ist sehr nett von Ihnen, sehr nett. Wissen Sie, ich glaube, es gibt nichts, was ich so sehr genieße wie eine gute Zigarre ... (*Er pafft*) Mein Gott, ich glaube, sie brennt nicht. Darf ich Ihre Freundlichkeit noch einmal in Anspruch nehmen?

TEMPLE: Ja, natürlich.

TEMPLE nimmt sein Feuerzeug und betätigt es erneut.

QUINN: Vielen Dank. (*Er zündet seine Zigarre an*)
              Ah, das ist besser ... Viel besser. Jetzt schulde
              ich Ihnen etwas, Sir.

TEMPLE: (*Freundlich*) Das ist in Ordnung.

Der BARMANN kehrt zurück.

BARMANN: Ein trockener Martini ... Ein Whisky mit So-
              da.

TEMPLE: Vielen Dank. (*Gibt ihm Geld*) Behalten Sie
              den Rest.

BARMANN: (*Zu QUINN*) Kann ich Ihnen etwas bringen,
              Sir?

QUINN: Ja. Ich hätte gerne einen Brandy mit Soda –
              groß!

BARMANN: Ja, Sir.

STEVE hustet plötzlich.

QUINN: Oh, ich bitte um Verzeihung, Madam! Hat der
              Rauch meiner Zigarre ...

STEVE: Nein, das ist schon in Ordnung.

QUINN: Wie rücksichtslos von mir.

STEVE: Es ist schon in Ordnung, wirklich.

QUINN: Nein, es war rücksichtlos, Madam, und ich
              entschuldige mich. Sind Sie gerade erst in
              Kairo angekommen, Sir?

TEMPLE: Ja – heute Nachmittag.

QUINN: Ihr erster Besuch, Madam?

STEVE: Ja.

QUINN: Auch bei Ihnen, Sir?

TEMPLE: Nein, ich war schon einmal hier.

QUINN: Kennen Sie die Stadt gut?

TEMPLE: Ich würde nicht sagen, dass ich sie gut kenne.

QUINN: Nein. Nein, natürlich nicht! Was für eine
              dumme Frage, Sir!

Der BARMANN kehrt zurück.

BARMANN: Ihr Brandy, Sir.

QUINN:	Danke. Danke, Junge. (*Zu den* TEMPLES) Wie ich Sie beneide. Wie ich Sie beneide, Madam, diese alte, illustre Stadt zum ersten Mal sehen zu können …
STEVE:	Ich muss gestehen, dass ich mich darauf sehr freue.
QUINN:	(*Zu* TEMPLE) Zeigen Sie ihr alles, Sir. Die Pyramiden, die Sphinx, die Moschee von El-Hakim, das exquisite Maristan … Vernachlässigen Sie nicht Ihre Pflicht, zeigen Sie ihr alles. Denken Sie daran: »Wer Kairo nicht gesehen hat, hat die Welt nicht gesehen: Sein Boden ist Gold, sein Nil ist ein Wunder, seine Frauen sind wie die schwarzäugigen Jungfrauen des Paradieses«. (*Er hebt sein Glas*) Auf Ihre Gesundheit, Sir, und auf die Ihre, Madam.
STEVE:	Vielen Dank.
TEMPLE:	Prost!
QUINN:	Sollten Sie mit einem kleinen, erlesenen Andenken an Ihren kurzen Aufenthalt in dieser historischen Hauptstadt in das Land der Strenge zurückkehren wollen, darf ich Sie respektvoll auf das Haus von Bahri aufmerksam machen. Aus dieser blumigen Formulierung werden Sie entnehmen, dass ich nicht mehr und nicht weniger bin als ein besserer Geschäftswerber. Aber erlauben Sie mir, mich vorzustellen, Sir. Mein Name ist Quinn. Patrick Norman Quinn.
TEMPLE:	(*Amüsiert*) Freut mich, Sie kennenzulernen, Mr. Quinn. Mein Name ist Temple.
QUINN:	Temple? Temple, sagten Sie? Nun, das ist ein Name, der mir bekannt vorkommt. Temple … (*Schüttelt den Kopf*) Ich komme nicht darauf.

122

	Im Augenblick weiß ich nicht, wo ich diesen Namen zuordnen soll.
TEMPLE:	Wer war der Mann, den Sie erwähnten – Bahri?
QUINN:	Zoltan Bahri? Er ist Türke. Er hat einen Kuriositätenladen in der Avenue Shulamar. Sie sollten dort hingehen, Madam. Ich werde Ihnen die Adresse geben … (*Er greift in seine Tasche*) Ich habe irgendwo eine Karte mit der … ah! Da haben wir sie ja! Nehmen Sie sie!
STEVE:	(*Nimmt die Karte*) Danke.
QUINN:	Erwähnen Sie meinen Namen. Vergessen Sie nicht, meinen Namen zu erwähnen. Quinn, Sir. Patrick Norman Quinn.
TEMPLE:	Wir werden nicht darauf vergessen.
QUINN:	Es geht mir natürlich um die Kommission – das werden Sie sicher verstehen.
TEMPLE:	Möchten Sie noch einen Brandy mit Soda, Mr. Quinn?
QUINN:	Nein. Nein, ich muss langsam los. Ich führe heute Abend eine Gruppe angesehener Damen und Herren durch die Stadt, also … (*Ein plötzlicher Gedanke*) Sie wollen sich der illustren Runde doch nicht etwa anschließen?
TEMPLE:	Würden Sie es empfehlen?
QUINN:	Unter beruflichem Gesichtspunkt kann ich nicht allzu viel darüber sagen. Aber wenn ich mit Ihnen als Freund spreche – privat, wie Sie vielleicht sagen würden –, dann würde ich es auslassen. Es wird so stinklangweilig werden.
STEVE:	(*Lacht*) Das ist offen genug.
QUINN:	Ich bin vielleicht unredlich, Madam, aber immer ganz offen. Wenn ich Ihnen zu irgendeiner Zeit – Tag oder Nacht – behilflich sein kann, sprechen Sie einfach mit dem Concier-

	ge. Er weiß, wo Sie mich finden können.
TEMPLE:	Das werden wir im Hinterkopf behalten, Mr. Quinn.
QUINN:	Daran täten Sie gut, Sir. (*Geht*) Gute Nacht, Madam! Gute Nacht, Sir!

TEMPLE lacht.

STEVE:	Was für ein Typ!
TEMPLE:	Ja, klein aber oho. – Also, wie wäre es mit einem Spaziergang, mein Schatz?
STEVE:	Ich bin bereit! (*Plötzlich*) Oh!
TEMPLE:	Was ist los?
STEVE:	Mein Ring … Mein Diamantring … (*Ärgert sich über sich selbst*) Ich muss ihn im Badezimmer vergessen haben!
TEMPLE:	Das war nicht sehr klug! Ich laufe hoch und hole ihn.
STEVE:	(*Schnell*) Nein, ich gehe selbst. Dann kann ich mir auch die Nase pudern. Wir treffen uns dann in der Empfangshalle.
TEMPLE:	Ja, in Ordnung. Hast du den Schlüssel?
STEVE:	Ja.
TEMPLE:	Beeile dich!

Szene 6:
Temples Suite im Hotel Continental.

STEVE kommt, leise vor sich hin singend, an ihrer Zimmertür an. Sie nimmt den Schlüssel aus ihrer Handtasche, steckt ihn in das Schloss, dreht ihn und öffnet die Tür. Die Fenster des Balkons sind geöffnet und im Hintergrund hört man die Geräusche der Kairoer Straßen.

STEVE:	… Also, wo ist denn der Lichtschalter, ich … (*Sie hält an*) Wer ist da? Wer sind Sie?
ARMSTRONG:	(*Schnell, angespannt*) Fassen Sie den Schalter nicht an. Haben Sie mich verstanden? Fassen Sie ihn nicht an!

STEVE: Wer sind Sie? Was wollen Sie?

ARMSTRONG: (*Kommt näher zu STEVE*) Wenn Sie den Schalter berühren, werde ich …

STEVE: Kommen Sie mir nicht zu nahe! Hören Sie, was ich sage?! Wagen Sie es nicht, mir zu nahe zu kommen! (*Schreit plötzlich*) Hilfe!

ARMSTRONG: (*Springt auf STEVE zu*) Sie kleine, dumme … Warten Sie nur …

STEVE: (*Kämpft*) Lassen Sie mich in Ruhe! Nehmen Sie Ihre Hände von mir … Hilfe!

ARMSTRONG: Halten Sie den Mund, Sie kleine Närrin!

STEVE: Lassen Sie mich in Ruhe! Nehmen Sie Ihre Hände … von … meinem Gesicht … Hilfe! Hilfe!

ARMSTRONG: Sie kleines Luder! Ich werde Sie lehren, den Mund einfach so aufzureißen …

STEVE: Paul! Hilfe!

ARMSTRONG: Hören Sie denn nicht, was ich sage? Halten Sie die Klappe, oder ich … (*Schmerzensschrei*) Au! Meine Hand! Sie haben mich gebissen – Sie kleine …

STEVE: (*Fast erschöpft*) Hilfe!!!

Die Tür wird aufgestoßen. SIDNEY JEANS ist eine leicht maskuline, aber sympathische Amerikanerin um die achtunddreißig.

SIDNEY: Um Himmels willen, was um alles in der Welt ist hier los …

SIDNEY bleibt stehen: Sie schaltet das Licht ein. ARMSTRONG rennt durch die offenen Fenster und über den Balkon und verschwindet. STEVE ist völlig erschöpft.

SIDNEY: Geht es Ihnen gut?

STEVE: (*Schnappt nach Luft*) Ist er weg? Ist … er …

SIDNEY: Ja, er ist weg … Er ist durch das Fenster und über den Balkon geflohen…

STEVE: Auf diese Weise muss er auch hereingekommen sein.

SIDNEY:	Ja … Der erfolglose Romeo!
STEVE:	Würden Sie so nett sein und …
SIDNEY:	Einen Moment mal! Ganz ruhig! Ganz ruhig … Legen Sie sich aufs Bett!

STEVE lässt sich auf das Bett fallen. Langsam kommt sie wieder zu Atem.

| STEVE: | Gott sei Dank haben Sie mich gehört! |
| SIDNEY: | Wie gut, dass ich Sie gehört habe! Dieser Kerl war gerade erst dabei, auf Touren zu kommen. |

Eine Pause.

STEVE:	Ich fühle mich jetzt besser …
SIDNEY:	Gut.
STEVE:	Würden Sie bitte meinen Mann holen … Er wartet unten auf mich, irgendwo bei der Rezeption … Er heißt Temple.
SIDNEY:	Okay. Kommen Sie klar?
STEVE:	Ja, ich glaube schon.
SIDNEY:	Ich werde das Fenster schließen … (*Sie durchquert den Raum und schließt das Fenster*) Wissen Sie, es ist schon seltsam – mir passiert so etwas nie.

STEVE lacht.

SIDNEY:	Sie lachen so einfach, aber es ist wirklich so … (*Sie geht zur Tür*) Ich werde Ihren Mann holen. Ach, übrigens, ich heiße Jeans. Sidney Jeans.
STEVE:	Ich bin Ihnen sehr dankbar, Miss Jeans.
SIDNEY:	Das ist schon in Ordnung. Vielleicht können Sie dasselbe mal für mich tun – hoffe ich.

Szene 7:
Temples Suite im Hotel Continental.

Die gleiche Szene, aber wenige Minuten später.

| TEMPLE: | Geht es dir wirklich gut, Liebling? |
| STEVE: | Ja, es ist alles in Ordnung, Darling. |

SIDNEY: Wenn ich irgendetwas tun kann, lassen Sie es mich wissen.

TEMPLE: Sie waren sehr freundlich, Miss Jeans, wir sind Ihnen sehr dankbar.

SIDNEY: Denken Sie sich nichts dabei. Was mich betrifft, war es schon Routine. Obwohl, wenn ich so darüber nachdenke, ich glaube, ich habe noch nie so schnell einen Mann verscheucht!

Sie lachen.

TEMPLE: Wir gehen spazieren und dann essen wir etwas zu Abend. Möchten Sie sich uns anschließen?

SIDNEY: Das ist sehr lieb von Ihnen, aber eigentlich habe ich schon eine Verabredung.

STEVE: Insgeheim wette ich, dass Sie die Männer nur so abschleppen ...

SIDNEY: Der weibliche Rasputin: Das bin ich. Was hat denn Barbara Stanwyck, was ich nicht habe? Und sagen Sie jetzt nicht Robert Taylor! Ich bin gleich nebenan, wenn Sie mich brauchen. Klopfen Sie nicht, gehen Sie einfach rein.

TEMPLE: In Ordnung.

SIDNEY: Bis später!

Die Tür öffnet und schließt sich, als SIDNEY geht.

TEMPLE: Hier ist dein Ring. Er war im Badezimmer.

STEVE: Oh, danke.

TEMPLE: Hast du überhaupt Lust auszugehen, oder ...

STEVE: Doch, mir geht es wieder gut.

TEMPLE: Sicher?

STEVE: Sicher ...

Eine kleine Pause.

TEMPLE: (*Leise, als wolle er nicht über die Sache sprechen*) Was ist passiert?

STEVE: Er hat den Raum durchsucht. Ich habe ihn

dabei gestört …

TEMPLE: (*Einen Moment*) Hast du ihn erkannt?

STEVE: Ja. Es war der Mann, den wir in Bournemouth gesehen haben. Der Mann, den du in Augusta mit Colonel Marquand getroffen hast.

TEMPLE: (*Leicht überrascht*) Armstrong?

STEVE: Ja.

TEMPLE: Bist du sicher?

STEVE: Ja, Paul.

TEMPLE durchquert den Raum zum Fenster und öffnet es.

TEMPLE: Da ist er also hereingekommen … Bei diesem Balkon gab es keine großen Schwierigkeiten für ihn. Ich werde morgen früh mit dem Manager sprechen. Wir werden das Zimmer wechseln.

STEVE: (*Tritt zu TEMPLE ans Fenster*) Es ist schade. Es hat so eine schöne Aussicht, Darling.

TEMPLE: Ja.

STEVE: Was ist das da drüben?

TEMPLE: Wo?

STEVE: Dort drüben.

TEMPLE: Das ist die Universität.

Pause.

STEVE: (*Zögert*) Ich nehme an, es gibt keinen Zweifel daran, was er wollte!

TEMPLE: Was denkst du denn? Er hatte es mit Sicherheit auf die Brille abgesehen … Also, bist du bereit?

STEVE: Ja, ich bin bereit, Darling.

TEMPLE schließt das Fenster.

Überblenden auf Musik: ein zu Ägypten passendes Thema. Unter die Musik mischt sich ein Hintergrund aus belebten Straßen und vielen Stimmen. Die Musik steigert sich zu einem Crescendo und verstummt dann, zusammen mit den Straßengeräuschen.

Szene 8:

Die Eingangshalle des Hotels Continental.

Im Hintergrund sind leise Stimmen zu hören.

TEMPLE: Nun, hat es dir gefallen?

STEVE: Außerordentlich!

TEMPLE: Dabei hast du noch gar nichts gesehen!

STEVE: Kann sein, aber ich habe den Eindruck, als wäre ich stundenlang gelaufen! Meine Füße!

TEMPLE: Ja.

Der EMPFANGSCHEF kommt näher. Er ist Ägypter, um die dreißig.

EMPFANGSCHEF: Entschuldigen Sie, Sir.

TEMPLE: Ja?

EMPFANGSCHEF: Mr. Temple?

TEMPLE: Ja.

EMPFANGSCHEF: Da ist ein Gentleman, der Sie sprechen möchte, Sir. Er wartet schon seit einiger Zeit.

TEMPLE: Um mich zu sprechen?

EMPFANGSCHEF: Ja, Sir. Es ist der Kommandant des Gouvernements.

TEMPLE: Wo ist er?

EMPFANGSCHEF: Er ist in meinem Büro, Sir. Würden Sie bitte hier entlang kommen?

TEMPLE: Ja, natürlich. (*Zu STEVE, während er geht*) Es dauert nur einen Moment, Liebling. Wir sehen uns dann in der Lounge.

STEVE: Ja, in Ordnung.

Szene 9:

Das Büro des Empfangschefs im Hotel Continental.

Die Tür schließt sich. HAKIM ist Ägypter, lebhaft und sehr selbstsicher.

HAKIM: Mr. Temple?

TEMPLE: Ja?

HAKIM: Mein Name ist Hakim. Kommandant Lewa

Hakim vom Gouvernement.

TEMPLE: (*Freundlich*) Was kann ich für Sie tun, Kommandant?

HAKIM: Ich stelle Nachforschungen über einen Mann namens Quinn an – Patrick Norman Quinn. Korrigieren Sie mich, wenn ich mich irre, aber er ist, glaube ich, ein Freund von Ihnen?

TEMPLE: Ich fürchte, Sie irren sich gewaltig, Sir.

HAKIM: (*Irritiert*) Heißt das, dass er kein Freund von Ihnen ist?

TEMPLE: Das heißt es mit Sicherheit.

HAKIM: Ich sollte Ihnen vielleicht sagen, dass man Sie heute Abend zusammen in der Cocktailbar gesehen hat.

TEMPLE: Haben Sie uns gesehen?

HAKIM: Nein. Einer meiner Männer hat Sie gesehen.

TEMPLE: Hat er das? Nun, das ist sehr interessant …

HAKIM: (*Scharf*) Wie lange kennen Sie diesen Mann schon?

TEMPLE: Welchen Mann?

HAKIM: (*Wütend*) Quinn! Der Mann, über den wir sprechen.

TEMPLE: Der Mann, von dem *Sie* sprechen, Kommandant. Aber um Ihre Neugierde zu befriedigen, Mr. Quinn hat sich mir heute Abend gegen Viertel vor sieben zum ersten Mal vorgestellt.

HAKIM: Und wann verließ er sie?

TEMPLE: Er verließ *uns* – das heißt, meine Frau und mich – um etwa sechs oder sieben Minuten vor sieben.

HAKIM: Und seitdem haben Sie ihn nicht mehr gesehen?

TEMPLE: Nein. Darf ich jetzt fragen, warum Sie mir diese Fragen stellen?

HAKIM: Wissen Sie denn nicht warum?

TEMPLE:	Wenn ich es wüsste, dann würde ich Sie nicht fragen, oder?

Einen Moment.

HAKIM:	Quinn wurde ermordet.
TEMPLE:	Ermordet?
HAKIM:	Ja.
TEMPLE:	Wann?
HAKIM:	Kurz nachdem er sie heute Abend verließ
TEMPLE:	Wie wurde er ermordet?
HAKIM:	(*Langsam, beobachtet TEMPLE*) Man hat ihm zwischen die Augen geschossen ... Aus nächster Nähe. Mr. Quinn war sofort tot.

Eine Pause.

TEMPLE:	(*Leise, nachdenklich*) Es tut mir leid. Ich fand den alten Knaben sympathisch. Aber ich fürchte, es gibt nichts, was ich Ihnen sagen kann, Kommandant. Nichts, was Sie nicht schon wissen.
HAKIM:	(*Einen Moment*) In Ordnung ... Ach, ich würde gerne Ihren Pass sehen.

TEMPLE holt seinen Reisepass heraus und übergibt ihn HAKIM.

TEMPLE:	Da haben Sie ihn.

Eine Pause.

HAKIM:	Vielen Dank. Sie können gehen.

Szene 10:

Die Eingangshalle des Hotels Continental.

STEVE:	(*Ruft*) Hier drüben, Darling!
TEMPLE:	Ach, hallo.
STEVE:	Ich habe Kaffee bestellt.
TEMPLE:	(*Seine Gedanken sind woanders*) Oh, gut.
STEVE:	Paul, ist irgendetwas nicht in Ordnung?
TEMPLE:	(*Leise*) Nein. Erinnerst du dich an den Kerl, den wir in der Cocktailbar getroffen haben?
STEVE:	Quinn? Ja ...

Eine Pause.

TEMPLE: Er wurde ermordet.

STEVE: Ermordet? Wann?

TEMPLE: Kurz nachdem er uns verlassen hat. Anschei-
            nend wurde er erschossen …

STEVE: Oje – der arme Mann. Er war ziemlich nett.

Eine weitere Pause.

TEMPLE: Steve, er hat dir doch eine Karte gegeben,
            nicht wahr – mit einer Adresse darauf?

STEVE: Ja, das stimmt. Der Mann mit dem Kuriositä-
            tenladen: Avenue Shulamar. (*Sie öffnet ihre
            Handtasche*) Hier ist sie …

TEMPLE: (*Liest*) »Zoltan Bahri. Kunsthändler. Kuriosi-
            täten und Spezialitäten. 227, Avenue
            Shulamar. Englische Besucher willkommen.«

STEVE: Was denkst du?

TEMPLE: (*Langsam*) Ich habe mich nur gefragt, ob Mr.
            Quinn zufällig … (*Er unterbricht den Satz
            plötzlich*)

STEVE: Was hast du?

TEMPLE: Hast du die andere Seite dieser Karte gese-
            hen? Hast du gesehen, was er auf die andere
            Seite gezeichnet hat?

STEVE: Nein …

TEMPLE: Dann sieh sie dir mal an!

STEVE: (*Erstaunt*) Was denn? Das ist ja eine Brille!

Musik aufblenden.

ENDE VON EPISODE 4.

Episode 5
Das Haus von Bahri

<u>Die Eingangshalle des Hotels Continental.</u>

TEMPLE: Erinnerst du dich an den Kerl, den wir in der Cocktailbar getroffen haben?

<u>STEVE</u>: Quinn? Ja …

Eine Pause.

TEMPLE: Er wurde ermordet.

<u>STEVE</u>: Ermordet? Wann?

TEMPLE: Kurz nachdem er uns verlassen hat. Anscheinend wurde er erschossen …

<u>STEVE</u>: Oje – der arme Mann. Er war ziemlich nett.

Eine weitere Pause.

TEMPLE: Steve, er hat dir doch eine Karte gegeben, nicht wahr – mit einer Adresse darauf?

<u>STEVE</u>: Ja, das stimmt. Der Mann mit dem Kuriositätenladen: Avenue Shulamar. (*Sie öffnet ihre Handtasche*) Hier ist sie …

TEMPLE: (*Liest*) »Zoltan Bahri. Kunsthändler. Kuriositäten und Spezialitäten. 227, Avenue Shulamar. Englische Besucher willkommen.«

<u>STEVE</u>: Was denkst du?

TEMPLE: (*Langsam*) Ich habe mich nur gefragt, ob Mr. Quinn zufällig … (*Er unterbricht den Satz plötzlich*)

<u>STEVE</u>: Was hast du?

TEMPLE: Hast du die andere Seite dieser Karte gesehen? Hast du gesehen, was er auf die andere Seite gezeichnet hat?

STEVE:	Nein …
TEMPLE:	Dann sieh sie dir mal an!
STEVE:	(*Erstaunt*) Was denn? Das ist ja eine Brille!
TEMPLE:	Ja.
STEVE:	(*Nachdenklich*) Patrick Quinn hat uns doch gesagt, dass wir diese Karte Mr. Bahri geben sollen, nicht wahr?
TEMPLE:	Ja und?
STEVE:	(*Immer noch in nachdenklicher Stimmung*) Ich habe die Vermutung, dass Mr. Quinn auf uns gewartet hat. Er wusste, dass wir im Hotel übernachten und dass wir uns früher oder später in die Cocktailbar verirren würden. Ich denke, wenn du Zoltan Bahri diese Karte vorlegst, wird er dir ein Angebot für die Brille machen.
TEMPLE:	Tja, ich habe doch bereits ein Angebot erhalten. Constantine hat mir 10.000 Pfund dafür geboten.
STEVE:	(*Nach einem Moment, leise*) Was hast du mit der Brille vor, Paul? Wir können sie doch nicht einfach so mit uns herumtragen …
TEMPLE:	Nein. Da hast du recht – ich gehe kein Risiko mehr ein! Ich bringe sie gleich morgen früh in die Bank. Dort bleibt sie, bis der echte Mr. Sullivan auftaucht.
STEVE:	Wenn es einen echten Mr. Sullivan gibt.
TEMPLE:	Was denn? Hast du deine Meinung geändert? Ich dachte, du bist der Ansicht, dass Harold Darwin Richard Sullivan ist?
STEVE:	Ich weiß nicht … Manchmal denke ich, dass Richard Sullivan vielleicht nur ein Name ist. Vielleicht habe ich mich in Darwin geirrt, und Joyce Raymond wollte, dass wir die Brille an – nun ja – jemand anderen übergeben.

TEMPLE:	An jemanden, den wir treffen hätten sollen, als wir aus dem Flugboot stiegen?
STEVE:	Ja.
TEMPLE:	Ja, aber was ist das Geheimnis hinter dieser Brille? Warum war Constantine bereit, 10.000 Pfund dafür zu bezahlen? Das würde ich gerne wissen!
STEVE:	Es ist mir egal, was die Polizei sagt, es kann sich nicht um eine gewöhnliche Brille handeln.
TEMPLE:	Liebling, es *ist* eine gewöhnliche Brille, das ist das Außergewöhnliche daran!
STEVE:	Nun, zunächst einmal … (*Sie unterbricht den Satz*) Da kommt Miss Jeans.

SIDNEY JAMES kommt näher.

SIDNEY:	Hallo zusammen!
STEVE:	Hallo!
SIDNEY:	Geht es Ihnen besser?
STEVE:	Ja, mir geht es gut, danke.
SIDNEY:	Schön.
TEMPLE:	Wir haben gerade Kaffee bestellt. Möchten Sie sich zu uns setzen?
SIDNEY:	Das ist aber sehr nett von Ihnen! Darf ich?
STEVE:	Ja, natürlich!
TEMPLE:	Es würde uns sehr freuen.
SIDNEY:	(*Setzt sich hin*) Mann, bin ich müde! Meine Füße! Heiliger Bimbam, die machen mich fertig!

STEVE lacht.

SIDNEY:	Ich weiß nicht, ob Sie das auch so sehen, aber ich finde diese Stadt ziemlich anstrengend.
STEVE:	Wir sind erst heute Nachmittag angekommen, es ist also noch zu früh, um das zu beurteilen!
SIDNEY:	Ich mag es hier zwar, aber – ach je, meine Füße!

Sie lachen.

SIDNEY: Wie lange bleiben Sie?

TEMPLE: In Kairo? Oh – vierzehn Tage oder drei Wochen. Das kommt ganz darauf an.

SIDNEY: Ich denke, nachdem, was heute Abend hier passiert ist, haben Sie von Kairo wohl einen ziemlich schlechten Eindruck.

STEVE: Ach, ich weiß nicht. Ich denke, so etwas kann fast überall passieren.

SIDNEY: Ja, das mag sein, aber es ist hier passiert! Trotzdem bin ich froh, dass Sie darüber hinweggekommen sind. Haben Sie Ihr Zimmer schon gewechselt?

TEMPLE: Noch nicht. Ich werde wahrscheinlich morgen früh mit dem Manager sprechen.

SIDNEY: Ja, tun Sie das. Diese Stadt fasziniert mich. Ich bin eigentlich nur für zwei Wochen gekommen und habe bereits fünf Wochen hier verbracht. So wie die Dinge laufen, werde ich wahrscheinlich den Rest meines Lebens in dieser verrückten Stadt verbringen.

TEMPLE: Sie müssen Kairo ziemlich gut kennen, Miss Jeans. Sagen Sie mir: Wo genau liegt die Avenue Shulamar?

SIDNEY: (*Nach einem Moment, der Name sagt ihr offensichtlich etwas*) Avenue Shulamar?

TEMPLE: (*Beiläufig*) Ja.

SIDNEY: Das ist – ähm – in der Altstadt, etwa drei- oder vierhundert Meter von der Ostmauer entfernt.

TEMPLE: Oh … Ich glaube, ich weiß, wo Sie meinen.

SIDNEY: Wollen Sie dorthin gehen?

TEMPLE: Ja, jemand hat uns ein Geschäft empfohlen. Ein Kuriositätengeschäft. Das Haus von Bahri – Sie haben sicher schon davon gehört?

136

SIDNEY:	Nein, das kann ich nicht behaupten. Natürlich muss man hier vorsichtig sein, sonst wird man mit einer Menge Schrott beladen, der aus dem guten alten Birmingham kommt – und ich meine nicht Birmingham Alabama!

Sie lachen.

SIDNEY:	Kuriositäten gibt es wie Sand am Meer!
TEMPLE:	Ja, aber dieser Laden – das Haus von Bahri, meine ich – wurde mir von einem Mann namens Quinn empfohlen. Er schien ein anständiger Kerl zu sein. Er hat sich uns an der Cocktailbar vorgestellt.
SIDNEY:	(*Lacht*) Ja, das ist aber genau die Art von Leuten, vor denen man sich eigentlich in Acht nehmen muss! Quinn ist zwar in Ordnung, aber …
TEMPLE:	(*Unterbricht SIDNEY*) Sie kennen ihn?
SIDNEY:	Ich habe ihn schon mal gesehen. Er ist Ire, nicht wahr?
TEMPLE:	Ja.
SIDNEY:	Ja, ich kenne den Kerl, den Sie meinen. Ehrlich gesagt, würde ich nicht viel mit ihm zu tun haben wollen.
TEMPLE:	Nun, diesbezüglich mache ich mir keine Gedanken!
SIDNEY:	Wie meinen Sie das?
TEMPLE:	Mr. Quinn ist tot.
SIDNEY:	Was soll das heißen?
TEMPLE:	Er wurde ermordet.

Einen Moment.

SIDNEY:	(*Leise, angespannt*) Wann?
TEMPLE:	(*Beobachtet SIDNEY*) Irgendwann heute Abend.
SIDNEY:	(*Rasch*) Sind Sie sich da sicher? Wer hat Ihnen das gesagt?
TEMPLE:	Die Polizei.

SIDNEY:	Die Polizei? Was ist passiert?
TEMPLE:	(*Beobachtet* SIDNEY *immer noch*) Anscheinend wurde er erschossen.
SIDNEY:	Ich kann es kaum glauben! Ich habe ihn heute Abend gesehen … Er saß an der Bar! Der arme kleine Kerl sah aus, als ob er sich um nichts in der Welt Sorgen machte. Erschossen, sagen Sie? Wer hat das getan? Weiß man das?
TEMPLE:	(*Langsam*) Nein, ich glaube nicht, dass man das weiß.
SIDNEY:	Aber … Mensch, ich kann es kaum glauben! Wer könnte so etwas überhaupt tun? Ausgerechnet Pat Quinn!
STEVE:	Da kommt der Kellner, Darling.
TEMPLE:	Was möchten Sie, Miss Jeans?
SIDNEY:	Kann ich einen Kaffee haben?
TEMPLE:	Ja, natürlich. Bringen Sie noch etwas Kaffee und eine weitere Tasse, Herr Ober.
KELLNER:	Ja, Sir.

Der KELLNER *stellt ein Tablett ab und* STEVE *schenkt den Kaffee ein.*

TEMPLE:	(*Nach einem Moment*) Miss Jeans …
SIDNEY:	Ja?
TEMPLE:	Haben Sie den Mann in unserem Zimmer erkannt?
SIDNEY:	Ihn erkannt? – Aber nein!
TEMPLE:	Würden Sie ihn denn erkennen, wenn Sie ihn wiedersehen?
SIDNEY:	(*Nachdenklich*) Nein, ich glaube nicht, dass ich das würde. Ich habe ihn natürlich gesehen – ganz deutlich –, aber es ist sehr fraglich, ob ich ihn wiedererkennen würde. Wie ist das bei Ihnen, Mrs. Temple?
STEVE:	Doch, ich glaube schon.
SIDNEY:	(*Versucht, die Stimmung zu ändern*) Na, das

ist doch was! Wenn Sie den Mistkerl das nächste Mal sehen, wenn ich in der Nähe bin, rufen Sie nach mir! Ich bin dann gleich da! Und, Lady, ich werde dem Kerl das Fell ab- ziehen!

Sie lachen.

TEMPLE: Möchten Sie eine Zigarette?

SIDNEY: Oh, danke.

TEMPLE: Steve?

STEVE: Nein, danke.

SIDNEY zündet sich eine Zigarette an.

SIDNEY: Wissen Sie, ich kann einfach nicht fassen, was Sie mir da erzählt haben. Ausgerechnet Quinn! (*Fast zu sich selbst*) Warum sollte ihn jemand ermorden wollen?

TEMPLE: (*Locker*) Ich habe genauso wenig Ahnung wie Sie, Miss Jeans. (*Mit einem Lachen*) Wahr- scheinlich noch weniger.

Es gibt einen Moment des Zögerns, dann beginnt SIDNEY zu lachen. Sie ist sich jedoch nicht sicher, ob TEMPLE es als Witz gemeint hat oder nicht.
Musik aufblenden.

Musik ausblenden.

Szene 2:

Das Hotelzimmer der Temples im Hotel Continental.

TEMPLE und STEVE liegen im Bett. TEMPLE schnarcht sehr leise. Er hält inne und dreht sich um. STEVE stößt einen Seuf- zer aus, sie ist offensichtlich wach. Ein Augenblick vergeht. STEVE seufzt erneut.

TEMPLE: Was ist los, Steve?

STEVE: Ich kann nicht einschlafen. Es ist so heiß …

TEMPLE: Soll ich die Fenster öffnen?

STEVE: Sie sind bereits weit offen.

TEMPLE: (*Gähnt*) Wie spät ist es?

STEVE:	Ich weiß es nicht. Wir scheinen schon seit Stunden im Bett zu sein.
TEMPLE:	Ich schalte das Licht an.

TEMPLE schaltet das Licht ein.

STEVE:	Es ist Viertel vor vier.
TEMPLE:	Ich dachte, es sei viel später.
STEVE:	(*Steht aus dem Bett auf*) Ich gehe auf den Balkon, ich muss einfach an die frische Luft.
TEMPLE:	Ja, in Ordnung. Gib mir mein Zigarettenetui.
STEVE:	Oh, Darling, du wirst doch nicht rauchen wollen – jetzt doch nicht!
TEMPLE:	(*Verzichtet*) Na gut.

STEVE geht zum Fenster hinüber.

STEVE:	Es ist eine himmlische Nacht …
TEMPLE:	Ich dachte, du sagtest, es sei zu heiß.
STEVE:	(*Vom Balkon aus*) Hier draußen ist es nicht so.
TEMPLE:	Ich gehe wieder schlafen …

Eine Pause.

STEVE:	(*Leise*) Paul …
TEMPLE:	Hm? Was gibt es?
STEVE:	Nebenan ist jemand, der sich mit Miss Jeans unterhält. Ich kann sie hören.
TEMPLE:	Na und?
STEVE:	Nun, Darling, es ist Viertel vor vier!
TEMPLE:	Du bildest dir das wahrscheinlich nur ein. Komm schon – geh ins Bett und versuche zu schlafen!

Einen Moment.

STEVE:	(*Angespannt*) Paul! (*Dreht sich ins Zimmer zurück*) Komm hier rüber – auf den Balkon.
TEMPLE:	Nein, wo ich jetzt bin, fühle ich mich dafür zu wohl.
STEVE:	(*Angespanntes Flüstern*) Paul, bitte!
TEMPLE:	(*Verwirrt von STEVEs Tonfall*) Was ist los?
STEVE:	Du weißt doch, dieser Mann in Augusta, die-

	ser Amerikaner …
TEMPLE:	Colonel Marquand? Was ist mit ihm?
STEVE:	Er ist nebenan! Er spricht mit Miss Jeans …
TEMPLE:	Sei doch nicht albern!
STEVE:	Paul, ich bin mir sicher, dass es Marquand ist! Ganz sicher! Ich habe seine Stimme in jener Nacht am Tor der Villa Negara gehört.
TEMPLE:	Warte einen Moment! (*Er steigt aus dem Bett*) Wo ist bloß mein Morgenmantel? … Oh, da liegt er ja.

TEMPLE geht zu STEVE.

STEVE:	Hör doch!

Eine Pause.

TEMPLE:	Ich höre überhaupt nichts!
STEVE:	Hör genau hin!

Eine zweite Pause. Aus dem Zimmer nebenan hören wir die Stimmen von SIDNEY JEANS und COLONEL MARQUAND. Die Stimmen sind sehr leise und kaum zu erkennen.

TEMPLE:	Wie kommst du darauf, dass das Marquand ist. Ich bin mir nicht einmal sicher, ob es Miss Jeans ist.
STEVE:	Geh raus auf den Balkon.
TEMPLE:	(*Nach einem Moment*) In Ordnung …

Die Stimmen von SIDNEY JEANS und COLONEL MARQUAND werden jetzt lauter. Man kann ihre Stimmen erkennen und gerade noch hören, was sie sagen.

MARQUAND:	(*Verärgert*) Darüber brauchen wir nicht zu diskutieren, Sidney! Wie hätte ich es dir im Vorfeld sagen sollen?
SIDNEY:	Du hast es doch auch Armstrong gesagt!
MARQUAND:	Ich habe Armstrong gar nichts gesagt!
STEVE:	(*Leise, angespannt*) Glaubst du mir jetzt?
TEMPLE:	Ja … Ja, das *ist* Marquand … Pst!
SIDNEY:	Wenn du meine ehrliche Meinung hören willst, diese Sullivan-Sache fängt an, mir auf

	die Nerven zu gehen. Mir gefällt das alles nicht.
MARQUAND:	Niemand erwartet, dass es dir gefällt! Jetzt hör mir zu, Sidney. Spiel die ganze Sache so, wie ich es dir gesagt habe, und wir werden gut dastehen.
SIDNEY:	Das weiß ich nicht. Es gefällt mir nicht, Arthur. Die Dinge sind viel komplizierter, als ich erwartet hatte. Denke zum Beispiel an die Sache mit Quinn.
MARQUAND:	Um Himmels willen, vergiss Quinn! (*Langsam*) Ich habe dir doch gesagt, dass es keinen Grund zur Sorge gibt. Sobald wir die Brille haben, sollte der Rest ein Kinderspiel sein.
SIDNEY:	Aber wir haben die Brille nicht!
MARQUAND:	Armstrong wurde leider gestört.
SIDNEY:	Wenn Temple die Brille hat, trägt er sie mit sich herum – oder seine Frau tut es. Auf jeden Fall ist sie nicht im Zimmer.
MARQUAND:	(*Leicht überrascht*) Woher weißt du das?
SIDNEY:	Ich habe es durchsucht.
TEMPLE:	(*Zu STEVE*) Hat sie das, mein Gott!
MARQUAND:	Wann?
SIDNEY:	Als sie spazieren gingen. Da waren sie etwa eine Dreiviertelstunde weg. Ich habe das Zimmer gründlichst durchsucht. Glaub mir, die Brille ist nicht dort!
MARQUAND:	(*Grimmig*) Wir müssen diese Brille haben, Sidney. Es ist mir völlig egal, wie wir sie bekommen, aber wir müssen sie haben.
SIDNEY:	(*Nachdenklich*) Arthur …
MARQUAND:	Ja?
SIDNEY:	Angenommen, ich erzähle Temple, dass Sullivan ein Freund von mir ist –, dass er für zwei oder drei Tage nicht in der Stadt ist –

	und dass er mich gebeten hat, die Brille abzuholen.
MARQUAND:	Darauf würde er nicht hereinfallen! Auf jeden Fall würde er wissen wollen, warum du es vorher nicht erwähnt hast.
SIDNEY:	(*Gereizt*) Warum finden wir dann nicht jemanden, der sich als Sullivan ausgibt?
MARQUAND:	Mein Gott! Glaubst du denn nicht, dass ich daran nicht auch schon gedacht hätte! Ich habe es doch mit Armstrong versucht.
SIDNEY:	Armstrong ist ein ungeschickter Idiot! Es ist an der Zeit, dass du ihn loswirst!
MARQUAND:	Er mag ein Idiot sein, aber wenigstens kann ich ihm vertrauen!
SIDNEY:	Was soll das heißen? Was meinst du damit?

Einen Moment.

MARQUAND:	(*Beruhigt SIDNEY*) Okay, okay. Lassen wir das! Ich rufe dich morgen gegen 10 Uhr 30 an.
SIDNEY:	(*Einen Augenblick, leise*) Ja, in Ordnung.
MARQUAND:	Denke daran, was ich dir gesagt habe. Bleib weiterhin freundlich zu ihnen und lass sie nicht aus den Augen.
SIDNEY:	Okay.
TEMPLE:	(*Ein Flüstern, nimmt STEVE am Arm*) Komm schon, Steve, lass uns zurück ins Zimmer gehen.

TEMPLE und STEVE verlassen den Balkon.

TEMPLE:	Ich schließe das Fenster für eine Minute.
STEVE:	Ja, in Ordnung.

TEMPLE schließt das Fenster.

STEVE:	(*Sehr verwirrt*) Paul, eines verstehe ich nicht. Wenn sie mit Marquand und diesem anderen Mann, diesem Armstrong, unter einer Decke steckt, warum ist sie dann hier hereingestürzt,

	als ich um Hilfe schrie?
TEMPLE:	Die Antwort darauf ist einfach, Liebling. Eigentlich hätte ich schon früher daran denken sollen. Die Lage wurde ziemlich heiß – und da ist sie hier hereingestürzt, um Armstrong zu warnen, dass du dir Gehör verschaffst. Vergiss nicht, dass es einem sehr nützlichen Zweck diente: Miss Jeans hat damit mit dir unter sehr günstigen Umständen Bekanntschaft gemacht, zumindest was sie betrifft.
STEVE:	(*Nachdenklich*) Ja. (*Leicht besorgt*) Paul, was sollen wir tun?
TEMPLE:	Wir werden mit Miss Jeans ein freundschaftliches Verhältnis pflegen, so als ob wir ihr uneingeschränkt vertrauen würden.
STEVE:	Und die Brille?
TEMPLE:	Ich habe dir doch gesagt, was ich damit machen werde, Liebling. Ich werde sie gleich morgen früh in einen Tresor einlagern lassen.
STEVE:	Gut. Ich frage mich, wie Mr. Quinn in all das hineingepasst hat?
TEMPLE:	Nun, offensichtlich saß er im selben Boot wie Constantine.
STEVE:	Wie meinst du das?
TEMPLE:	Quinn war auch hinter der Brille her, aber er operierte – oder arbeitete, wenn es dir besser gefällt – unabhängig.
STEVE:	Du meinst unabhängig von Marquand?
TEMPLE:	Sowohl von Marquand als auch von Constantine – ja.
STEVE:	(*Schüttelt den Kopf*) Da bin ich mir nicht so sicher …
TEMPLE:	Warum?
STEVE:	Ich glaube nicht, dass es Quinn auf die Brille abgesehen hatte, Darling. Wenn du meine

144

	Meinung hören willst, ich glaube, er war nur ein Kontaktmann.
TEMPLE:	Ein Kontaktmann?
STEVE:	Ja.
TEMPLE:	Nun, wenn er das war, dann muss er doch auch für jemanden gearbeitet haben, oder? Für wen? Für Marquand sicher nicht.
STEVE:	Nein. Quinn hat wahrscheinlich für den Mann gearbeitet, dem der Kuriositätenladen gehört – Zoltan Bahri. Ich glaube nicht, dass Quinn irgendetwas über die Brille wusste. Ihm wurde nur gesagt, er solle sich mit uns in Verbindung setzen und uns die Karte geben.
TEMPLE:	(*Nachdenklich*) Ja, du könntest recht haben …
STEVE:	Miss Jeans wusste über Quinn Bescheid und meiner Meinung nach weiß sie auch etwas über das Haus von Bahri. Du hast ja gesehen, wie sie reagierte, als du die Avenue Shulamar erwähntest …
TEMPLE:	Ja …
STEVE:	(*Einen Moment*) Paul, glaubst du, dass noch jemand hinter der Brille her ist: Miss Fraser, zum Beispiel?
TEMPLE:	Bei Miss Fraser weiß ich es nicht. Bei Darwin … bin ich etwas skeptisch. Zum einen ist er für meinen Geschmack eine Spur zu freundlich. Außerdem scheint mir sein Auftauchen in Sandbanks, als die Barkasse uns zum Kentern brachte, ein zu großer Zufall zu sein.
STEVE:	Ja. (*Plötzlich*) Darling, angenommen, jemand taucht auf und behauptet, Richard Sullivan zu sein, jemand, der absolut echt zu sein scheint, was tust du dann?
TEMPLE:	Ganz einfach: Sobald ich absolut sicher bin, dass er der echte Richard Sullivan ist, … wer-

	de ich ihn fragen, worum es hier eigentlich geht!
STEVE:	(*Lacht*) Ja, aber gibst du ihm die Brille?
TEMPLE:	Natürlich! (*Plötzlich*) Weißt du, Steve, du scheinst langsam ein ziemlich großes Interesse an dieser Sache zu bekommen …
STEVE:	(*Lächelt*) Findest du?
TEMPLE:	Ja, das finde ich.
STEVE:	Und stört dich das?
TEMPLE:	(*Lacht STEVE an*) Nein, natürlich nicht, aber unter normalen Umständen würdest du mich anflehen, diese Sache aus der Hand zu geben und wie eine heiße Kartoffel fallen zu lassen!
STEVE:	Ich weiß, mein Schatz. Aber irgendwie … müssen wir der Sache auf den Grund gehen, Paul. Egal, was passiert, wir müssen der Sache auf den Grund gehen!
TEMPLE:	Wenn Sie darauf bestehen, Mrs. Temple. … Wenn Sie darauf bestehen!

STEVE lacht.
Musik aufblenden.

Musik ausblenden.

Szene 3:
Die Empfangshalle des Hotels Continental.

TEMPLE:	Haben Sie bitte ein paar Briefmarken?
REZEPTIONIST:	Ja, Sir. Soll ich den Brief für Sie zur Post bringen?
TEMPLE:	Oh, vielen Dank.
SCHREIDER:	Entschuldigen Sie, gibt es Briefe für mich – Zimmer 132?
REZEPTIONIST:	Ihr Name, Sir?
SCHREIDER:	Schreider.

Einen Moment.

REZEPTIONIST:	Nein, tut mir leid. Es ist nichts für Sie dabei,

	Herr Schreider.
SCHREIDER:	Ich danke Ihnen.
TEMPLE:	(*Freudig überrascht*) Guten Morgen, Herr Schreider! Ich hätte nicht erwartet, Sie in Kairo zu treffen.
SCHREIDER:	(*Kalt*) Es tut mir leid, ich fürchte, ich weiß nicht …
TEMPLE:	Temple.
SCHREIDER:	Temple? Oh, ja, natürlich! Ich erinnere mich … Sie waren vorletzte Nacht in meinem Café mit Signor Rossetti.
TEMPLE:	Genau.
SCHREIDER:	(*Ein versteckter sarkastischer Unterton*) Haben Sie Ihren Freund gefunden?
TEMPLE:	Meinen Freund?
SCHREIDER:	Ja – Sie haben sich doch, wenn ich mich recht erinnere, über einen Mann namens Constantine erkundigt. (*Leicht amüsiert*) Aus irgendeinem Grund dachten Sie, er sei in meinem Café.
TEMPLE:	(*Leise, beobachtet SCHREIDER*) Oh, ja. Ja, ich habe ihn gefunden, danke.
SCHREIDER:	Das freut mich. (*Geht*) Nun, wenn Sie mich bitte entschuldigen würden.
TEMPLE:	Ja, natürlich.

STEVE kommt heran.

STEVE:	Wer war das, Paul?
TEMPLE:	Hast du ihn denn nicht erkannt?
STEVE:	Nein.
TEMPLE:	(*Nachdenklich*) Das war Herr Schreider, der Mann, dem das *El Passaro* gehört.
STEVE:	Du meinst das Café in Syrakus?
TEMPLE:	Ja.
STEVE:	Wohnt er hier?
TEMPLE:	Ja, anscheinend ist er gerade erst angekom-

	men. (*Plötzlich*) Ich bin dann auf dem Weg zur Bank. Du kannst entweder mit mir kommen oder ich hole dich danach hier ab.
STEVE:	Ich möchte lieber etwas einkaufen gehen. Treffen wir uns in etwa einer dreiviertel Stunde wieder hier.
TEMPLE:	(*Nach einem kurzen Zögern*) Ja, in Ordnung. Pass gut auf dich auf.
STEVE:	Das werde ich.
TEMPLE:	(*Leise*) Und wenn du Miss Jeans triffst, vergiss nicht, Steve …
STEVE:	Ich werde ausgesprochen freundlich sein!
TEMPLE:	Genau, denn wir wollen schließlich nicht, dass sie voreilige Schlüsse über letzte Nacht zieht.
STEVE:	Nein, natürlich nicht.
TEMPLE:	Bis später!
STEVE:	Bis später!

Musik aufblenden.

Szene 4:
Eine belebte Straße in Kairo. Ein Marktstand.

Die Musik blendet über in eine belebte Straße in Kairo. Im fernen Hintergrund ist der Muezzin zu hören, der vom Minarett aus die Menschen zum Gebet aufruft. Wir hören das Geräusch eines Autos, das näher kommt und vorbei fährt, dann hören wir das Geräusch einer Menschenmenge und ein Stimmengewirr, das uns zu einem Marktstand auf der Straße führt, an dem STEVE gerade mit einem STRAßENVERKÄUFER um ein paar Handschuhe feilscht.

STEVE:	(*Entschieden*) Einhundertfünfundzwanzig Piaster und nicht einen mehr! Und auch keinen weniger!
VERKÄUFER:	Liebe Frau, ich schwöre Ihnen – ich schwöre Ihnen, die hier sind mehr als einhundertfünfundsiebzig Piaster wert, sie haben den Wert

148

von …

STEVE: Einhundertfünfundzwanzig.

VERKÄUFER: Einhundertfünfundzwanzig! (*Lacht*) Das ist nicht Ihr Ernst! Sie machen Witze.

STEVE: Einhundertfünfundzwanzig, nehmen Sie es oder lassen Sie es!

VERKÄUFER: (*Spöttisch*) Einhundertfünfundzwanzig! Aber ich kann doch nicht nur einhundertfünfundzwanzig Piaster für ein so exquisites Paar Handschuhe nehmen …

STEVE: Na gut, dann nehmen Sie sie eben nicht.

VERKÄUFER: Nein! Nein! Nein! Warten Sie! – Warten Sie! Bitte! Einen Moment – gehen Sie nicht weg. Sehen Sie sie sich doch an! Nehmen Sie sie genau unter die Lupe! Berühren Sie sie mit Ihren Fingern … Sehen Sie die Spitzen, sehen Sie, was für schöne, weiche Spitzen …

STEVE: Einhundertfünfundzwanzig Piaster!

VERKÄUFER: (*Einen Moment, dann nickt er*) Einhundertfünfundzwanzig.

SIDNEY JEANS nähert sich.

SIDNEY: (*Lacht*) Gut gemacht, Mrs. Temple!

STEVE: (*Dreht sich um und lacht*) Oh, hallo, Miss Jeans.

VERKÄUFER: (*Zu SIDNEY*) Möchten Sie ein paar schöne Handschuhe, meine Dame? (*Nimmt die Handschuhe vom Stand*) Einhundertneunzig Piaster das Paar. Sehr schön – sehr schön …

SIDNEY: Nein, danke.

VERKÄUFER: Einhundertsiebzig Piaster pro Paar …. einhundertfünfzig Piaster.

SIDNEY: (*Lacht*) … und hundertfünfundzwanzig Piaster! – Nein, danke, Bruder!

STEVE lacht. Sie und SIDNEY entfernen sich von dem Verkaufsstand. Der VERKÄUFER konzentriert sich auf einen Neuan-

kömmling.

SIDNEY: (*Amüsiert*) Sie scheinen sich einen schönen Vormittag zu machen!

STEVE: (*Lacht*) Ich habe nur ein oder zwei Kleinigkeiten gekauft.

SIDNEY: Und wohin gehen Sie jetzt?

STEVE: Ich bin auf dem Weg zurück ins Hotel. Was machen Sie hier? Nur herumschlendern?

SIDNEY: Ja, genau. Aber meine Füße bringen mich schön langsam um! Ich gehe jetzt einen Kaffee trinken. Warum setzen Sie sich nicht zu mir?

STEVE: Ich habe meinem Mann versprochen, dass ich ihn um halb zwölf treffe, also …

SIDNEY: Na und? Er wird sicher nicht wegen einer halben Stunde in Panik geraten! Wozu sind Ehemänner überhaupt da?

STEVE: (*Ein kurzes Zögern*) Gut, in Ordnung.

SIDNEY: Prima. Ich bringe Sie zu *Flambert's*. Ich wette, es wird der malerischste Ort sein, in dem Sie je gewesen sind.

STEVE: Ich war schon an einigen ziemlich malerischen Orten. Ist es weit von hier?

SIDNEY: Nein, es ist gleich an der Ecke. Lassen Sie mich ein paar von Ihren Paketen tragen! Mensch, das sind aber schöne Schuhe! Woher haben Sie die? (*Neidisch*) Können Sie mit solchen Absätzen laufen?

STEVE: (*Amüsiert*) Ja …

SIDNEY: (*Mit einem Seufzer*) Ach, herrje …

STEVE lacht und sie verschwinden in der Menge.

Szene 5:

Flamberts Café.

Die Tür wird geöffnet, es ertönt das leise Klingeln einer Glo-

cke und STEVE *und* SIDNEY *kommen von der Straße herein. Die Tür wird geschlossen und die beiden gehen durch einen mit Perlen besetzten Vorhang. Sie öffnen eine zweite Tür und betreten den Innenhof. Ein Springbrunnen plätschert leise vor sich hin. Irgendwo im Hintergrund ist eine leise Musik zu hören. Einige der Tische sind besetzt.*

STEVE: (*Überrascht*) Das ist ja ein Innenhof!

SIDNEY: Gefällt es Ihnen?

STEVE: Es ist himmlisch! Und sehen Sie sich nur diesen Brunnen an!

SIDNEY: Man fühlt sich hier, als ob man meilenweit von allem entfernt ist! Es ist außergewöhnlich! Man hört kaum die Straßengeräusche.

STEVE: Es ist sehr ansprechend.

SIDNEY: Ich dachte mir schon, dass es Ihnen gefallen würde. Es ist ein Lieblingsplatz von mir. Ah, da kommt Flambert!

FLAMBERT *ist ein Franzose von etwa fünfzig Jahren.*

FLAMBERT: (*Erfreut*) Guten Tag, Mademoiselle! Schön, Sie wiederzusehen! (*Zu* STEVE) Bonjour.

SIDNEY: Guten Tag!

STEVE: Guten Tag !

FLAMBERT: Voici votre place habituelle, mademoiselle! (Hier ist ihr üblicher Platz, Fräulein)

SIDNEY: Vielen Dank, Monsieur Flambert.

FLAMBERT: Kaffee und etwas Gebäck?

SIDNEY: (*Zu* STEVE) Okay?

STEVE: Ja.

SIDNEY: Das passt sehr gut.

FLAMBERT: Merci.

SIDNEY: (*Zu* STEVE) Würden Sie mich einen Moment entschuldigen?

STEVE: Aber natürlich.

SIDNEY: (*Zu* FLAMBERT, *leise*) Wo ist Armstrong?

FLAMBERT: (*Leicht nervös*) In meinem Büro. Ich bringe

Sie zu ihm.

Szene 6:
<u>Flamberts Büro.</u>

Die Tür öffnet sich, SIDNEY und FLAMBERT treten ein. Die Tür schließt sich.

<u>ARMSTRONG</u>:   Ist sie hier?

<u>SIDNEY</u>:   Ja. (*Geschäftsmäßig*) Hast du den Wagen?

<u>ARMSTRONG</u>:   Ja, natürlich!

<u>SIDNEY</u>:   Wo steht er?

<u>ARMSTRONG</u>:   Dort, wo wir vereinbart haben – gegenüber der Ecke.

<u>SIDNEY</u>:   Gut. (*Zu FLAMBERT*) Sie wissen, was zu tun ist, Flambert?

<u>FLAMBERT</u>:   Ja, aber ich bin ein wenig besorgt. Mir gefällt der Gedanke nicht, dass der jungen Dame in meinem Café schlecht wird.

<u>SIDNEY</u>:   Keine Sorge, es wird keinen Ärger geben. (*Zu ARMSTRONG*) Es wird etwa vier oder fünf Minuten dauern, bis das Medikament wirkt. Geh zurück zum Wagen und warte dort.

<u>ARMSTRONG</u>:   Ja, in Ordnung.

<u>SIDNEY</u>:   Lass den Motor laufen.

<u>ARMSTRONG</u>:   Ja.

<u>SIDNEY</u>:   Und fahr vorsichtig. Denk daran, dass es eine schlechte Straße ist.

<u>ARMSTRONG</u>:   Ich werde vorsichtig sein.

<u>SIDNEY</u>:   (*Zügig, zu FLAMBERT*) Geben Sie mir zwei oder drei Minuten – und dann servieren Sie den Kaffee.

<u>FLAMBERT</u>:   Ich hoffe doch, dass es zu keinen Unannehmlichkeiten kommt. Es wäre sehr bedauerlich, wenn …

<u>SIDNEY</u>:   Machen Sie sich keine Sorgen. Alles wird schnell und leise über die Bühne gehen, sie

	wird nicht einmal wissen, was passiert. Ich werde sehr diskret sein.
FLAMBERT:	Sehr gut.
ARMSTRONG:	(*Öffnet die Tür*) Ich gehe dann zurück zum Wagen. Gibt es noch etwas, was du sagen wolltest?
SIDNEY:	Nein. Vergiss nur nicht, was ich dir gesagt habe. Lass den Motor laufen und fahr vorsichtig.
ARMSTRONG:	(*Nickt*) Ich werde es nicht vergessen.

Die Tür wird geschlossen.

Szene 7:

Die Straße vor Flamberts Café.

In der Nähe steht Armstrongs Wagen, der Motor läuft. STEVE und SIDNEY kommen näher. STEVE ist schwach, benommen und ziemlich verwirrt.

STEVE:	Ich weiß nicht, was passiert ist … In der einen Minute ging es mir noch gut, in der nächsten … Ich …
SIDNEY:	Haben Sie sich schon einmal so gefühlt?
STEVE:	Nein, niemals … Es ist ganz seltsam … Es ist so, als ob … meine Beine … Alles scheint so schwer und …
SIDNEY:	Glauben Sie, es liegt an der Hitze?
STEVE:	Nein … Nein, das glaube ich nicht. Ich habe mich noch nie so gefühlt, ich … Mir ist so schwindelig, ich … ich …
SIDNEY:	Da drüben steht ein Wagen. Vielleicht fährt man uns zurück zum Hotel.
STEVE:	Ich versuche lieber zu laufen … Vielleicht geht es mir dann, wenn ich laufe, … ich … (*Versucht verzweifelt, sich zusammenzureißen*)
SIDNEY:	Lehnen Sie sich an meine Schulter.

| STEVE: | (*Ein wenig verängstigt*) Ich weiß nicht, was mit mir passiert … (*Schwach, wird ohnmächtig*) Oh … |

ARMSTRONG kommt näher.

| ARMSTRONG: | (*Angespannt*) Kommst du zurecht? |
| SIDNEY: | (*Stützt STEVE*) Ja, ja, es geht, ich habe sie … Mach die Tür auf! |

ARMSTRONG öffnet die hintere Tür des Wagens und SIDNEY hebt STEVE halb in den Wagen.

ARMSTRONG:	Wo sitzt du?
SIDNEY:	Ich setze mich mit ihr nach hinten, nur für den Fall, dass sie zu sich kommt.
ARMSTRONG:	Ja, in Ordnung. Hattest du im Café viel Ärger mit ihr?
SIDNEY:	Nein, es war einfach.
ARMSTRONG:	Schaffst du es?
SIDNEY:	Ja …

SIDNEY stützt STEVE im Wagen.

| ARMSTRONG: | Alles bereit? |
| SIDNEY: | Ja! Okay. |

ARMSTRONG schließt die hintere Tür, klettert hinter das Steuer, schließt seine eigene Tür, legt den Gang ein und der Wagen fährt los.

Szene 8:

Das Innere des Wagens.

Der Wagen fährt mit hoher Geschwindigkeit.

ARMSTRONG:	Geht es ihr gut?
SIDNEY:	Ja. Ich glaube, sie kommt wieder zu sich.
ARMSTRONG:	Dann pass auf sie auf! Wenn sie Verdacht schöpft, könnte sie anfangen zu schreien.
SIDNEY:	Keine Sorge, ich kümmere mich um sie. Pass du einfach auf die Straße auf.
STEVE:	(*Schwach*) Was ist passiert? Bin ich ohnmächtig geworden?

SIDNEY:	(*Freundlich*) Geht es Ihnen besser?
STEVE:	Ja, aber was ist passiert? (*Leicht alarmiert*) Wo bin ich? Wohin fahren wir?
SIDNEY:	(*Lacht*) Es ist alles in Ordnung! Wir fahren zurück zum Hotel. Dort wollten Sie doch hin, nicht wahr?
STEVE:	Ja, aber … Oh Gott, mein Kopf! Er zerspringt gleich.
SIDNEY:	Wenn ich Sie wäre, würde ich mich einfach zurücklehnen und es ruhig angehen. Entspannen Sie sich einfach!
STEVE:	Aber was ist mit mir passiert? Ich kann doch nicht einfach so in Ohnmacht fallen. Oh! Mein Gott, mein Kopf! Ich fühle mich so, als ob …

Von der Straße vor uns ertönt plötzlich das wütende Hupen eines herannahenden Autos.

ARMSTRONG:	Was für ein Narr!
SIDNEY:	Pass auf oder du schießt ihn noch ab!
ARMSTRONG:	Er bog einfach so aus der Straße, ohne die geringste …
SIDNEY:	Pass auf! Pass auf, sonst kracht es!

STEVE stößt ein kurzes Jaspen aus.

Armstrongs Wagen stößt mit dem zweiten Auto zusammen, und nach dem – recht leichten – Aufprall ertönt das Geräusch eines geplatzten Reifens. Das Auto hält an.

SIDNEY:	(*Enorm wütend*) Du Narr! Du hättest ihm noch ausweichen können, wenn du …
ARMSTRONG:	Wie konnte ich ihn nur übersehen! Er kam aus der Straße, ohne …
SIDNEY:	War das unser Reifen, der geplatzt ist?
ARMSTRONG:	Ja.
SIDNEY:	(*Fast atemlos*) Du verdammter Idiot!

Wir blenden jetzt auf die belebte Straße hinaus.
DARWIN nähert sich aus dem zweiten Wagen.

DARWIN: Was soll das? Sehen Sie sich doch nur meine Karosse an!

ARMSTRONG: Warum in aller Welt schauen Sie nicht, wohin Sie fahren?

DARWIN: (*Recht freundlich, wenn auch offensichtlich verärgert*) Warum schauen *Sie* nicht, wohin Sie fahren? Sie fahren außerdem auf der falschen Seite der Straße!

ARMSTRONG: Jetzt hören Sie mir mal zu! Wenn Sie Ihre verdammten Bremsen angezogen hätten, anstatt …

SIDNEY: (*Zu* ARMSTRONG, *angespannt*) Halt die Klappe!

DARWIN: (*Erstaunt*) Was denn, Mrs. Temple! Sagen Sie mal, Sie sehen aber nicht gut aus!

SIDNEY: Ich wollte sie gerade in ihr Hotel zurückbringen. Es ging ihr nicht besonders gut.

DARWIN: Sie sieht in der Tat nicht sehr gut aus!

STEVE: Ich bin vor kurzem ohnmächtig geworden.

DARWIN: Das wundert mich nicht, wenn dieser Kerl Sie herumfährt.

SIDNEY lacht.

SIDNEY: Könnten Sie uns vielleicht mitnehmen? Ich fürchte, wir sitzen in der Klemme!

DARWIN: Ja, natürlich!

STEVE: (*Schwach*) Oh, das ist Miss Jeans – Mr. Darwin.

DARWIN: Sehr angenehm, Miss Jeans.

SIDNEY: Es freut mich, Sie kennenzulernen, Mr. Darwin!

Die Autotür wird geöffnet.

DARWIN: Kommen Sie, Mrs. Temple – geben Sie mir Ihre Hand! (*Plötzlich: offensichtlich die Situation abwägend*) Sie sehen wirklich nicht gut aus!

156

Szene 9:
Die Empfangshalle im Hotel Continental.

TEMPLE: (*Offensichtlich besorgt*) Ich bitte nochmals um Verzeihung, aber sind Sie sicher, dass es keine Nachricht für mich gibt?

REZEPTIONIST: Ganz sicher, Sir. Aber ich werde mich nochmals vergewissern. Einen Moment, wenn Sie bitte warten wollen! (*Er hebt den Telefonhörer ab*) Ist eine Nachricht für Mr. Temple – Zimmer 187 – eingegangen? … Nein? … Vielen Dank. (*Er legt den Hörer auf*) Es tut mir leid, Sir.

TEMPLE: (*Dreht sich um und geht*) Danke.

MISS FRASER: (*Strahlt*) Hallo! Was ist denn das Problem? Sie sehen heute Vormittag aber sehr niedergeschlagen aus, Mr. Temple!

TEMPLE: Oh, hallo, Miss Fraser. Schön, Sie wieder zu sehen. Wie geht es Ihnen denn?

MISS FRASER: Mir geht es gut! Aber Ihnen scheint es nicht so gut zu gehen …

TEMPLE: Es ist wegen meiner lieben kleinen Frau! Sie hat versprochen, mich um 11 Uhr 30 hier zu treffen, und jetzt ist es schon fast Viertel nach eins.

MISS FRASER: Meine Güte, sind Sie an so etwas nicht schon gewöhnt?

TEMPLE: (*Lacht*) Und um wie viel Uhr waren *Sie* verabredet?

MISS FRASER: Um halb eins.

TEMPLE: Mir scheint, ihr Frauen seid alle gleich!

MISS FRASER: Wenn Sie mich fragen, sie ist einfach noch beim Einkaufen. Wissen Sie, es gibt da einige faszinierende Geschäfte in Kairo.

TEMPLE: Ja.

MISS FRASER: (*Mit einem kleinen Lachen*) Sie stöbert wahr-

157

	scheinlich in irgendeinem alten Kuriositäten-laden oder so …
TEMPLE:	(*Leise, ein plötzlicher Gedanke*) Ja, daran hatte ich gar nicht gedacht.
MISS FRASER:	(*Plötzlich*) Ich muss sehen, dass ich weiter-komme.
TEMPLE:	Ja, natürlich.
MISS FRASER:	Wenn Sie Mrs. Temple sehen, vergessen Sie nicht, sie ganz herzlich von mir zu grüßen.
TEMPLE:	Das werde ich sicherlich.
MISS FRASER:	Auf Wiedersehen!
TEMPLE:	Auf Wiedersehen, Miss Fraser. (*Zum REZEP-TIONISTEN*) Rufen Sie mir ein Taxi, bitte.
REZEPTIONIST:	Jawohl, Sir.

Die Hintergrundgeräusche des Hotels werden in den Vorder-grund geblendet, während TEMPLE die Empfangshalle durch-quert. Er geht durch die Haupttür und aus dem Hotel hinaus.

Szene 10:
Die belebte Straße vor dem Hotel Continental.

SCHREIDER:	Mr. Temple.
TEMPLE:	(*Überrascht*) Ach, hallo, Schreider.
SCHREIDER:	Sie haben also meine Nachricht erhalten?
TEMPLE:	Ihre Nachricht?
SCHREIDER:	Ja, ich habe eine Nachricht für Sie beim Con-cierge hinterlassen.
TEMPLE:	Ich fürchte, ich habe sie nicht bekommen. Nun, was kann ich für Sie tun, Schreider?
SCHREIDER:	Ich habe Sie gerade mit Miss Fraser sprechen sehen – der schottischen Dame – und ich habe mich gefragt, ob …
TEMPLE:	Was?
SCHREIDER:	Ich habe mich gefragt, ob sie zufällig eine Freundin von Ihnen ist?
TEMPLE:	Miss Fraser ist eine Bekannte. Wir haben uns

	auf dem Flugboot kennengelernt.
SCHREIDER:	Eine Bekannte? Aber Sie waren doch mit ihr zusammen in meinem Café, im *El Passaro*?
TEMPLE:	Wir haben mit Mr. Darwin zu Abend gegessen und Miss Fraser war zufällig sein Gast.
SCHREIDER:	(*Skeptisch*) Ich verstehe.
TEMPLE:	Ich frage mich, ob sie es verstehen, Mr. Schreider.
SCHREIDER:	Wie meinen Sie das?
TEMPLE:	Sie klingen ziemlich skeptisch. Warum sind Sie an Miss Fraser interessiert?
SCHREIDER:	Heute früh hatte Miss Fraser ein Gespräch mit einem Mann namens Hakim – Kommandant Hakim. Kurz danach war ich gezwungen, …
TEMPLE:	Zu was gezwungen, Schreider?
SCHREIDER:	Ich war gezwungen, eine Reihe von völlig unnötigen Fragen zu beantworten.

Pause.

TEMPLE:	Welche Art von Fragen?
SCHREIDER:	Sie wollten Informationen über einen Mann namens Quinn – Patrick Norman Quinn.
TEMPLE:	War das ein Freund von Ihnen?
SCHREIDER:	Nein. Ich hatte noch nie von ihm gehört, aber ich bin mir ziemlich sicher, dass Miss Fraser dem Kommandanten gesagt hat, er *sei* ein Freund von mir.

Im Hintergrund fährt ein Taxi vor.

TEMPLE:	Aber warum sollte sie das tun?
SCHREIDER:	Das weiß ich nicht. … Genauso wenig wie ich weiß, warum sie mein Zimmer durchsucht hat.
TEMPLE:	Sie hat Ihr Zimmer durchsucht?
SCHREIDER:	Ja.
TEMPLE:	Sind Sie sicher, dass es Miss Fraser war?
SCHREIDER:	Ganz sicher.
TEMPLE:	Mr. Schreider, hat Kommandant Hakim Sie

	noch etwas gefragt?
SCHREIDER:	Ich habe Ihnen doch schon gesagt, was er mich gefragt hat. Er wollte einfach wissen, ob Quinn ein Freund von mir war.
TEMPLE:	Sie wissen natürlich, dass Quinn letzte Nacht ermordet wurde?
SCHREIDER:	Ja, Hakim hat es mir erzählt. Anscheinend gab es einen Haftbefehl gegen ihn.
TEMPLE:	Einen Haftbefehl gegen Quinn?
SCHREIDER:	Ja.
TEMPLE:	Das habe ich nicht gewusst.
SCHREIDER:	Doch, es gab einen. Er wurde wegen Unterschlagung gesucht.
CONCIERGE:	Entschuldigen Sie, Sir. Ihr Taxi wartet, Sir.
TEMPLE:	Oh, danke. Wir sehen uns dann vermutlich später, Schreider. Ich würde mir an Ihrer Stelle nicht zu viele Sorgen wegen der Sache mit Miss Fraser machen.
TAXIFAHRER:	(*Ein Ägypter*) Wohin möchten Sie fahren, Sir?
TEMPLE:	(*Zügig*) Ich möchte, dass Sie mich zum Haus von Bahri bringen.

TEMPLE öffnet die Autotür.

TAXIFAHRER:	Zum Haus von Bahri?
TEMPLE:	Ja. 227, Avenue Shulamar.

Musik aufblenden.

Musik ausblenden.

Szene 11:

Das Haus von Bahri.

Es ist ein kleiner Laden. Im Hintergrund diskutieren zwei Männer über einen möglichen Kauf. Sie sprechen leise und höflich miteinander auf Arabisch.

Die Tür öffnet sich mit einem leisen musikalischen Gong und TEMPLE tritt ein.

Nach einem Moment hören die Männer auf zu reden. ZOLTAN

160

BAHRI wendet seine Aufmerksamkeit TEMPLE zu. BAHRI ist Türke und spricht hervorragend Englisch.

BAHRI: Suchen Sie etwas Bestimmtes, Sir?

TEMPLE: (*Freundlich*) In der Tat, das tue ich. Ich suche meine Frau.

BAHRI: (*Amüsiert*) Ihre Frau?

TEMPLE: Ja, wir scheinen uns verpasst zu haben. Ich glaube, sie war heute Vormittag bei Ihnen. Ich habe mich gefragt, ob Sie mir sagen können, wann sie gegangen ist?

BAHRI: Madam ist Engländerin?

TEMPLE: Ja.

BAHRI: (*Schüttelt den Kopf*) Wir hatten heute Vormittag keine englischen Besucher, Sir.

TEMPLE: Oh, das wirft ein ganz anderes Licht auf die Sache. Das ist doch das Haus von Bahri, oder?

BAHRI: Selbstverständlich.

TEMPLE: Nun, ich bin mir sicher, dass meine Frau die Absicht hatte, hier vorbeizukommen. Um genau zu sein, wurde uns Ihr Haus von einem Mann namens Quinn empfohlen. Patrick Quinn. (*Er sucht in seinen Taschen*) Er gab uns eine Karte – ich glaube, ich habe sie hier irgendwo …

BAHRI: (*Leise, beobachtet TEMPLE und lächelt nicht*) Wann hat Mr. Quinn das Haus empfohlen?

TEMPLE: (*Sucht immer noch nach der Karte*) Gestern Abend. Wir haben ihn in der Cocktailbar im Continental getroffen.

BAHRI: (*Einen Moment*) Haben Sie die Karte?

TEMPLE: Tja, ich hatte sie doch … Oh, hier ist sie ja.

TEMPLE übergibt BAHRI die Karte.

BAHRI: Vielen Dank. (*Eine Pause, dann leise und höflich*) Ihr Name ist Temple?

TEMPLE: Ja.

BAHRI: (*Geht auf eine Tür zu*) Kommen Sie bitte hier
              entlang?

BAHRI öffnet eine Tür und er und TEMPLE gehen in einen Korridor.

BAHRI: Die Decke ist hier sehr niedrig. Bitte achten
              Sie auf Ihren Kopf. Hier durch, Mr. Temple.

BAHRI öffnet eine zweite Tür und sie betreten einen kleinen Raum.

TEMPLE: Vielen Dank.

QUINN: Da sind Sie ja endlich! Mann, Sie haben aber
              ganz schön auf sich warten lassen! Ich dachte
              schon, Sie kommen überhaupt nicht.

TEMPLE: (*Völlig verblüfft*) Was denn, ich fasse es nicht!
              – Mr. Quinn!

Musik aufblenden.

ENDE VON EPISODE 5.

Episode 6
Eine Nachricht von Sir Graham

Szene 1:

Das Haus von Bahri.

BAHRI: (*Schüttelt den Kopf*) Wir hatten heute Vormittag keine englischen Besucher, Sir.

TEMPLE: Oh, das wirft ein ganz anderes Licht auf die Sache. Das ist doch das Haus von Bahri, oder?

BAHRI: Selbstverständlich.

TEMPLE: Nun, ich bin mir sicher, dass meine Frau die Absicht hatte, hier vorbeizukommen. Um genau zu sein, wurde uns Ihr Haus von einem Mann namens Quinn empfohlen. Patrick Quinn. (*Er sucht in seinen Taschen*) Er gab uns eine Karte – ich glaube, ich habe sie hier irgendwo …

BAHRI: (*Leise, beobachtet TEMPLE und lächelt nicht*) Wann hat Mr. Quinn das Haus empfohlen?

TEMPLE: (*Sucht immer noch nach der Karte*) Gestern Abend. Wir haben ihn in der Cocktailbar im Continental getroffen.

BAHRI: (*Einen Moment*) Haben Sie die Karte?

TEMPLE: Tja, ich hatte sie doch … Oh, hier ist sie ja.

TEMPLE übergibt BAHRI die Karte.

BAHRI: Vielen Dank. (*Eine Pause, dann leise und höflich*) Ihr Name ist Temple?

TEMPLE: Ja.

BAHRI: (*Geht auf eine Tür zu*) Kommen Sie bitte hier entlang?

BAHRI öffnet eine Tür und er und TEMPLE gehen in einen Kor-

ridor.

BAHRI: Die Decke ist hier sehr niedrig. Bitte achten Sie auf Ihren Kopf. Hier durch, Mr. Temple.

BAHRI öffnet eine zweite Tür und sie betreten einen kleinen Raum.

TEMPLE: Vielen Dank.

QUINN: Da sind Sie ja endlich! Mann, Sie haben aber ganz schön auf sich warten lassen! Ich dachte schon, Sie kommen überhaupt nicht.

TEMPLE: (*Völlig verblüfft*) Was denn, ich fasse es nicht! – Mr. Quinn!

QUINN: Ja, selbstverständlich, ich bin's, Mr. Quinn, wer denn sonst? Kommen Sie herein! Bleiben Sie doch nicht in der Tür stehen!

BAHRI und TEMPLE treten ein. BAHRI schließt die Tür.

QUINN: Mann, Sie sehen aus, als hätten Sie einen Geist gesehen.

TEMPLE: Ich hatte auch das Gefühl, einen Geist zu sehen. Ich dachte, Sie wären tot.

QUINN: Das ist aber interessant. Und wie kommen Sie auf diese Idee?

TEMPLE: Ein Mann namens Hakim hat mir erzählt, dass Sie erschossen wurden. Er schien sogar ziemlich überzeugt davon zu sein.

QUINN: Hat er das erzählt, tatsächlich? Nun, das ist sehr erfreulich, muss ich sagen. Haben Sie das gehört, Bahri? Holen Sie dem Gentleman einen Stuhl.

BAHRI holt einen Stuhl und TEMPLE setzt sich darauf.

QUINN: So ist es besser! Nun, Mr. Temple, ich denke, dass ich Ihnen sowohl eine Entschuldigung als auch eine Erklärung schulde.

TEMPLE: Beginnen wir mit der Erklärung.

QUINN: Möchten Sie das? Nun gut. (*Einen Augenblick, er sieht TEMPLE an*) Sie haben eine Brille, Mr. Temple. Eine Brille, die einem Mann namens Richard Sullivan gehört. (*Einen Moment, dann ganz einfach*) Ich will diese Brille.

TEMPLE: Warum?

QUINN: (*Leicht verblüfft*) Wie bitte?

TEMPLE: Ich sagte: warum? Warum wollen Sie die Brille?

QUINN: (*Zögert einen Moment, dann lacht er plötzlich*) Warum zum Teufel glauben Sie, dass ich sie will? Ich möchte sie Mr. Sullivan aushändigen.

TEMPLE: Warum kommt Mr. Sullivan nicht selbst und holt sie ab? Er weiß, wo ich bin – oder er könnte es jedenfalls sehr leicht herausfinden.

QUINN: Ah, das ist ein interessanter Punkt! Jetzt haben Sie den Nagel auf den Kopf getroffen, wie man sagen könnte.

TEMPLE: Ich bin erfreut, das zu hören.

QUINN: Sehen Sie, Mr. Temple, Mr. Sullivan, wie Sie wissen … (*Überlegt es sich anders*) Nun, ich nehme an, ich sollte besser am Anfang beginnen. Sullivan war zu Besuch in London, hat aber leider seine Brille verloren. Sie wurde von einer Freundin von ihm gefunden – von Miss Raymond. Sie gab sie Ihnen und bat Sie, sie Mr. Sullivan zu geben, wenn Sie in Kairo ankommen. Ist das richtig?

TEMPLE: Richtig!

QUINN: Haben Sie sich denn jemals gefragt, warum Mr. Sullivan sich nicht bei Ihnen gemeldet hat? Warum er Sie nicht am Flugzeug getroffen hat?

TEMPLE: Ich habe in den letzten zwei oder drei Tagen sehr viel über Mr. Sullivan nachgedacht. Ziemlich viel!

BAHRI: Was haben Sie zum Beispiel gedacht, Mr. Temple?

TEMPLE: Nun, zum Beispiel dieser Mann, der erschossen wurde, der Mann, den unser Freund Hakim mit Mr. Quinn verwechselt hat ... (*Er beobachtet* QUINN *und* BAHRI, *dann langsam*) Ich nehme nicht an, dass er zufällig Sullivan gewesen sein könnte, oder?

Einen Moment.

QUINN: Er hätte es sein können – aber er war es nicht. Lassen Sie Ihrer Phantasie freien Lauf, Mr. Temple. Die Erklärung über Sullivan ist wirklich ganz einfach. Sullivan ist ein Freund von mir, ein sehr enger Freund. Leider sind seine Bewegungsmöglichkeiten, gelinde gesagt, ziemlich eingeschränkt. Wissen Sie, es gibt einen Haftbefehl gegen ihn.

TEMPLE: (*Überrascht*) Einen Haftbefehl gegen ihn? Weshalb?

QUINN: Ich glaube, darauf gehen wir nicht ein. Der Punkt ist folgender: Sullivan braucht seine Brille, der arme Kerl kann ohne sie nicht einmal eine Zeitung lesen. Er traut sich nicht, zu einem Optiker zu gehen und eine neue Brille zu bestellen, aus dem einfachen Grund, weil die Polizei hinter ihm her ist. Verstehen Sie nicht, der Mann ist untergetaucht!

TEMPLE: Mhm.

QUINN: Glauben Sie mir nicht?

TEMPLE: Bringen Sie Mr. Sullivan. Beweisen Sie mir – ohne den Schatten eines Zweifels –, dass er Mr. Sullivan ist, und ich werde die Brille aushändigen.

QUINN: Tja, das ist nur zu fair.

BAHRI: Mr. Temple, haben Sie die Brille dabei – im

Moment?

TEMPLE: Nein, das habe ich nicht, Mr. Bahri. Ich habe nicht die Angewohnheit, Brillen mit mir herumzutragen – nicht, wenn sie 10.000 Pfund wert sind.

QUINN: (*Erstaunt*) Was zum Teufel meinen Sie – 10.000 Pfund?

TEMPLE: (*Höflich und ruhig*) Oh, habe ich es Ihnen nicht gesagt? Ein Gentleman namens Constantine hat mir 10.000 Pfund dafür geboten.

QUINN: (*Schnell*) Wann?

TEMPLE: Vor zwei Tagen.

QUINN: (*Gespannt, schnell*) Haben Sie …?

TEMPLE: (*Unterbricht QUINN*) Nein, das habe ich nicht! Wissen Sie, Mr. Quinn, Sie scheinen sich fast genauso für Mr. Sullivans Brille zu interessieren wie Colonel Marquand.

QUINN: (*Leise*) Und wer soll das sein?

TEMPLE: Wissen Sie es denn nicht? Ich dachte schon, er wäre ein Freund von Ihnen.

QUINN: Ich habe noch nie von ihm gehört.

TEMPLE: Und von Mr. Armstrong?

QUINN: Auch nicht von Mr. Armstrong.

TEMPLE: (*Beobachtet QUINN*) Aber Sie haben von Mr. Constantine gehört, nehme ich an?

Einen Moment.

BAHRI: Constantine war ein Bekannter von mir. Er besuchte häufig das Haus von Bahri. (*Langsam*) Er war ein Sammler von Kuriositäten.

TEMPLE: Tja, er wird das Haus von Bahri nie mehr besuchen, mein Freund.

BAHRI: Wie meinen Sie das?

TEMPLE: Er hat ein Messer »abbekommen« – zwischen die Schulterblätter.

Einen Moment.

BAHRI:	(*Leise*) Wo ist das passiert?
TEMPLE:	In Augusta.
BAHRI:	Wann?
TEMPLE:	Vor zwei Tagen.
BAHRI:	(*Interessiert, beobachtet still TEMPLE*) Vermuten Sie, dass dieser Colonel Marquand etwas damit zu tun hat?
TEMPLE:	(*Nach einer Pause*) Es ist eine Möglichkeit. Colonel Marquand war und ist immer noch an der Brille interessiert, genauso wie Mr. Constantine.
QUINN:	(*Mit einem kleinen Lachen*) Nun, das bin ich auch, aber das bedeutet nicht, dass ich Constantine ermordet habe.
BAHRI:	(*Schnell*) Wir scheinen vom Thema abzukommen, Mr. Quinn. Mr. Temple hat die Brille, deshalb ist es wichtig, dass wir ihn so schnell wie möglich dem echten Mr. Sullivan vorstellen.
QUINN:	(*Nach einem Moment*) Können Sie mich heute Abend treffen?
TEMPLE:	Wo?
QUINN:	Mal sehen … Es gibt da einen Mann namens Durant, er ist Veranstalter von Ausflügen auf dem Fluss, Sie wissen schon, was ich meine.
TEMPLE:	Tom Durant?
QUINN:	Das ist der Mann.
TEMPLE:	Mir sind mehrerer seiner Boote aufgefallen. Und?
QUINN:	Durant hat ein Haus am Nil, etwa zweihundert Meter vom anglo-ägyptischen Club entfernt. Kennen Sie es?
TEMPLE:	Nein, aber ich kann es leicht finden.
BAHRI:	In Ordnung – dann finden Sie es! Fragen Sie nach Tom Durant und erwähnen Sie meinen

	Namen … Bahri.
TEMPLE:	Heute Abend?
BAHRI:	Ja.
QUINN:	Heute Abend um halb sieben.
TEMPLE:	In Ordnung.
QUINN:	Ach – und Mr. Temple …
TEMPLE:	Ja?
QUINN:	Ich vertraue darauf, dass Sie dieses Gespräch vertraulich behandeln werden. Ich würde unseren Freund Hakim nur ungern enttäuschen.
TEMPLE:	Was soll das heißen?
QUINN:	Kommandant Hakim – und viele andere Leute in Kairo – glauben, dass ich tot bin. Ich würde es vorziehen, wenn sie weiterhin unter diesem Eindruck stünden.
TEMPLE:	Mr. Quinn, was mich betrifft, so sind Sie mausetot. Bringen Sie mir Mr. Sullivan und ich bringe Ihnen seine Brille.
QUINN:	(*Kichert*) Sie sind ein Mann nach meinem Geschmack!

Musik aufblenden.

Musik ausblenden.

Szene 2:

Die Empfangshalle des Hotels Continental.

TEMPLE:	(*Zügig*) Ist meine Frau schon zurück?
CONCIERGE:	Mrs. Temple? Ja, ich denke, Sie werden sie in Ihrem Zimmer finden, Sir.
TEMPLE:	Vielen Dank.
MISS FRASER:	(*Erfreut*) Hallo, Mr. Temple!
TEMPLE:	Oh, hallo, Miss Fraser!
MISS FRASER:	Mrs. Temple kam kurz nachdem Sie gegangen waren – Sie haben sie nur knapp verpasst.
TEMPLE:	Oh, wie schade!
MISS FRASER:	Mr. Darwin war bei ihr und eine junge Dame

namens Miss Jeans.

TEMPLE: Miss Jeans?

MISS FRASER: Ja. Ich hoffe, Sie haben nichts dagegen, wenn ich es erwähne, Mr. Temple, aber ehrlich gesagt, fand ich, dass Ihre Frau nicht besonders gut aussah. (*Leicht verwirrt*) Offenbar war sie wohl ohnmächtig oder so.

TEMPLE: Ohnmächtig?

MISS FRASER: Ja.

TEMPLE: Wer hat Ihnen das gesagt?

MISS FRASER: Mr. Darwin hat es mir gesagt.

TEMPLE: Und – was ist passiert, wissen Sie das?

MISS FRASER: Ich glaube, sie ging mit dieser Miss Jeans in irgendein Café und – nun ja – ihr wurde einfach komisch.

TEMPLE: Oh … Wenn Sie mich jetzt entschuldigen würden …

MISS FRASER: Ja, natürlich. Wenn ich etwas tun kann, lassen Sie es mich bitte wissen. Unter Kairo 8-792 können Sie mich immer erreichen.

TEMPLE: (*Während er geht*) Das ist sehr nett von Ihnen, Miss Fraser.

MISS FRASER: Aber das ist doch selbstverständlich.

Überblenden bis in die Nähe der Aufzüge. Leute kommen, die Türen öffnen sich und mehrere Personen treten in die Halle hinaus.

TEMPLE: (*Off, ruft*) Darwin!

DARWIN: (*Dreht sich um*) Oh, da sind Sie ja, alter Junge! Ich war gerade auf dem Weg nach unten, um Sie zu suchen.

TEMPLE: Wie geht es meiner Frau?

DARWIN: Ach, es geht ihr wieder gut. Sie hatte einen Schwächeanfall, aber jetzt ist er vorüber.

TEMPLE: Ja, ich habe gerade Miss Fraser gesehen, sie sagte mir, dass Steve in Ohnmacht gefallen ist

	oder so.
DARWIN:	Ja. (*Mit einem kleinen Lachen, aber verwirrt*) Ehrlich gesagt, kann ich mir nicht ganz erklären, was passiert ist. Es scheint alles ein wenig mysteriös. Jedenfalls geht es ihr jetzt gut, das ist die Hauptsache. Ach, übrigens, ich habe Sie beide für heute Abend zum Essen eingeladen.
TEMPLE:	Das ist aber sehr nett von Ihnen.
DARWIN:	Nur zu gerne. Es freut mich sehr. Ich hole Sie dann um acht Uhr ab.
TEMPLE:	Könnten Sie etwas später kommen? Sagen wir, um halb neun?
DARWIN:	Aber natürlich! Und machen Sie sich keine Sorgen um Mrs. Temple, alter Junge. Sie wird wieder ganz die Alte. Auf Wiedersehen!
TEMPLE:	Gut! (*Plötzlich, hält DARWIN zurück*) Ach, Darwin!
DARWIN:	Ja?
TEMPLE:	Was genau ist passiert? Waren Sie im Café, als Steve ohnmächtig wurde?
DARWIN:	Nein, ich bin ihnen in meinem Auto begegnet, als … Hören Sie – ich bin sicher, Mrs. Temple wird Ihnen alles selbst erzählen wollen.
TEMPLE:	Ja, in Ordnung.
DARWIN:	(*Ein plötzlicher Gedanke*) Oh, übrigens – ist diese … Miss Jeans eine alte Freundin von Ihnen oder …
TEMPLE:	Nein, nur eine Bekanntschaft. Genauer gesagt haben wir sie gestern Abend zum ersten Mal gesehen.
DARWIN:	(*Neutral*) Oh.
TEMPLE:	Warum fragen Sie?
DARWIN:	(*Vage*) Nur so. Es hat mich nur so interessiert, das ist alles. (*Mit einem Achselzucken*) …

	Nun, wir sehen uns heute Abend!
TEMPLE:	Ja.
DARWIN:	Bis dann!
TEMPLE:	Auf Wiedersehen, Darwin!

Szene 3:

Das Zimmer der Temples im Hotel Continental.

TEMPLE und STEVE unterhalten sich leise und vertraulich.

TEMPLE:	Tja, dann scheinen wir beide ja einen ganz schön aufregenden Vormittag gehabt zu haben, Liebling. Du mit deinem Erlebnis bei Flambert und ich im Haus von Bahri.
STEVE:	(*Ein kleines Lachen*) Ja.
TEMPLE:	(*Neugierig*) Steve, sag mir bitte: Hat Miss Jeans bemerkt, dass du Armstrong als Fahrer des Autos erkannt hast?
STEVE:	Ich weiß es nicht. Wenn sie es bemerkt hat, dann hat sie es ziemlich gut kaschiert. In Wirklichkeit war ich gar nicht so abgetreten, wie sie dachte, dass ich es sei. Ich hatte den Verdacht, dass der Kaffee nicht astrein war, daher habe ich nicht alles getrunken.
TEMPLE:	Der Zusammenstoß mit Darwin war sicherlich auch ein glücklicher Zufall.
STEVE:	Ja. Er war furchtbar nett. (*Verwundert*) Ich frage mich, ob er tatsächlich in diese Affäre verwickelt ist, Paul?
TEMPLE:	Ich habe große Lust, ihn das zu fragen.
STEVE:	(*Lacht*) Das wäre eine gute Idee. (*Ernst*) Du glaubst nicht zufällig, dass er für Sir Graham arbeitet?
TEMPLE:	Wie in aller Welt meinst du das?
STEVE:	… dass er zu Scotland Yard gehört!
TEMPLE:	(*Lacht*) Das glaube ich kaum, Liebling. (*Ernst*) Steve, ich möchte, dass du vergisst,

	was ich dir über Miss Jeans gesagt habe. Mache von jetzt an einen großen Bogen um sie – sie ist brandgefährlich.
STEVE:	Ich nehme an, sie wollten mich als eine Art Geisel festhalten, bis du die Brille herausrückst.
TEMPLE:	Ja.
STEVE:	Mr. Quinn … Wirst die Verabredung mit ihm einhalten?
TEMPLE:	(*Einen Moment*) Wahrscheinlich.
STEVE:	Warum? Glaubst du, er hat die Wahrheit gesagt: Glaubst du, er kennt Richard Sullivan wirklich?
TEMPLE:	(*Schüttelt den Kopf*) Ich bin mir ziemlich sicher, dass er das nicht tut. Ehrlich gesagt, Steve, bin ich immer mehr der Überzeugung, dass Mr. Constantine vielleicht doch recht hatte und dass es keinen Richard Sullivan gibt! Nachdem ich die Brille heute Morgen in der Bank deponiert hatte, ging ich zum Polizeipräsidium und unterhielt mich mit Hakim. Er hat für mich bei der Transeurasischen Ölgesellschaft nachgefragt: Die haben noch nie etwas von Richard Sullivan gehört.
STEVE:	Hatte Hakim schon von Sullivan gehört?
TEMPLE:	Nein.
STEVE:	Das beweist aber, dass Quinn gelogen hat. Hakim muss doch von Sullivan gehört haben, wenn es einen Haftbefehl gegen ihn gibt.
TEMPLE:	Ganz genau. Weißt du, Steve, diese Angelegenheit fasziniert mich, und ich bin entschlossen, der Sache auf den Grund zu gehen. Warum gibt es diese ganze Aufregung um eine ganz normale Brille?
STEVE:	Wenn du deine Verabredung mit Mr. Quinn

wahrnimmst, was machst du dann mit der Brille?

TEMPLE: Ich werde die Brille vorlegen, nachdem Mr. Quinn Mr. Sullivan vorgeführt hat. Ich werde kein Risiko eingehen.

STEVE: Mir scheint aber, wir gehen ein ziemlich großes Risiko ein, wenn wir die Verabredung einhalten.

TEMPLE: Was meinst du mit »wir«?

Es klopft an der Tür. Ein Augenblick vergeht.

TEMPLE: Herein!

Die Tür öffnet sich.

SIDNEY: Verzeihen Sie die Störung, aber dieses Telegramm wurde vor wenigen Augenblicken unter meiner Tür durchgeschoben. Es ist mit »Zimmer 186« beschriftet, aber es steht Ihr Name drauf, Mr. Temple.

SIDNEY gibt TEMPLE das Telegramm.

TEMPLE: Oh, vielen Dank, Miss Jeans.

SIDNEY: Gern geschehen. (*Zu STEVE*) Geht es Ihnen jetzt wieder gut?

STEVE: Ja, mir geht's gut, danke!

SIDNEY: (*Zu TEMPLE*) Wissen Sie, wir hatten einen ganz schön aufregenden Vormittag! Ihre Frau ist ohnmächtig geworden und obendrein hat uns ein verrückter Taxifahrer in den Wagen eines Freundes von Ihnen manövriert.

TEMPLE: Ja! Meine Frau hat es mir gerade erzählt.

SIDNEY: Tja, ich bin froh, dass es Ihnen trotzdem besser geht.

STEVE: Es geht schon wieder.

SIDNEY: (*Geht zur Tür*) Wenn ich etwas für Sie tun kann, melden Sie sich einfach. Sie wissen, wo Sie mich finden.

STEVE: Danke.

SIDNEY: Wiedersehen!

Die Tür schließt sich. Ein Augenblick vergeht.

STEVE: Von wem ist das Telegramm?

TEMPLE: Ich weiß es nicht. Ich habe es noch nicht geöffnet.

TEMPLE öffnet das Telegramm. Eine kleine Pause.

STEVE: Und?

TEMPLE: Wenn man vom Teufel spricht! Hör dir das an, Steve! »Komme heute in Kairo an. Werde Sie im Hotel Continental kontaktieren. Mit freundlichen Grüßen, Forbes.«

STEVE: (*Erstaunt*) Sir Graham!

Szene 4:

Ein Kai am Nil.

TOM DURANT arbeitet auf einem Kahn, der am Kai liegt. Er ist Engländer und um die vierzig. Sein Auftreten ist eher unfreundlich, aber keineswegs mürrisch oder launisch. Er singt vor sich hin. Plötzlich hat er TEMPLE und STEVE bemerkt.

TEMPLE: (*Höflich*) Mr. Durant?

DURANT: Ja?

TEMPLE: Mein Name ist Temple.

DURANT: Und?

TEMPLE: Mr. Bahri sagte mir, ich solle mich mit Ihnen in Verbindung setzen.

DURANT: Oh. (*Langsam, prüft TEMPLE*) Sie sind der, der auf das Hausboot hinaus will?

TEMPLE: Tja, er hat nichts über ein Hausboot gesagt, aber …

DURANT: (*Unterbricht TEMPLE*) Das macht nichts. Springen Sie rein … He! Wer ist das denn?

TEMPLE: Das ist meine Frau.

DURANT: Kommt sie mit?

TEMPLE: Wenn Sie keine Einwände haben.

DURANT: Für mich macht das keinen Unterschied, nur

	hat Bahri nichts von einer Dame gesagt.
STEVE:	(*Mit einem kleinen Lachen*) Sie werden doch nicht Ehemann und Ehefrau trennen wollen, oder, Mr. Durant?
DURANT:	(*Nach einem Moment, nickt*) Steigen Sie ein.
TEMPLE:	Ich steige zuerst ein, Steve.

TEMPLE betritt das Boot.

| STEVE: | Halte meine Hand ... |
| TEMPLE: | Ruhig ...! |

STEVE klettert in das Boot.

TEMPLE:	Geschafft!
DURANT:	Macht es Ihnen etwas aus, ein wenig nach rechts zu rücken? (*Nimmt die Ruder*) ... So ist es besser.
TEMPLE:	Wie weit ist es?
DURANT:	(*Leicht überrascht*) Das wissen Sie nicht?
TEMPLE:	Nein.
DURANT:	Mir wurde gesagt, dass ich Sie zu diesem Hausboot bringen soll. Das mit den blauen Fensterläden. – Können Sie es sehen?

Einen Moment.

TEMPLE:	Ja. Wem gehört es?
DURANT:	(*Bringt die Ruder in Position*) Ich weiß es nicht. Es liegt schon etwa seit einer Woche da, das ist alles, was ich weiß.
TEMPLE:	(*Leise*) Hat Mr. Bahri Ihnen gesagt, dass Sie auf mich warten sollen?
DURANT:	Nein. Er hat mich einfach gebeten, Sie zum Hausboot zu bringen. (*Einen Moment*) Soll ich warten?
TEMPLE:	Ja.
DURANT:	Wie lange werden Sie voraussichtlich bleiben?
TEMPLE:	Oh, das weiß ich nicht. Nicht sehr lange. Auf jeden Fall werde ich dafür sorgen, dass es sich

für Sie lohnt.

DURANT: (*Nickt*) In Ordnung, ich werde warten.

DURANT beginnt zu rudern.

Szene 5:
Der Nil, mitten auf dem Fluss.

Überblenden zu dieser Szene. DURANT ist am Rudern.

TEMPLE: Haben Sie noch jemanden hierher gebracht?

DURANT: Heute Abend?

TEMPLE: Ja.

DURANT: Nein.

STEVE: Nicht einmal Mr. Bahri?

DURANT: Nein. (*Einen Moment, rudert immer noch*) Ich habe vor zwei oder drei Tagen einen Mann hierher gebracht, einen kleinen irischen Burschen. Sein Name war Quinn.

TEMPLE: Ach was?

STEVE: (*Beobachtet DURANT*) Ich meine mich zu erinnern, etwas über einen Mann namens Quinn gelesen zu haben. Wurde er nicht ermordet?

DURANT: (*Trocken*) Das wurde er. Er wurde erschossen … Armer Teufel.

Eine Pause.

TEMPLE: Ist Bahri ein Freund von Ihnen?

DURANT: Bahri? (*Er lacht*) Man kann leicht erkennen, dass Sie noch nicht lange in Kairo sind. Mr. Zoltan Bahri ist Millionär: Er wählt seine Freunde fast so sorgfältig aus wie seine Kuriositäten – und einige von ihnen sind genauso uneinschätzbar.

TEMPLE: Warum ist Mr. Quinn auf das Hausboot gekommen?

DURANT: Ich weiß es nicht. Ich nehme an, er hatte eine Verabredung mit jemandem. Es wäre mir nie in den Sinn gekommen, ihn zu fragen.

Eine Pause. DURANT rudert weiter.

STEVE: (*Leise*) Wir sind fast da, Paul.

TEMPLE: Ja.

DURANT: Es gibt eine Strickleiter auf der anderen Seite ... Bleiben Sie sitzen ... Ich rudere Sie hinüber ...

Eine weitere Pause.

TEMPLE: War Quinn ein Freund von Ihnen?

DURANT: Nein.

TEMPLE: Haben Sie auf ihn gewartet?

DURANT: Nein, ich habe ihn auf dem Hausboot zurückgelassen.

TEMPLE: Und haben Sie jemanden gesehen?

DURANT: Was meinen Sie?

TEMPLE: Haben Sie jemanden auf dem Hausboot gesehen?

DURANT: Ich habe mir nicht die Mühe gemacht, nachzusehen. Solange ich für das, was ich tue, bezahlt werde – und das auf Augenhöhe –, bin ich nicht besonders neugierig.

STEVE: Da ist die Leiter.

DURANT: Ja ... Warten Sie einen Moment ...

DURANT nimmt ein Ruder aus dem Wasser. Das Boot nähert sich dem Hausboot.

TEMPLE: (*Ruft*) Hallo da! (*Einen Moment*) He, hallo!

STEVE: Es scheint niemand da zu sein.

TEMPLE: Nein ... Soll ich zuerst gehen? Dann kann ich dir helfen?

STEVE: Ja, in Ordnung.

DURANT: Passen Sie auf ... Ich versuche, das Boot so ruhig wie möglich zu halten.

TEMPLE: Ich komme schon zurecht.

TEMPLE klettert auf die Strickleiter.

STEVE: Vorsichtig, Paul!

TEMPLE: (*Klettert*) Es ist in Ordnung, Steve ... Es ist

ganz einfach …

Eine Pause.

DURANT: (*Sieht zu* TEMPLE *hoch*) Sind Sie in Ordnung?

TEMPLE klettert die letzten Sprossen hinauf und springt auf das Deck des Hausboots hinunter.

TEMPLE: Ja.

DURANT: (*Zu* STEVE) Achten Sie jetzt auf die Sprosse am unteren Ende.

STEVE steigt auf die Strickleiter und klettert hinauf.

DURANT: Gut gemacht …

TEMPLE: Vorsichtig …

STEVE erreicht die Seite des Decks.

TEMPLE: Jetzt spring! (*Während* STEVE *springt*) Gutes Mädchen!

STEVE gesellt sich zu TEMPLE *auf das Deck des Hausboots.*

STEVE: Ich sehe keine Spur von Mr. Quinn.

TEMPLE: (*Sieht sich um*) Nein …

DURANT: (*Vom Boot aus*) Sind Sie in Ordnung?

TEMPLE: (*Lehnt sich über die Seite*) Ja … Ich glaube nicht, dass wir sehr lange brauchen werden!

DURANT: (*Nickt*) Ich warte hier!

TEMPLE und STEVE *beginnen mit der Erkundung des Hausboots.*

STEVE: (*Leise*) Ich glaube, es ist niemand hier …

TEMPLE: Nein … ich auch nicht …

STEVE: Hat Quinn eine bestimmte Uhrzeit für deinen Besuch erwähnt?

TEMPLE: Er sagte 18 Uhr 30, aber jetzt ist es schon später.

STEVE: Ja.

TEMPLE: Da drüben ist die Kabine.

TEMPLE und STEVE *gehen zur Kabine.*

STEVE: Wenn jemand an Bord ist, hätte er uns sicher gehört.

TEMPLE: Ich frage mich, was das alles soll?

STEVE:	(*Nach einem Moment*) War es Quinns Vor-schlag, dass du dich mit ihm treffen sollst, oder der von Mr. Bahri?
TEMPLE:	Der von Bahri.
STEVE:	Ja, aber es gibt weder von Bahri noch von Quinn ein Zeichen – ganz zu schweigen von dem ominösen Mr. Sullivan!
TEMPLE:	Versuchen wir es in der Kabine …

TEMPLE stößt die Tür auf und sie treten ein.

TEMPLE:	(*Erschrocken*) Großer Gott!
STEVE:	Was ist passiert? Was war hier los?
TEMPLE:	Sieh dir doch den Raum an! Er ist völlig durchwühlt!
STEVE:	Sieh dir die Stühle und den Tisch an … Paul, was ist passiert?
TEMPLE:	(*Leise, Bestandsaufnahme*) Es hat einen Kampf gegeben … Einen Kampf würde ich sagen … Sieh dir den Schreibtisch an, er wur-de komplett umgeworfen … Hier hat jemand eine ganz schöne Schau abgezogen! (*Leises Lachen*) Bei Timothy, sieh dir das hier an!

Einen Moment.

STEVE:	(*Leise*) Paul, was ist das?
TEMPLE:	Lass mich mal sehen …

STEVE übergibt TEMPLE den Gegenstand.

STEVE:	Was ist das?
TEMPLE:	Wo hast du das gefunden?
STEVE:	Es war auf der Rückenlehne dieses Stuhls. Ich fühlte, wie es meine Hand berührte. Was war es?
TEMPLE:	(*Nach einem Moment, die Sache abtuend*) Es ist ein Stück Schnur, das ist alles – jemand muss es fallen gelassen haben. Da drüben ist noch eine Kabine. Sehen wir uns sie mal an.

TEMPLE bewegt sich und öffnet eine zweite Tür.

180

STEVE:	Ist sie in Ordnung?
TEMPLE:	Ja. Sie scheint nicht durchwühlt worden zu sein. (*Nachdenklich*) Ich frage mich, ob Quinn hierher gekommen ist, von jemandem verfolgt wurde und dann … (*Er hält inne*)
STEVE:	(*Leise*) Paul, sind dir die hier aufgefallen? Das sind fast alles Landkarten …
TEMPLE:	(*Interessiert*) Landkarten?
STEVE:	Ja … Sieh doch, sie liegen überall … Karten von Kairo, Alexandria, Haifa …, dem Suez-kanal.
TEMPLE:	Tatsächlich! Du hast recht. Hier drüben ist auch ein Kompass … (*Leise und fasziniert*) Das ist ja interessant …
STEVE:	Was?
TEMPLE:	Ich sehe mir gerade diese Karte von Kairo an. Jemand hat daran gearbeitet. Siehst du diese roten Punkte?
STEVE:	Ja.
TEMPLE:	Ich frage mich, was sie bedeuten sollen?
STEVE:	Das ist das Hotel, nicht wahr?
TEMPLE:	Wo? Oh ja, das stimmt …
STEVE:	Und ist das nicht die Avenue Shulamar, die Linie mit dem roten Punkt darauf?
TEMPLE:	Ja … (*Nachdenklich*) Ich denke, dieser rote Punkt markiert das Haus von Bahri.
STEVE:	Und was sind die anderen Punkte?
TEMPLE:	(*Seine Gedanken sind ganz woanders*) Ich weiß nicht … (*Plötzlich*) Ich nehme diese Karte mit zurück ins Hotel.
STEVE:	Willst du nicht auf Quinn warten?
TEMPLE:	Ich glaube nicht, dass das einen Sinn hat, Liebling. Ich wette, dass Quinn schon hier war.
STEVE:	Warum hat er dann nicht gewartet?

TEMPLE:	(*Mit einem Lachen*) Ganz offensichtlich wurde der Gentleman gestört.
STEVE:	Paul, ich habe den Verdacht, dass Quinn etwas zugestoßen ist.
TEMPLE:	Nun, dem Aussehen dieses Ortes nach zu urteilen, ist sicherlich jemandem etwas zugestoßen!
STEVE:	Angenommen, Quinn hat dir heute Morgen die Wahrheit gesagt und Sullivan war hier – der echte Richard Sullivan? Angenommen, Quinn kam heute Abend hierher – oder wohl eher heute Nachmittag –, hätte Sullivan getroffen und ihm erzählt, was passiert ist mit dir und …
TEMPLE:	Aber Sullivan hat es nicht gefallen, hat sich dann mit Quinn gestritten und es gab eine Auseinandersetzung erster Klasse?
STEVE:	Ja.
TEMPLE:	Aber wenn Sullivan hier war und die Brille wirklich so dringend brauchte, wie Quinn gesagt hat, warum sollte er sich dann mit Quinn zerstreiten?
STEVE:	Äh, ja … nun ... Das ist eine Frage, die besser du beantwortest, Darling!
TEMPLE:	(*Nach einem Moment: leise*) Deine Vermutung könnte richtig sein, Steve. Ich muss gestehen, dass ich seit dem Abend, an dem wir ihn zum ersten Mal getroffen haben, ein seltsames Gefühl bei Quinn hatte. Wir werden den armen kleinen Teufel wahrscheinlich mit durchgeschnittener Kehle oder im Fluss treibend finden.
STEVE:	Oh, Darling, bitte nicht!
TEMPLE:	Wie auch immer, es hat offensichtlich keinen Sinn, hier zu bleiben. Lass uns zurück zum

Boot gehen.

Szene 6:
<u>Durants Ruderboot.</u>

STEVE klettert an Bord.

TEMPLE: Pass auf, Steve … Gut gemacht!

STEVE nimmt ihren Platz im Boot ein.

TEMPLE: (*Zu DURANT*) Kommen Sie zurecht, Durant?

DURANT nimmt die Ruder und schiebt damit das Boot vom Hausboot weg. Im Folgenden bewegt sich das Boot weg.

DURANT: Ja … Sie waren aber nicht sehr lange auf dem Boot …

TEMPLE: Nein. Durant, sagen Sie mir: Was hat Bahri zu Ihnen gesagt, als er Ihnen Ihre Anweisungen gab?

DURANT: Anweisungen?

TEMPLE: … dass Sie mich zum Hausboot bringen sollen.

DURANT: »Anweisungen« ist wohl kaum das richtige Wort. Er hat mir tausend Piaster bezahlt und mich gebeten, nach Ihnen Ausschau zu halten.

TEMPLE: Aber er hat Ihnen doch gesagt, dass Sie mich zum Hausboot bringen sollen?

DURANT: Ja.

TEMPLE: Mich interessiert sehr, was Sie mir über diesen Iren – diesen Mr. Quinn – vorhin erzählt haben. War es damals das erste Mal, dass Sie ihn gesehen haben?

DURANT: Nein.

TEMPLE: Dann hatten Sie ihn also schon zuvor mal gesehen?

DURANT: Ja.

TEMPLE: Wo?

DURANT: (*Ein kleines Lachen*) Sie scheinen ein ziemlich wissbegieriger Typ zu sein, stellen Sie

183

immer solche Fragen?

TEMPLE: Ich habe es mir zum Prinzip gemacht.

DURANT: Das dachte ich mir!

Eine Pause, während DURANT weiterrudert.

TEMPLE: War Quinn ein Freund von Ihnen?

DURANT: Nein, war er nicht. Das habe ich Ihnen doch schon gesagt. (*Einen Moment*) Ich habe ihn hier in der Gegend gesehen – in Kneipen und an anderen Orten – Sie wissen ja, wie das so ist.

TEMPLE: Ja.

Eine Pause, dann ein Grunzen von DURANT, als sein Ruder etwas im Wasser erwischt.

STEVE: (*Erschrocken*) Paul, da ist etwas im Wasser!

DURANT: Seien Sie vorsichtig! Bringen Sie das Boot nicht ins Wanken!

STEVE: Paul!

TEMPLE: Nicht bewegen, Steve! (*Zu DURANT*) Was ist los, Durant?

DURANT: (*Lehnt sich über die Bordwand*) Ich weiß es nicht. Ich fühlte, wie eines der Ruder etwas berührte und … Sie hat recht! Sehen Sie doch!

TEMPLE: Was ist?

DURANT: Da ist jemand im Wasser!

TEMPLE: Steve, halte still, sonst kippen wir noch um!

DURANT: Moment mal … (*Bewegt ein Ruder*) Ich bringe dieses Ruder auf die andere Seite … So ist es gut! Jetzt helfen Sie mir mal!

TEMPLE: Nicht bewegen, Steve!

TEMPLE und DURANT lehnen sich aus dem Boot.

DURANT: Halten Sie mich fest … Genau so …

TEMPLE: (*Angestrengt*) Haben Sie es?

DURANT: Ja. Jetzt ziehen … ziehen …

DURANT strengt sich sehr an. Er versucht, den Körper aus dem Wasser zu ziehen.

STEVE:	Seien Sie vorsichtig!
TEMPLE:	Passen Sie auf! Passen Sie um Himmels willen auf, sonst kippen wir ...
DURANT:	Ich habe sie, aber ich kann nicht ganz ... Festhalten! Jetzt ziehen! Ziehen!

Das Boot schwankt gefährlich und droht zu kentern.

STEVE:	Sieh doch ... Die Leiche ... Jetzt ist sie umgedreht ... Sie ist ... Siehst du, wer es ist? (*Verzweifelt*) Paul, siehst du, wer es ist?
TEMPLE:	(*Leise, erstaunt*) Großer Gott – es ist Miss Jeans!

Musik aufblenden.

Musik aufblenden.

Szene 7:

<u>Das Zimmer der Temples im Hotel Continental.</u>

STEVE macht sich für den Abend fertig. Eine Tür öffnet sich und TEMPLE tritt ein.

TEMPLE:	Es ist schon halb neun, Liebling. Bist du bald fertig?
STEVE:	Ja, es wird nicht lange dauern. Ich muss nur noch diesen Clip anlegen. So!
TEMPLE:	Darwin hat eine Nachricht hinterlassen, er will uns im *Karamet* treffen.
STEVE:	Im *Karamet*?
TEMPLE:	Das ist ein Hotel.
STEVE:	Ist es weit von hier?
TEMPLE:	Ja, es liegt fast am Rande der Wüste. Übrigens, Steve, wo hast du die Karte hingelegt, die ich dir gegeben habe?
STEVE:	Sie ist im Kosmetikköfferchen neben dem Bett.
TEMPLE:	Hast du es abgeschlossen?
STEVE:	Ja. (*Dreht sich um*) In Ordnung, Liebes, ich bin bereit.

TEMPLE:	Bist du sicher, dass du dich dem Abend gewachsen fühlst, Steve, denn wenn nicht, kann ich Darwin einfach anrufen.
STEVE:	Nein, mir geht es gut. Es war ein furchtbarer Schock, Miss Jeans so zu finden, aber jetzt geht es mir wieder gut.

Das Telefon klingelt. STEVE hebt den Hörer ab.

STEVE:	Hallo?
FORBES:	(*Am anderen Ende der Leitung*) Hallo? Wer spricht?
STEVE:	Hier spricht Mrs. Temple – Zimmer 187.
FORBES:	Hallo, Steve!
STEVE:	Sir Graham! Ich habe Sie gar nicht erkannt! Von wo aus sprechen Sie? (*Zu TEMPLE*) Es ist Sir Graham!
FORBES:	Ich bin in Kairo. Ich bin vor etwas mehr als einer Stunde gelandet. Ist Ihr Mann da?
STEVE:	Ja, natürlich! Hier ist er.
TEMPLE:	(*Nimmt den Hörer*) Hallo, Sir Graham!
FORBES:	(*Ein ernster Ton in seiner Stimme*) Hallo, Temple. Wie geht es Ihnen?
TEMPLE:	Ach, ich würde sagen ganz gut.
FORBES:	Haben Sie mein Telegramm erhalten?
TEMPLE:	Ja. Wann sind Sie angekommen?
FORBES:	Vor etwa einer Stunde.
TEMPLE:	Von wo aus sprechen Sie? Sind Sie nicht im Hotel?
FORBES:	(*Kleines Lachen*) Nein, ich bin bei einem Freund von Ihnen.
TEMPLE:	Ach? Bei wem?
FORBES:	Kommandant Hakim.
TEMPLE:	(*Lacht*) Hakim! Dieser aufgeblasene Wichtigtuer!
FORBES:	Ich dachte mir, dass Sie das sagen würden! Aber Hunde, die bellen, beißen nicht.

TEMPLE:	Ehrlich gesagt mag ich weder bellen noch beißen.
FORBES:	Ich würde Sie gerne sehen, Temple! Wann können wir uns treffen?
TEMPLE:	Wann Sie wollen. Steve und ich haben eine Verabredung zum Abendessen, aber wir sollten spätestens um elf zurück sein.
FORBES:	In Ordnung. Wenn es nicht zu spät ist, dann sagen wir um 23 Uhr 30 in Ihrem Hotel?
TEMPLE:	Schön. Ich freue mich, Sie zu sehen. Oh, die Zimmernummer ist 187. Kommen Sie direkt nach oben.
FORBES:	Ja, in Ordnung.
TEMPLE:	(*Plötzlich: ein nachträglicher Einfall*) Ach, Sir Graham …
FORBES:	Ja?
TEMPLE:	(*Mit einem kleinen Lachen*) Was machen Sie hier? Was hat Sie überhaupt nach Kairo geführt?

Einen Moment.

FORBES:	(*Ganz ernst*) Eine Brille.

Musik aufblenden.

Musik ausblenden.

Szene 8:

Der Speisesaal des Hotels Karamet.

Eine Tanzkapelle spielt. Die Musik ist leise und nicht die übliche Tanzmusik. Im Hintergrund ist leises Geplapper zu hören. ZILLA, der Oberkellner im »Karamet«, spricht leise und mit Akzent.

SCHREIDER:	Guten Abend, Zilla.
ZILLA:	Guten Abend, Herr Schreider. Es ist schön, Sie wiederzusehen.
SCHREIDER:	Vielen Dank. Ich erwarte einen Gast, einen Mr. Whiteman.

ZILLA:	Mr. Whiteman ist bereits eingetroffen, Sir. Er ist auf der Terrasse und trinkt einen Cocktail.
SCHREIDER:	(*Leise*) Oh.
ZILLA:	Soll ich ihn holen lassen, Sir?
SCHREIDER:	(*Macht Anstalten, sich zu entfernen*) Nein, ist schon in Ordnung, Zilla. Ich werde ihm dann später Gesellschaft leisten.
ZILLA:	Sehr wohl, Sir.
SCHREIDER:	Ach, ich habe bei Angelo meine Bestellung aufgegeben, ich hoffe, das ist in Ordnung.
ZILLA:	Alles ist genau so, wie Sie es bestellt haben, Sir.
SCHREIDER:	(*Geht*) Danke.
ZILLA:	Vielen Dank, Herr Schreider.

Eine Pause. Das Orchester spielt weiter. Die TEMPLES kommen herein.

TEMPLE:	Guten Abend.
ZILLA:	Guten Abend, Sir. Guten Abend, Madame.
TEMPLE:	Ich glaube, Sie haben einen Tisch für einen Mr. Darwin reserviert?
ZILLA:	Mr. Darwin? Einen Moment, wenn Sie so freundlich wären. (*Schaut auf seiner Liste nach*) Mr. ... Das ist ganz richtig! – Mr. Darwin. Aber er ist noch nicht da, Sir.
TEMPLE:	Oh.
ZILLA:	Wenn Sie schon zum Tisch gehen möchten ... – Oder vielleicht lieber zuerst einen Cocktail auf der Terrasse nehmen wollen?
STEVE:	Es sieht sehr schön aus auf der Terrasse, Darling.
ZILLA:	Es ist auch eine sehr schöne Terrasse, Madam. Vielleicht die schönste des Orients. Wenn es klar ist, so wie heute Abend, kann man meilenweit über die Wüste sehen.
STEVE:	Das klingt himmlisch! Komm mit, mein

188

Schatz!

ZILLA: (*Verbeugt sich*) Danke sehr, Madam.

Überblenden auf die Terrasse. Das Orchester wird in den entfernten Hintergrund abgeblendet.

STEVE: Er hatte wirklich recht, Paul! Es ist eine großartige Aussicht.

TEMPLE: Ja.

STEVE: Sieh dir nur diese Lichter an und die Wüste … Ach, Darling, das ist schrecklich romantisch.

TEMPLE: Jetzt fang bloß nicht damit an. Wir sind hier in keinem Roman von Ethel M. Dell!

STEVE: (*Lacht*) Ich werde *Der Weg eines Adlers* noch einmal lesen! Nein, aber im Ernst – weißt du, Miss Fraser hatte recht mit dieser Stadt – mit Kairo, meine ich – sie sagte, dass trotz all der – (*Sie hält inne*) Wohin starrst du so?

TEMPLE: Der Mann mit dem Schnurrbart da – der alte Junge mit dem Spazierstock. Ich habe ihn schon mal gesehen, Liebling … (*Leise*) Bei Timothy! Steve, ich hab's, das ist Marquand! (*Plötzlich*) Bleib hier, Steve …

STEVE will mit TEMPLE mitgehen.

TEMPLE: Nein, nein, es dauert nur eine Minute. Bleib hier, mein Schatz!

TEMPLE geht über die Terrasse dorthin, wo MARQUAND sitzt.

TEMPLE: (*Freundlich*) Guten Abend, Colonel Marquand.

MARQUAND: (*Blickt hoch*) Wie bitte?

TEMPLE: Ich sagte, guten Abend, Colonel Marquand.

MARQUAND: (*Mit leichtem Südstaatenakzent*) Ich kenne Sie nicht, Sir. Mein Name ist Whiteman.

TEMPLE: Seit wann?

MARQUAND: (*Ehrwürdig*) Was meinen Sie, Sir?

TEMPLE: Sie haben sich in Augusta Marquand genannt, also …

MARQUAND: (*Wütend*) Ich sagte Ihnen doch, mein Name ist Whiteman, Sir. Oliver J. Whiteman aus Charleston, South Carolina.

Eine Pause.

TEMPLE: (*Mit einer höflichen kleinen Verbeugung*) Ich bitte um Verzeihung. Offensichtlich habe ich mich geirrt. (*Mit einem kleinen Lachen*) Es ist schade, dass Sie nicht Colonel Marquand sind, denn ich habe etwas, von dem ich glaube, dass es ihm gehört.

MARQUAND: (*Erstaunt, seine normale Stimme*) Was?

TEMPLE: Aber wenn Sie natürlich Whiteman heißen, Sir, dann ...

MARQUAND: (*Mit Autorität, der alte bedrohliche Ton*) Was haben Sie, das Colonel Marquand gehört?

Einen Moment.

TEMPLE: (*Leise*) Das ...

Einen Moment.

MARQUAND: (*Verblüfft*) Was ist das?

TEMPLE: (*Beobachtet MARQUAND*) Nach was sieht es denn aus?

MARQUAND: Nun, es sieht aus wie ein Stück Schnur ...

Musik aufblenden.

ENDE VON EPISODE 6.

Episode 7
Ein Abend mit Mr. Darwin

Szene 1:

Die Terrasse des Hotels Karamet.

MARQUAND: (*Wütend*) Ich sagte Ihnen doch, mein Name ist Whiteman, Sir. Oliver J. Whiteman aus Charleston, South Carolina.

Eine Pause.

TEMPLE: (*Mit einer höflichen kleinen Verbeugung*) Ich bitte um Verzeihung. Offensichtlich habe ich mich geirrt. (*Mit einem kleinen Lachen*) Es ist schade, dass Sie nicht Colonel Marquand sind, denn ich habe etwas, von dem ich glaube, dass es ihm gehört.

MARQUAND: (*Erstaunt, seine normale Stimme*) Was?

TEMPLE: Aber wenn Sie natürlich Whiteman heißen, Sir, dann …

MARQUAND: (*Mit Autorität, der alte bedrohliche Ton*) Was haben Sie, das Colonel Marquand gehört?

Einen Moment.

TEMPLE: (*Leise*) Das …

Einen Moment.

MARQUAND: (*Verblüfft*) Was ist das?

TEMPLE: (*Beobachtet MARQUAND*) Nach was sieht es denn aus?

MARQUAND: Nun, es sieht aus wie ein Stück Schnur …

TEMPLE: Zu Ihrer Information: Es ist eine Schnur. Wahrscheinlich Teil einer Jalousie. Sie wurde für einen sehr grausamen Zweck verwendet.

MARQUAND: Was soll das heißen?

TEMPLE:	Eine Frau wurde damit erwürgt.
MARQUAND:	Welche Frau?
TEMPLE:	Eine gewisse Miss Jeans. Sie wurde erwürgt und ihre Leiche wurde in den Nil geworfen.
MARQUAND:	(*Blufft weiter*) Das ist ja alles sehr interessant, Sir, aber auch sehr verwirrend. Mein Name ist Whiteman, Sir – Oliver J. Whiteman, und glauben Sie mir, ich habe noch nie etwas gehört von Ihrem Freund Colonel …?
TEMPLE:	Marquand.
MARQUAND:	Colonel Marquand.
TEMPLE:	(*Ein Hauch von Sarkasmus, als er geht*) Es tut mir leid, dass ich Sie gestört habe, Mr. Whiteman.
MARQUAND:	Aber ganz und gar nicht, Sir.

TEMPLE überquert die Terrasse und kehrt zu STEVE zurück.

STEVE:	Was hat er gesagt?
TEMPLE:	Er sagt, sein Name sei Whiteman, aber sein Akzent ist so falsch wie sein Schnurrbart!
STEVE:	Ich habe gesehen, wie du gerade etwas aus deiner Tasche genommen und ihm gezeigt hast. Was war es, Darling?
TEMPLE:	Das hier.
STEVE:	(*Etwas überrascht*) Das ist doch das Stück Schnur, das du auf dem Hausboot gefunden hast.
TEMPLE:	Ja. (*Einen Moment*) Steve, hast du dir Miss Jeans genau angesehen, als sie im Wasser war?
STEVE:	Ja.
TEMPLE:	Sie ist erwürgt worden, hast du das bemerkt?
STEVE:	(*Leise*) Ja. Ich habe den roten Fleck an ihrer Kehle gesehen. Ich dachte mir, dass so etwas passiert sein muss. (*Verwirrt*) Paul, wurde sie auf dem Hausboot ermordet und dann in den

	Fluss geworfen?
TEMPLE:	Ja.
STEVE:	(*Ratlos*) Aber was hatte sie überhaupt auf dem Boot zu suchen?
TEMPLE:	Jemand muss veranlasst haben, dass sie dorthin kommt. Es sei denn, natürlich …
STEVE:	Es sei denn, was, Darling?
TEMPLE:	(*Nachdenklich*) Nun, Miss Jeans hat mit Marquand zusammengearbeitet, das wissen wir aufgrund des Gesprächs, das wir im Schlafzimmer mitgehört haben … Wenn Marquand nun absichtlich – (*Er hört auf zu sprechen*)
STEVE:	(*Leise*) Wer ist das?
TEMPLE:	Guten Abend, Herr Schreider!
SCHREIDER:	(*Überrascht*) Mr. Temple, das ist eine Überraschung!
TEMPLE:	Ich glaube, Sie kennen meine Frau noch nicht?
SCHREIDER:	Nein, dieses Vergnügen hatte ich noch nicht. (*Zu STEVE*) Schön, Sie kennenzulernen!
TEMPLE:	(*Zu STEVE*) Herr Schreider besitzt das *El Passaro*, Liebes – in Augusta! Erinnerst du dich?
STEVE:	Oh, ja! Ein wunderbares Restaurant.
SCHREIDER:	Sie sind sehr freundlich, Madam, es freut mich sehr, dass es Ihnen gefallen hat.
TEMPLE:	Möchten Sie einen Cocktail mit uns trinken?
SCHREIDER:	Das ist sehr nett von Ihnen, aber ich bin mit einem Geschäftsfreund zum Essen verabredet und – nun ja – ich bin schon ein wenig spät dran. (*Lächelt*) Also, wenn Sie mich entschuldigen würden …
TEMPLE:	Ja, natürlich.
SCHREIDER:	Ich freue mich, Ihre Bekanntschaft gemacht zu haben, Mrs. Temple. (*Geht*) Ich hoffe, wir

	sehen uns wieder.
STEVE:	Das hoffe ich auch.
TEMPLE:	Ach, Herr Schreider!
SCHREIDER:	(*Dreht sich um*) Ja?
TEMPLE:	Dieser Freund von Ihnen ist nicht zufälliger-weise Colonel Marquand?
SCHREIDER:	(*Scheinbar erstaunt*) Colonel Marquand? Aber natürlich nicht! (*Ein Hauch einer vertraulichen Bemerkung*) Es liegt ein Haftbefehl gegen ihn vor, wussten Sie das nicht?
TEMPLE:	Ich habe so etwas gehört.
SCHREIDER:	Mr. Temple, ich frage mich, ob Sie mir verzeihen, wenn ich Ihnen eine eher persönliche Frage stelle?
TEMPLE:	(*Lächelt*) Das hängt davon ab, was es ist.
SCHREIDER:	Was machen Sie hier eigentlich – in Kairo?
TEMPLE:	Nun, ich bin ursprünglich gekommen, um Informationen für ein neues Buch zu sammeln, das ich schreibe, aber …
SCHREIDER:	Aber dann hatten Sie Wichtigeres zu tun?

Sie lachen.

TEMPLE:	So kann man es auch ausdrücken!
SCHREIDER:	Nachdem Sie an diesem Abend mein Café verlassen hatten, sprach ich mit Signor Rossetti. Sie erinnern sich doch an ihn?
TEMPLE:	Ja.
SCHREIDER:	Er erzählte mir, dass man Sie gebeten hat, eine Brille an einen Mann namens Richard Sullivan in Kairo mitzunehmen. Ist das richtig?
TEMPLE:	Was hat er noch gesagt?
SCHREIDER:	(*Lächelt*) Er hat mir erzählt, dass man Ihnen 10.000 Pfund für die Brille geboten hat. (*Sehr amüsiert*) Das scheint eine furchtbare Menge Geld für eine ganz gewöhnliche Brille zu sein,

	finden Sie nicht auch?
TEMPLE:	Eine furchtbare Menge Geld, Herr Schreider.
SCHREIDER:	Aber es war natürlich nur ein Scherz.
TEMPLE:	Das glaube ich nicht.
SCHREIDER:	Aber wer sollte denn so ein Angebot machen – ernsthaft, meine ich?
TEMPLE:	Ein Mr. Constantine.
SCHREIDER:	Mr. Constantine? Aber das war doch der Mann, den Sie gesucht haben! Der Mann, den Sie in meinem Café erwartet haben.
TEMPLE:	Genau.
SCHREIDER:	(*Ernst*) Warum wollte er diese Brille, wissen Sie das?
TEMPLE:	Nun, vermutlich aus demselben Grund, aus dem Colonel Marquand sie haben will.
SCHREIDER:	(*Überrascht*) Hat Colonel Marquand Ihnen auch 10.000 Pfund dafür geboten?
TEMPLE:	Nicht ganz.
SCHREIDER:	(*Ein kleines Lachen*) Nun, das ist alles sehr seltsam, aber höchst faszinierend. Finden Sie nicht auch, Mrs. Temple?
STEVE:	Höchst faszinierend. (*Leicht*) Wie lange interessieren Sie sich schon für die Brille, Herr Schreider?
SCHREIDER:	Ach, ich bin nur neugierig, das ist alles. Seit Signor Rossetti mir von der Brille erzählt hat, fasziniert mich die Sache ziemlich.
TEMPLE:	(*Lacht*) Dann nehme ich an, dass Sie sich den anderen nicht anschließen wollen und mir ein Angebot dafür machen werden?
SCHREIDER:	Mein Angebot lautet 12 Shilling und Sixpence! Nehmen Sie das Geld oder lassen Sie es!
Alle lachen.	
SCHREIDER:	Wenn Sie mich jetzt entschuldigen würden? Gute Nacht, Mrs. Temple.

STEVE: (*Immer noch amüsiert*) Gute Nacht, Herr Schreider.

SCHREIDER: (*Zu TEMPLE, als er geht*) Auf Wiedersehen!

TEMPLE: Auf Wiedersehen, Schreider!

Eine Pause.

STEVE: Na, was hältst du davon, Darling?

TEMPLE: Und du, was hältst du davon?

STEVE: Offensichtlich weiß Schreider nicht, warum Constantine dir eine so enorme Summe für die Brille angeboten hat, und er hat versucht herauszufinden, ob du es weißt.

TEMPLE: Das ist ein Weg, wie man die Sache betrachten kann.

STEVE: Und was ist der andere Weg?

TEMPLE: (*Leise und ernst*) Schreider weiß, was hinter der Brille steckt, und er weiß, warum Constantine mir 10.000 Pfund dafür geboten hat.

STEVE: Warum hätte er sich dann aber solche Mühe geben sollen, dich darüber auszuquetschen?

TEMPLE: Weil er sich selbst nicht sicher ist, wie viel ich genau über diese Sache weiß. Und er wollte es herausfinden.

STEVE: Wie viel weißt du darüber, Darling?

TEMPLE: (*Lächelt STEVE an*) Du wärst überrascht … Ah, da kommt Darwin!

DARWIN kommt an den Tisch.

DARWIN: Ich muss mich bei Ihnen entschuldigen! Es tut mir furchtbar leid, Temple! Es ist wirklich ziemlich unverzeihlich von mir, Sie beide so lange warten gelassen zu haben! Verzeihung, Mrs. Temple.

STEVE: (*Freundlich*) Das ist in Ordnung. Setzen Sie sich doch hierhin.

DARWIN: Danke. (*Er setzt sich*) Nun, wie geht es Ihnen, Mrs. Temple? Fühlen Sie sich etwas besser?

	Sie sehen auf alle Fälle schon viel besser aus! Viel besser als heute Vormittag!
STEVE:	Mir geht es auch viel besser, danke. Ich habe mich heute Vormittag wirklich schrecklich gefühlt.
DARWIN:	Schön. Wissen Sie, das war eine merkwürdige Angelegenheit. Ich verstehe selbst jetzt noch nicht, was wirklich passiert ist.
STEVE:	Ich glaube, ich bin in Ohnmacht gefallen.
DARWIN:	Ja, aber was war der Auslöser dafür?
STEVE:	Das weiß ich wirklich nicht. Ich nehme an, es muss die Hitze gewesen sein.
DARWIN:	Für mich sah es aber nicht sehr nach der Hitze aus.
STEVE:	Wie hat es für Sie ausgesehen?
DARWIN:	Für mich sah es so aus, als hätte man Sie unter Drogen gesetzt oder so.
STEVE:	Unter Drogen gesetzt?
DARWIN:	Ja.
TEMPLE:	Warum sollte jemand meine Frau unter Drogen setzen wollen?
DARWIN:	Wie wäre es, wenn Sie diese Frage beantworteten, Temple?
TEMPLE:	Wie meinen Sie das?
DARWIN:	Erinnern Sie sich, wie wir uns das erste Mal trafen – wir drei? Es war die Nacht, in der wir die Leiche von Joyce Raymond entdeckten.
TEMPLE:	Ja, ich erinnere mich.
DARWIN:	Erinnern Sie sich an unser zweites Treffen? In Sandbanks, als Ihr Boot auf mysteriöse Weise zum Kentern gebracht wurde und ich Sie aus dem Wasser zog.
TEMPLE:	Und?
DARWIN:	Von Natur aus bin ich kein besonders neugieriger Mensch, Temple, aber – ganz offen ge-

	sagt … Was zum Teufel soll das alles?
TEMPLE:	(*Einen Moment, dann leise*) Lassen Sie uns einen Cocktail trinken und dann werde ich Ihnen sagen, worum es geht.
DARWIN:	Einverstanden! Sollen wir reingehen oder hier draußen auf der Terrasse bleiben? Sie haben hier eine ziemlich nette kleine Bar, Mrs. Temple, falls Sie sie noch nicht gesehen haben.
STEVE:	Ist es die, von der ich gelesen habe? Die Bar inmitten eines beleuchteten Aquariums?
DARWIN:	Genau die. (*Lacht*) Sogar die Fische sind beleuchtet!
STEVE:	Klingt faszinierend!
DARWIN:	(*Nimmt STEVE am Arm*) Kommen Sie, Mrs. Temple.

Szene 2:
Die Bar im Hotel Karamet.

Es herrscht eine leise Gesprächsatmosphäre.

DARWIN:	… aber das ist doch eine unfassbare Geschichte! Ich kann sie kaum glauben!
TEMPLE:	(*Freundlich*) Ob Sie sie glauben oder nicht, Darwin, sie ist wahr.
DARWIN:	(*Immer noch erstaunt*) Und diese Frau – Sidney Jeans – war sie auch hinter der Brille her?
TEMPLE:	Ja.
DARWIN:	Aber es ist wirklich unglaublich, warum sollte sie sich so viel Mühe geben, nur damit sie an eine ganz normale Brille herankommt? … Wissen Sie, ganz ehrlich, ich kann es immer noch nicht glauben. Oh, bitte, verstehen Sie mich nicht falsch, ich zweifle nicht einen Moment an Ihren Worten, aber es ist wirklich eine tolle Geschichte!

198

STEVE:	Ich könnte nicht mehr mit Ihnen übereinstimmen, Mr. Darwin!
DARWIN:	Glauben Sie, dass diese Leute alle zusammenarbeiten oder …
TEMPLE:	Miss Jeans hat mit Marquand zusammengearbeitet, genauso wie der andere Mann, den ich erwähnt habe – Armstrong. Aber Quinn, dieser Ire …
DARWIN:	Der Mann, der eigentlich tot sein sollte?
TEMPLE:	Ja. Er steckt offenbar mit Bahri unter einer Decke.
DARWIN:	Und was ist mit dem anderen Mann – dem Mann, den Sie auf dem Flugboot getroffen haben? – Constantine?
TEMPLE:	Nun, er hat offensichtlich alleine gearbeitet – oder mit jemand anderem, den wir noch nicht kennen.
DARWIN:	Mit anderen Worten: Sie sind der Meinung, dass es drei oder vier verschiedene Gruppen von Leuten gibt, die alle versuchen, die Brille zu bekommen.
TEMPLE:	Ja.
DARWIN:	Nun, es ist wirklich ziemlich unglaublich! Wie sieht sie eigentlich aus, diese Brille?
TEMPLE:	Es ist nur eine normale Brille.
DARWIN:	Haben Sie sie bei sich?
TEMPLE:	Nein.
STEVE:	Warum, möchten Sie sie kaufen, Mr. Darwin?
DARWIN:	Sie kaufen! Nach dem, was Ihr Mann mir erzählt hat, würde ich fünfhundert Pfund dafür geben, um das Ding loszuwerden.
Alle lachen.	
DARWIN:	Nein, aber im Ernst, ich würde sie gerne sehen.
TEMPLE:	In Ordnung, kommen Sie an einem Vormittag

	ins Hotel, dann gehen wir … (*Er sieht GUS-TAV VALKERIE, den Kellner, kommen*) Ja, Herr Ober, was gibt es?
GUSTAV:	Ich bitte um Verzeihung, Sir – Mr. Temple?
TEMPLE:	Ja?
GUSTAV:	Ich wurde gebeten, Ihnen diese Nachricht zu überbringen, Sir.
TEMPLE:	Oh – danke. Warten Sie einen Moment!

TEMPLE nimmt den Zettel, öffnet und liest ihn.

TEMPLE:	(*Leise*) Wer hat sie Ihnen gegeben?
GUSTAV:	Ein Gentleman auf der Terrasse, Sir.
TEMPLE:	Welcher Gentleman?
GUSTAV:	Er hat keinen Namen genannt, Sir.
TEMPLE:	Wie hat er ausgesehen?
GUSTAV:	Er war ein seltsam gekleideter kleiner Mann, Sir. Sein Haar hatte eine – wie nennt man das? – eine rötliche Farbe – kastanienbraun! Er sprach Englisch mit einem seltsamen Akzent.
TEMPLE:	Mit einem ausländischen Akzent?
GUSTAV:	Nicht wirklich ausländisch, Sir.
STEVE:	(*Leise, überrascht*) Das ist Quinn, Darling!
TEMPLE:	Ja. In Ordnung, Herr Ober. Danke sehr.
GUSTAV:	(*Geht*) Danke, Sir.
DARWIN:	(*Neugierig*) Was ist das für eine Nachricht?
STEVE:	Was steht auf dem Zettel?
TEMPLE:	Es steht nichts drin, zumindest nichts, was einen Sinn ergibt. (*Er übergibt den Zettel*) Hier, lesen Sie selbst.
DARWIN:	(*Langsam, liest*) XKD 88.
STEVE:	XKD 88 … Was soll das bedeuten?
DARWIN:	Für mich bedeutet das gar nichts.
STEVE:	Na ja, aber es muss doch etwas bedeuten. Was denkst du, Paul?

Einen Moment.

TEMPLE:	(*Leise, zu DARWIN*) Haben Sie Ihr Auto hier?

DARWIN:	Aber ja, natürlich, ich bin damit gekommen.
TEMPLE:	Wie lautet die Nummer?
DARWIN:	DLK 94. ... Glauben Sie, dass es sich hierbei um ein Auto handelt? Glauben Sie, es ist ein Kennzeichen?
TEMPLE:	Nun, wenn es das nicht ist – was ist es sonst?
DARWIN:	(*Ein kleines Lachen*) Ich weiß es auch nicht, aber ich verstehe nicht, warum Quinn ... (*Er hält inne*) He, Moment mal! Ich fange an zu begreifen! Für mich sieht das so aus, als ob Quinn Sie sehen will und Ihnen die Nummer seines Wagens geschickt hat, in der Hoffnung, dass ...
STEVE:	Wo ist hier der Parkplatz?
DARWIN:	Ja, natürlich! – Er ist auf der anderen Seite des Hotels.
TEMPLE:	Kommen Sie schon, Darwin, zeigen Sie mir, wo er ist!

Szene 3:
Der Parkplatz des Hotels Karamet.
Autos fahren vor, wir hören das Bremsen und das Öffnen und Schließen von Autotüren. Wir hören auch ein paar Stimmen von Menschen, die in das Hotel gehen.

STEVE:	Tja, das ist zwar der Parkplatz, aber ich sehe keinen Wagen mit der Nummer XKD 88.
DARWIN:	Nein, ich auch nicht.
TEMPLE:	(*Weg von den anderen, ruft hinüber*) Was ist mit dem roten Auto ... dem Coupé ...?
DARWIN:	Das mit dem englischen Kennzeichen?
TEMPLE:	Ja.
DARWIN:	(*Einen Moment, während er nachsieht*) Nein, sieht nicht so aus ...
STEVE:	Nein, das Kennzeichen lautet KY... und so weiter ...

TEMPLE: (*Tritt zu DARWIN und STEVE*) Tja, der Wagen
               scheint nicht hier zu sein ...
DARWIN: Nein, ich fürchte nicht.
STEVE: Ich habe noch ein paar Autos auf der anderen
               Seite gesehen.
TEMPLE: Wo?
STEVE: Bei der Terrasse.
DARWIN: (*Schüttelt den Kopf*) Ich nicht.
TEMPLE: Laßt uns dorthin gehen.
DARWIN: Wissen Sie, vielleicht haben Sie sich geirrt,
               Temple. Vielleicht ist es doch keine Auto-
               nummer ...

*Im Hintergrund ist das Geräusch eines Revolverschusses zu
hören.*

DARWIN: ... in diesem Fall sind wir auf dem Holzweg.
STEVE: Habt ihr das gehört?
TEMPLE: Ja!
DARWIN: Was war das?
TEMPLE: (*Skeptisch*) Es könnte ein Auto mit Fehlzün-
               dung gewesen sein, aber ...
STEVE: Für mich hörte sich das nicht nach einem Au-
               to an!
TEMPLE: Nein, für mich auch nicht!
DARWIN: Nun, was auch immer es war, es kam von der
               anderen Seite, von dort, wo Mrs. Temple sag-
               te, dass weitere Autos parken.
TEMPLE: Ja. Los, lasst uns dort hingehen!

Szene 4:
Auf dem Hotelgelände nahe der Terrasse.

*Etwa vier oder fünf ziemlich aufgeregte Leute drängen sich
um ein stehendes Auto. TEMPLE stößt zu der Menge.*

TEMPLE: Was ist hier passiert?
EIN MANN: Irgendein Verrückter hat sich das Hirn weg-
               gepustet! Haben Sie den Schuss nicht gehört?

202

TEMPLE: Doch.

DARWIN und STEVE kommen an.

DARWIN: Was ist los? Was ist passiert?

STEVE: Was ist geschehen, Darling?

TEMPLE: Ich weiß es nicht, Steve. (*Fängt an, sich einen Weg durch die Gruppe zu bahnen*) Würden Sie mich bitte durchlassen, ich …

DARWIN: (*Plötzlich, leise*) Temple!

TEMPLE: (*Dreht sich um*) Ja? Was gibt es?

DARWIN: (*Schnell*) Sehen Sie sich das Auto an! Sehen Sie sich die Nummer an!

STEVE: Das ist es, Paul! Sieh doch: XKD 88.

TEMPLE: (*Drängt sich durch die Gruppe*) Entschuldigung … Entschuldigung, bitte … Macht es Ihnen etwas aus, bitte … Danke …

Eine entschiedene Pause. TEMPLE betrachtet die Szene am Auto. Dann kehrt er zu STEVE und DARWIN zurück.

TEMPLE: Entschuldigen Sie mich … Danke.

DARWIN: Wer ist es? Ist es Quinn?

TEMPLE: Ja, er hat sich offenbar selbst erschossen. Er hat immer noch den Revolver in der Hand.

DARWIN: (*Unbeeindruckt*) Selbstmord!

STEVE: Aber warum sollte Quinn Selbstmord begehen?

TEMPLE: (*Nachdenklich: Er hat nicht gehört, was STEVE gesagt hat*) Lass uns zurück ins Hotel gehen.

Musik aufblenden.

Musik ausblenden.

Szene 5:

Das Restaurant im Hotel Karamet.

Das Orchester spielt. TEMPLE, STEVE und DARWIN sitzen an einem Tisch.

DARWIN: Wissen Sie, Temple, was ich nicht verstehen

	kann, ist, warum Quinn Ihnen diese Nachricht geschickt hat. Wenn er wollte, dass Sie ihn treffen, warum hat er dann Selbstmord begangen?
STEVE:	Wenn es Selbstmord war.
TEMPLE:	Soweit ich das beurteilen kann, scheint die Polizei davon ziemlich überzeugt zu sein.
DARWIN:	Und was denken Sie?
TEMPLE:	(*Nachdenklich*) Nun, es sah nach Selbstmord aus – andererseits muss ich gestehen, dass mich dieser Zettel ziemlich verwirrt.
DARWIN:	Haben Sie dem Inspektor – oder dem Kommandanten – oder wie auch immer er sich nennt – von dem Zettel erzählt?
TEMPLE:	Ja.
STEVE:	Was hat er gesagt?
TEMPLE:	Er scheint ihm keine große Bedeutung beizumessen, sondern scheint ziemlich von der Selbstmordtheorie überzeugt zu sein.
DARWIN:	Hm.

GUSTAV *nähert sich dem Tisch.*

STEVE:	Da kommt der Ober, der dir den Zettel gebracht hat, Paul.
TEMPLE:	Ja.
GUSTAV:	Darf ich Ihre Bestellung aufnehmen, Sir?
DARWIN:	Ja, auf jeden Fall … Ich denke aber, dass wir zuerst diese Blumen hier vom Tisch nehmen!
TEMPLE:	(*Lacht*) Sieht aus wie im botanischen Garten!
STEVE:	Aber nicht die rosa Blumen! Die sind wunderschön!
DARWIN:	Lassen Sie die rosafarbenen stehen, Gustav.
GUSTAV:	Sehr wohl, Sir.
DARWIN:	Was möchten Sie denn nun, Mrs. Temple? Empfehlen kann ich Ihnen die … (*Er hält inne, zu GUSTAV*) Das hier sind die rosafarbenen

	Blumen! Lassen Sie die stehen und nehmen Sie die anderen!
GUSTAV:	Oh, es tut mir sehr leid, Sir.
DARWIN:	(*Amüsiert*) Der arme Kerl scheint ziemlich durcheinander zu sein!
TEMPLE:	Ja. Ich glaube, die Polizei hat mit ihm über den Zettel gesprochen.
DARWIN:	Das erklärt es. Nun, Mrs. Temple, wie ich schon sagte, empfehlen kann ich Ihnen …
STEVE:	Sie können empfehlen, was Sie wollen, Mr. Darwin! Ich weiß schon, was ich esse! Ich nehme ein großes Steak mit Pommes Frites.
DARWIN:	(*Amüsiert*) Das hier ist nicht die Art von Lokal, die sich auf Steak und Pommes Frites spezialisiert hat, Mrs. Temple, aber ich kann das Gebna Beida Bel empfehlen …
STEVE:	(*Unterbricht DARWIN höflich*) Nein.
DARWIN:	Nein?
STEVE:	Seit wir England verlassen haben, freue ich mich auf eine ordentliche Mahlzeit. Wo gibt es denn so ein Lokal, das sich auf Steak und Pommes Frites spezialisiert hat?

Alle lachen.

Szene 6:
Der Parkplatz vor dem Hotel Karamet.
DARWIN öffnet STEVE die Tür seines Wagens.

DARWIN:	Steigen Sie ein, Mrs. Temple.
STEVE:	Sind Sie sicher, dass es kein Umweg für Sie ist?
DARWIN:	Aber ganz und gar nicht! Ich kann Sie ganz einfach am Hotel absetzen. (*Er bemerkt TEMPLE*) Was ist los, alter Junge?
TEMPLE:	(*Durchsucht seine Taschen*) Ich scheine mein verflixtes Zigarettenetui verloren zu haben,

	ich bin sicher, ich hatte es …
STEVE:	Am Tisch hattest du es noch, Darling.
TEMPLE:	(*Sucht immer noch*) Ja, das weiß ich …
DARWIN:	Vielleicht ist es in Ihrer Innentasche?
TEMPLE:	Nein … Nein, ich fürchte nicht. Ich muss es irgendwo hingelegt haben.
DARWIN:	Ich hoffe, Sie haben es nicht verloren!
TEMPLE:	Ich gehe zurück an den Tisch. Würden Sie mich kurz entschuldigen?
DARWIN:	Ja, natürlich.
TEMPLE:	Es wird nicht lange dauern, Steve.

Szene 7:

Das Restaurant im Hotel Karamet.

Das Orchester beendet eine Nummer. Es gibt leichten Beifall.

TEMPLE:	(*Leise*) Herr Ober!
KELLNER:	Sir?
TEMPLE:	Würden Sie bitte dem Kellner dort drüben sagen, dass ich gerne mit ihm sprechen würde.
KELLNER:	(*Überrascht*) Welchem Kellner, Sir?
TEMPLE:	Dem Dunklen mit dem schwarzen Haar, den sie Gustav nennen. Ich warte auf der Terrasse.
KELLNER:	Sehr wohl, Sir.

Szene 8:

Die Terrasse des Hotels Karamet.

GUSTAV:	Sie wollten mich sprechen, Sir?
TEMPLE:	(*Freundlich*) Ah, ja! Ich nehme an, der Kommandant hat sich mit Ihnen über den Zettel unterhalten?
GUSTAV:	Ja, er wollte wissen, wer ihn mir gegeben hat.
TEMPLE:	Und was haben Sie ihm gesagt?
GUSTAV:	(*Überrascht*) Ich habe ihm die Wahrheit gesagt. Der Gentleman, der Selbstmord begangen hat, hat ihn mir gegeben.

TEMPLE:	Mr. Quinn?
GUSTAV:	Ja. Mr. Quinn.
TEMPLE:	Haben Sie Mr. Quinn identifiziert?
GUSTAV:	(*Verwirrt*) Wie meinen Sie das, Sir?
TEMPLE:	Ich meine, haben Sie Quinn gesehen, nachdem er sich erschossen hat?
GUSTAV:	Ja.
TEMPLE:	Und haben Sie ihn als den Mann identifiziert, der Ihnen den Zettel gegeben hat?
GUSTAV:	Aber natürlich! Er war der Mann, der mir den Zettel gegeben hat.
TEMPLE:	Haben Sie jemals zuvor mit ihm gesprochen?
GUSTAV:	Aber nein, Sir – ich habe ihn noch nie zuvor gesehen.
TEMPLE:	Hat noch jemand mit Ihnen über ihn gesprochen?
GUSTAV:	Nein, Sir.
TEMPLE:	(*Leise*) Wie ist Ihr Name?
GUSTAV:	Gustav Valkerie, Sir.
TEMPLE:	Gut, Valkerie, ich frage mich, ob Sie etwas für mich tun würden? Kommen Sie doch einfach mal einen Moment mal mit.

Eine Pause.

TEMPLE:	Also: Sehen Sie die Dame dort drüben – am Tisch neben dem Fenster?
GUSTAV:	Ja und, Sir?
TEMPLE:	Sagen Sie mir: Was für ein Kleid trägt sie?
GUSTAV:	Was für ein Kleid sie trägt?
TEMPLE:	Ja. Welche Farbe hat es?
GUSTAV:	(*Lacht*) Tut mir leid, Sir, ich kann Ihnen die Farbe nicht sagen.
TEMPLE:	Oh? Warum denn nicht?
GUSTAV:	Weil ich farbenblind bin, Sir.
TEMPLE:	Farbenblind?
GUSTAV:	Ja, Sir.

TEMPLE:	(*Nickt*) Ja, das habe ich mir schon gedacht, als Sie den Fehler mit den Blumen gemacht haben. Nun, wenn Sie farbenblind sind, Valkerie, würden Sie mir dann bitte erklären, wie Sie Mr. Quinn als einen seltsam gekleideten kleinen Mann mit rötlichem – kastanienbraunem – Haar beschreiben konnten?
GUSTAV:	Aber … Er war doch ein seltsam gekleideter kleiner Mann mit kastanienbraunem Haar!
TEMPLE:	Das ist nicht ganz der Punkt: Woher wussten Sie es?
GUSTAV:	Ich habe ihn gesehen.
TEMPLE:	Haben Sie auch die Farbe seiner Haare gesehen?
GUSTAV:	(*Wütend*) Worauf wollen Sie hinaus?
TEMPLE:	(*Es ist offensichtlich, dass er sich keine Lügen gefallen lassen wird*) Ich werde Ihnen sagen, worauf ich hinaus will: Ich will darauf hinaus, dass Ihnen meiner Meinung nach nicht Quinn diesen Zettel gegeben hat, sondern jemand anderes, der Ihnen gesagt hat, Sie sollen ihn mir bringen.
GUSTAV:	Das ist eine Lüge! Ich sagte Ihnen doch, dass Quinn …
TEMPLE:	Wer hat Ihnen diesen Zettel gegeben?
GUSTAV:	(*Langsam, beobachtet* TEMPLE) Quinn hat ihn mir gegeben: Er hat mir den Zettel gegeben und mir gesagt, ich solle ihn Ihnen in der Cocktailbar übergeben.
TEMPLE:	Ich glaube Ihnen nicht, Valkerie.
GUSTAV:	Es ist mir völlig gleichgültig, ob Sie mir glauben oder nicht.
TEMPLE:	Ist es das tatsächlich?
GUSTAV:	Worauf wollen Sie hinaus?
TEMPLE:	Angenommen, ich sage Ihnen, dass die Polizei

	den Eindruck hat, dass Quinn ermordet wurde.
GUSTAV:	Aber Quinn hat Selbstmord begangen, er hatte den Revolver in der Hand.
TEMPLE:	Er hatte *einen* Revolver in seiner Hand.
GUSTAV:	(*Einen Moment, ein wenig erschrocken*) Was wollen Sie damit sagen?
TEMPLE:	(*Beobachtet GUSTAV*) Ich habe eine Theorie darüber, Valkerie – darüber, was heute Abend tatsächlich passiert ist, meine ich. Bevor ich beweisen kann, ob meine Theorie richtig oder falsch ist, muss ich die Wahrheit wissen. Wer hat Ihnen den Zettel gegeben?
GUSTAV:	Das habe ich Ihnen doch schon gesagt.
TEMPLE:	(*Mit Nachdruck*) Wer hat Ihnen diese Notiz gegeben?
GUSTAV:	Wenn Sie glauben, dass Sie mich einschüchtern können, dann …
TEMPLE:	(*Leise*) Wer hat Ihnen diese Notiz gegeben?
GUSTAV:	Ich habe Ihnen gesagt, dass Quinn sie mir gegeben hat.

TEMPLE packt plötzlich GUSTAV am Arm.

GUSTAV:	Mein Arm! Nicht! Bitte, nicht! Nein, nicht!
TEMPLE:	Werden Sie mir jetzt sagen, was passiert ist?
GUSTAV:	Nicht … Bitte, nicht …
TEMPLE:	Werden Sie mir sagen, was passiert ist, Valkerie?
GUSTAV:	Ich habe Ihnen die Wahrheit gesagt. Ich schwöre es.
TEMPLE:	Werden Sie mir sagen …
GUSTAV:	(*Plötzlich, verzweifelt*) Also gut! Also gut, ich werde Ihnen sagen, was passiert ist. Ich werde Ihnen die Wahrheit sagen! Ich werde Ihnen genau sagen, was passiert ist …
TEMPLE:	Also los. (*Einen Moment*) Nur zu, Valkerie!
GUSTAV:	(*Zögert*) Kurz bevor Sie und Mrs. Temple

heute Abend hier ankamen, sagte mir ein Mann, ich solle …

Szene 9:
Der Parkplatz vor dem Hotel Karamet.

TEMPLE kommt ein wenig außer Atem an.

TEMPLE: Entschuldigung, dass es so lange gedauert hat!

DARWIN: Schon gut, alter Junge! Haben Sie Ihr Zigarettenetui gefunden?

TEMPLE: Ja. Der Kellner hatte es. Ich muss es auf der Terrasse vergessen haben.

DARWIN: (*Lacht*) Tja, Ihnen beiden scheint ja so einiges zu passieren!

TEMPLE: (*Lacht*) In der Tat.

STEVE: Dein Hemd ist furchtbar zerknittert, Darling.

TEMPLE: Hm?

STEVE: Dein Hemd!

TEMPLE: Oh, ja … Ich bin gelaufen.

DARWIN: (*Freundlich*) Also dann, springen Sie rein!

Sie steigen alle in Darwins Auto ein und schließen die Türen. DARWIN lässt den Motor an und fährt davon.

Szene 10:
Das Innere von Darwins Wagen.

Darwins Wagen fährt die Straße entlang.

DARWIN: Sitzen Sie bequem, Mrs. Temple?

STEVE: Ja, bei mir ist alles in Ordnung, danke.

TEMPLE: (*Nach einer Pause*) Temple, ich habe nachgedacht … über das, was Sie mir gesagt haben, meine ich.

TEMPLE: Und?

DARWIN: Glauben Sie, dass Miss Fraser in diese Sache verwickelt ist? Glauben Sie, dass sie hinter der Brille her ist?

TEMPLE: (*Mit einem Lachen*) Miss Fraser? Warum

erwähnen Sie jetzt ausgerechnet die gute alte Miss Fraser?

DARWIN: Och, das weiß ich nicht. Vielleicht bilde ich mir das nur ein, aber sie scheint eine ziemlich seltsame Person zu sein. Außerdem ... (*Lacht*) Nun, sie taucht immer wieder mal auf, nicht wahr?

STEVE: Wie meinen Sie das, Mr. Darwin?

DARWIN: Nun, sie wohnte in dem Hotel in Bournemouth – in dem Hotel, in dem Joyce Raymond ermordet wurde. Sie war auf dem Flugboot, natürlich übernachtete sie in Augusta, und jetzt habe ich ...

TEMPLE: Was haben Sie?

DARWIN: Ich habe sie mehrere Male in Kairo gesehen.

STEVE: Ich dachte, Sie wären mit ihr befreundet? Sie haben Sie doch ins *El Passaro* eingeladen!

DARWIN: (*Lacht*) Ja, ich hatte gehofft, sie würde mich ihrem Bruder vorstellen.

STEVE: Aber ich dachte, Sie kennen ihren Bruder?

DARWIN: (*Lacht*) Nein, ich habe ihn nie getroffen. Ich fürchte, da habe ich nicht die Wahrheit gesagt.

TEMPLE: Tja, ich denke, über Miss Fraser müssen wir uns nicht den Kopf zerbrechen.

DARWIN: (*Ein wenig überrascht*) Ach nein?

TEMPLE: Nein.

DARWIN: Und wie erklären Sie sich das Bonbon – das mit Pfefferminzgeschmack?

TEMPLE: (*Tut ahnungslos*) Welches Pfefferminzbonbon?

DARWIN: (*Leicht verwirrt von TEMPLEs Haltung*) Na das, das wir bei der Schlafzimmertür gefunden haben.

TEMPLE: Nun, ganz offensichtlich muss Miss Fraser es fallen gelassen haben.

DARWIN: Na sehen Sie!

TEMPLE: Was meinen Sie mit »Na sehen Sie«?

STEVE: (*Ein wenig überrascht von TEMPLEs offensichtlicher Dummheit*) Mr. Darwin meint, dass Miss Fraser im Schlafzimmer gewesen sein muss, sonst …

TEMPLE: Aber ich weiß doch, dass Miss Fraser im Schlafzimmer war!

STEVE: (*Verblüfft*) Woher?

TEMPLE: Sie hat es mir gesagt. Und nicht nur das, ich habe auch an der Rezeption nachgefragt. Weißt du, Miss Fraser ist sehr spät im Hotel angekommen. Genauer gesagt checkte sie ein, als Armstrong gerade abreisen wollte. Man bot ihr dasselbe Zimmer an: Sie nahm das Zimmer, ihr gefiel es dann aber nicht.

STEVE: Das erklärt dann … (*Sie unterbricht den Satz*) Oh, seien Sie vorsichtig, Mr. Darwin!

TEMPLE: Stimmt irgendwas nicht?

DARWIN: (*Nach einem Moment*) Ich weiß nicht … Die Lenkung ist ein wenig seltsam …

TEMPLE: Hatten Sie schon früher Probleme damit?

DARWIN: Nein …

TEMPLE: Fahren Sie vorsichtig, gerade hier ist es etwas gefährlich …

DARWIN: Verstehe der Teufel, was damit los ist.

Eine Pause.

TEMPLE: Ist jetzt wieder alles in Ordnung?

DARWIN: (*Einen Moment, langsam*) Ja, ich glaube schon …

STEVE: Seien Sie bloß vorsichtig.

DARWIN: Keine Sorge, Mrs. Temple, ich gehe kein Risiko ein … (*Plötzlich, alarmiert*) Da ist es wieder! Was zum Teufel ist da los? Temple, was um alles in der Welt ist bloß los mit der

Lenkung?

STEVE: (*Erschrocken*) Paul!

TEMPLE: Bremsen Sie! Bremsen Sie doch! Bremsen!

DARWIN steigt auf die Fußbremse. Es gibt ein Geräusch, als die Kurbelstange auf den Boden fällt, gefolgt von einem Quietschen der Bremsen. Das Auto hält an.

DARWIN: Das ist mehr als seltsam! Ich konnte das ver-
             dammte Ding einfach nicht mehr steuern …!

TEMPLE: Ist alles in Ordnung, Steve?

STEVE: Ja, mir geht's gut, Darling.

DARWIN: Tut mir leid, Mrs. Temple.

TEMPLE: Lassen Sie mich mal am Lenkrad drehen.

TEMPLE dreht am Lenkrad.

DARWIN: Irgendetwas scheint gebrochen zu sein. Ich
             habe es gespürt, als ich auf die Bremse stieg.

TEMPLE: Hm.

DARWIN: Glauben Sie, dass es etwas Ernstes ist?

TEMPLE: Steigen wir aus und sehen wir nach. Stellen
             Sie den Motor ab.

DARWIN stellt den Motor ab. TEMPLE und DARWIN öffnen ihre Türen und steigen aus dem Auto aus. TEMPLE sieht unter das Auto.

DARWIN: Können Sie etwas sehen?

Eine kleine Pause.

TEMPLE: (*Richtet sich auf*) Kein Wunder, dass Sie den
             Wagen nicht gut steuern konnten, Darwin.

DARWIN: Warum? Was ist passiert?

TEMPLE: Die Doppelkurbel ist aus ihrer Fassung her-
             ausgedrückt worden. Sie wurde nur durch die-
             ses Stück Draht zusammengehalten.

DARWIN: (*Ernst*) Was heißt das?

TEMPLE: Dass er früher oder später reißen und die
             Lenkstange brechen musste.

DARWIN: Aber das ist doch lächerlich! Ich habe den
             Wagen erst gestern überholen lassen … Wol-

len Sie mir sagen, dass an dem Auto herumgepfuscht wurde?

TEMPLE: (*Bedeutungsvoll*) Anscheinend passieren auch Ihnen Dinge, Darwin.

Musik aufblenden.

Musik ausblenden.

Szene 11:
Der Vorplatz des Hotels Continental.

Ein Pferdegespann fährt vor.

KUTSCHER: (*Ägypter*) Hier sind wir … Hotel Continental.

STEVE: Vielen Dank für die Kutschenfahrt!

KUTSCHER: (*Grinst*) Hotel Continental!

DARWIN: Es tut mir furchtbar leid, Mrs. Temple! Wissen Sie, ich habe dieses Auto seit Jahren und das ist das erste Mal, dass es mich im Stich lässt!

TEMPLE: (*Amüsiert*) Ist schon in Ordnung, alter Junge.

KUTSCHER: (*Grinst immer noch*) Hotel Continental.

STEVE: (*Steigt hinunter*) Oh Gott, mein Rücken!

TEMPLE: (*Steigt hinunter*) Kommen Sie noch mit hinein, um etwas zu trinken, Darwin?

DARWIN: Nein, aber ich komme mit hinein, um einen Wagen zu bestellen. (*Steigt aus der Kutsche*) Ich habe genug von dieser Karosse!

KUTSCHER: (*Grinst*) Hotel Continental …

STEVE: Darling, was sagt er da dauernd?

DARWIN: Er sagt »Hotel Continental«, aber was er wirklich meint, ist »Her mit dem Geld!« (*Lacht, während er das Geld übergibt*) Da haben Sie, Ben Hur!

Alle lachen.

Szene 12:
Die Rezeption des Hotels Continental.

DARWIN: Könnten Sie mir ein Taxi besorgen?

REZEPTIONIST: Wohin, Sir?

DARWIN: Ins *Cosmopolitan*.

REZEPTIONIST: Ja, ich denke schon, Sir. Wenn Sie so freundlich wären, sich ein paar Augenblicke zu gedulden ...

DARWIN: Vielen Dank.

REZEPTIONIST: Mr. Temple?

TEMPLE: Ja?

REZEPTIONIST: Der Gentleman, den Sie erwarten, ist eingetroffen, Sir. Er ist in Ihrem Zimmer.

TEMPLE: Oh, vielen Dank.

REZEPTIONIST: Keine Ursache, Sir.

DARWIN: Tja, ich verabschiede mich dann. Es tut mir leid, dass es ein so grauenhafter Abend geworden ist, Mrs. Temple.

STEVE: Ach, das ist schon in Ordnung. Gute Nacht, Mr. Darwin.

TEMPLE: Gute Nacht, Darwin.

DARWIN: Gute Nacht, Temple. Oh, und vergessen Sie nicht, dass Sie versprochen haben, mich diese Brille sehen zu lassen.

TEMPLE: Leider kann ich sie Ihnen heute Abend nicht zeigen, aber wenn Sie morgen einmal im Hotel vorbeikommen, dann ...

DARWIN: Abgemacht! (*Mit einem Lachen*) Sie werden mich nie davon überzeugen können, dass es sich dabei um eine ganz gewöhnliche Brille handelt, nicht nachdem, was Sie mir darüber erzählt haben.

TEMPLE: Tja, vielleicht finden Sie ja etwas daran ... Oh, hallo, Miss Fraser!

MISS FRASER: (*Angenehm überrascht*) Guten Abend, Mr. Temple! Mrs. Temple! ... und Mr. Darwin! Meine Güte, alle versammelt!

STEVE:	Wir haben gerade mit Mr. Darwin im *Karamet* zu Abend gegessen und …
MISS FRASER:	(*Unterbricht* STEVE) Im *Karamet*? Ist das nicht ein entzückender Ort! Sind Sie das erste Mal dort gewesen, Mrs. Temple?
STEVE:	Ja, es ist wirklich sehr schön.
MISS FRASER:	Es ist einer der schönsten Orte, an denen ich je gewesen bin, sicherlich einer der schönsten in Ägypten.
REZEPTIONIST:	Ihr Wagen ist da, Miss Fraser.
MISS FRASER:	Oh, danke. (*Sie lässt ihre Tasche fallen, der Inhalt verstreut sich*) Oh je! (*Verärgert*) Ich lasse immer meine Handtasche fallen! Ich weiß nicht, warum, aber … Meine Güte … Sehen Sie nur, alles liegt überall herum!
DARWIN:	Machen Sie sich keine Sorgen, Miss Fraser. (*Hebt den Inhalt der Handtasche auf, lacht*) Hier ist Ihre Brille … und Ihr Taschentuch.
MISS FRASER:	Vielen Dank.
STEVE:	Und Ihr Notizbuch.
MISS FRASER:	Vielen Dank …
TEMPLE:	Und Ihre Handtasche, Miss Fraser.
MISS FRASER:	Oh, danke! Oje, oje, oje! Ich bin wirklich ein Tollpatsch!
TEMPLE:	(*Lacht*) Ich fürchte, Sie haben auch ein paar Pfefferminzbonbons verloren.
MISS FRASER:	Eines Tages werde ich meinen Kopf verlieren!
STEVE:	(*Leise, ernst*) Ist das Ihrer, Miss Fraser?
Einen Moment.	
MISS FRASER:	(*Mit einem kleinen Lachen*) Ach, der Revolver! Ja … ja, das ist meiner, Mrs. Temple. (*Nimmt ihn an sich*) Danke schön. Wissen Sie, er ist klein, aber er ist echt.
STEVE:	Ja, das glaube ich gern.
MISS FRASER:	Mein Bruder hat ihn mir vor langer Zeit ge-

schenkt. Er ist eine Kuriosität. Die Leute lachen oft, wenn sie daran denken, dass ich so ein Ding mit mir herumtrage.

STEVE: (*Mit einem kleinen Lachen*) Ja …

DARWIN: (*Zu MISS FRASER gewandt*) Warum tragen Sie ihn mit sich herum, Miss Fraser?

MISS FRASER: (*Leicht überrascht von der Frage*) Warum? (*Lächelt*) Lassen Sie ihn mich Ihnen zeigen, Mr. Darwin. Sie halten die Waffe so in der Hand. Sie legen den Finger auf den Abzug.

DARWIN: (*Schnell*) Ist sie geladen?

MISS FRASER: Ja, sie ist geladen.

DARWIN: Würden Sie sie dann bitte in die andere Richtung halten, nur für den Fall, dass …

MISS FRASER: (*Ohne auf DARWIN zu achten*) Es ist ganz einfach, sehen Sie, Sie müssen nur den Abzug drücken … (*Sie drückt den Abzug und DARWIN und STEVE keuchen*) … und sie springt auf und ist (*lächelt*) ... mit Pfefferminzbonbons geladen.

DARWIN: Ja, nun … äh …

TEMPLE und STEVE lachen. DARWIN erkennt die Situation und beginnt zu lachen.

MISS FRASER: (*Zum REZEPTIONISTEN*) Sagten Sie, mein Wagen stünde bereit?

REZEPTIONIST: Ja, Madam.

MISS FRASER: Kann ich Sie irgendwo absetzen, Mr. Darwin?

DARWIN: Tja, ich möchte zum *Cosmopolitan,* aber …

MISS FRASER: Ich setze Sie gerne vor dem Eingang ab.

DARWIN: Das ist sehr nett von Ihnen.

MISS FRASER: Gerne doch. (*Strahlt*) Dann also gute Nacht, Mr. Temple.

DARWIN: (*Freundlich*) Bis morgen!

TEMPLE: (*Plötzlich*) Hören Sie, warum essen Sie nicht morgen mit uns zu Abend, Miss Fraser … und

	Sie auch, Darwin?
MISS FRASER:	Das ist sehr nett von Ihnen, Mr. Temple! Ich würde mich freuen.
TEMPLE:	Darwin?
DARWIN:	Ja ... Ja, großartig, alter Junge.
TEMPLE:	Dann kann ich Ihnen auch die Brille zeigen.
DARWIN:	Abgemacht!
TEMPLE:	Acht Uhr?
DARWIN:	Wunderbar!
MISS FRASER:	(*Geht*) Also, bis morgen Abend dann! *Au revoir*, Mrs. Temple!
STEVE:	Auf Wiedersehen, Miss Fraser!
DARWIN:	(*Geht*) Bis morgen dann!
TEMPLE:	Ja.
DARWIN:	Wiedersehen!
STEVE:	Ist Sir Graham oben?
TEMPLE:	Ja, Liebling, er ist in unserem Zimmer und wartet auf uns.

Szene 13:
Das Zimmer der Temples im Hotel Continental.

TEMPLE:	... als ich Sie am Telefon fragte, Sir Graham, was Sie hier in Kairo tun, sagten Sie, dass Sie wegen einer Brille hier sind. ... Was meinten Sie damit?
FORBES:	(*Langsam und ernst*) Haben Sie noch die Brille, die Miss Raymond Ihnen gegeben hat?
TEMPLE:	Natürlich habe ich sie.
FORBES:	Und, wo ist sie?
TEMPLE:	Im Moment sind sie in einem Tresor bei der Angloägyptischen Bank deponiert.
FORBES:	(*Ein langsames Lächeln*) Sie wollen offenbar keine Risiken eingehen, Temple.
TEMPLE:	Ich gehe Risiken ein, Sir Graham – das wissen Sie –, aber keine unnötigen.

FORBES: Tja, es ist verdammt schön, Sie beide wieder-
            zusehen ... Und wenn man bedenkt, was alles
            passiert ist, sehen Sie beide bemerkenswert fit
            aus. Übrigens, wie geht es dem Sohn und Er-
            ben[3]?

STEVE: Oh, Peter geht es gut. Er ist in Bramley Lod-
            ge, während wir weg sind.

FORBES: Er muss jetzt schon ein ziemlich großer Junge
            sein! Wie alt ist er, Steve?

STEVE: Er ist erst zwei, Sir Graham. (*Ein Seufzer*)
            Meine Güte, wie sehne ich mich danach, ihn
            wiederzusehen!

TEMPLE: Zwischen unseren fröhlichen kleinen Eskapa-
            den ist Steve eine ziemlich hingebungsvolle
            Mutter, Sir Graham!

FORBES: (*Lacht*) Das weiß ich natürlich.

TEMPLE: Aber Peter ist wirklich ein außergewöhnliches
            Kind – nicht wahr, mein Schatz?

STEVE: Nun, ich bin vielleicht ein wenig voreinge-
            nommen ...

FORBES lacht.

TEMPLE: Nein, aber im Ernst, Sir Graham. Er ist groß-
            artig! Und intelligent! Man würde es kaum

---

[3] Am Ende des fünften Hörspiels *Send for Paul Temple Again!* aus
dem Jahr 1945 ist Steve schwanger. Auf den Sohn wird im darauffolgenden Hörspiel aus dem Jahr 1946, *A Case for Paul Temple*
(deutsch: *Paul Temple und der Fall Valentine,* als Text als Band 8
dieser Durbridge-Edition erschienen), zwar kurz eingegangen, wir
erfahren aber nur, dass er sich bei einem Kindermädchen auf
Temples Landsitz Bramley Lodge befindet, während die Temples in
ihrer Londoner Wohnung weilen. An der vorliegenden Textstelle im
Fall Sullivan aus dem Jahr 1947 erfahren wir nun, dass das Kind
den Namen Peter trägt. Dies ist insofern interessant, als dass der
Sohn der Temples sonst nie mehr Erwähnung findet, außer im Fall
Curzon aus dem Jahr 1949, wo er plötzlich Timothy heißt, wohl in
Anspielung auf Temples typischen Ausspruch »Bei Timothy«.

	glauben, denn erst neulich Morgen hat er …
STEVE:	(*Hält* TEMPLES *Redefluss auf*) Also, Darling! Denk daran, was wir immer über die klugen Kinder anderer Leute gesagt haben. Wir dürfen Sir Graham nicht langweilen.
TEMPLE:	Oh, Entschuldigung. Äh – Ja … (*Wechselt das Thema*) Bevor wir nach Kairo aufbrachen, Sir Graham, las ich in einer Zeitung einen Bericht, dass Sie in den Ruhestand getreten sind: Ist das wahr?
FORBES:	Nein, ich bin versetzt worden. Es gab eine Art allgemeine Umstrukturierung im Yard. Ich bin jetzt für die so genannte Zentralstelle für Kriminalitätsbekämpfung zuständig. Das bedeutet mehr Verantwortung, aber – Gott sei Dank – habe ich völlig freie Hand.
TEMPLE:	Na, das ist doch mal was!
FORBES:	(*Lacht*) Das kann man wohl sagen!
STEVE:	(*Lächelt*) Sie haben uns immer noch nicht gesagt, was Sie in Kairo machen, Sir Graham.
FORBES:	Kurz nachdem Sie England verlassen hatten, Temple, erhielt ich Informationen aus dem Gouvernement in Ägypten.
STEVE:	Was ist das?
FORBES:	Es ist das Äquivalent zu unserem Scotland Yard … Man hat mich darüber informiert, dass bestimmte neue Fakten bezüglich des Monton-Raubes ans Licht gekommen sind. Also, der Monton-Raub – Sie erinnern sich vielleicht, dass – (*Er hält kurz inne*) Was ist das?
TEMPLE:	Was?
FORBES:	Haben Sie es nicht gehört?
TEMPLE:	Nein.
FORBES:	Ich hätte schwören können, dass ich …

STEVE:	(*Ein kurzes Flüstern*) Darling!
TEMPLE:	Was ist?
STEVE:	Paul, hör doch zu!

Einen Moment. Ein Klopfgeräusch ist zu hören: Jemand klopft leise mit einer Münze an das Fenster.

FORBES:	Was ist das, Temple?
TEMPLE:	Da ist jemand am Fenster. Jemand ist auf dem Balkon ...
FORBES:	Ich werde die Vorhänge aufziehen.
TEMPLE:	Nein! Nein, warten Sie! (*Einen Moment*) Mach das Licht aus, Steve.

STEVE schaltet das Licht aus.

TEMPLE:	Jetzt warte mal ... Stell dich nicht zu nah ans Fenster, Steve ...

TEMPLE zieht die Vorhänge zurück.

STEVE:	(*Erschrocken*) Paul!
TEMPLE:	Es ist Armstrong!

ARMSTRONG steht vor dem Fenster. Er ist atemlos und hat einen Hauch von Verzweiflung in seiner Stimme.

ARMSTRONG:	Temple, öffnen Sie das Fenster ... Öffnen Sie das Fenster ... Beeilen Sie sich!

TEMPLE reißt das Fenster auf.

TEMPLE:	(*Schnell*) Was ist los? Was wollen Sie?
ARMSTRONG:	Temple, hören Sie zu! Ich will Ihnen von Marquand erzählen! Ich möchte Ihnen sagen, warum er absichtlich ...

Es gibt einen Schuss von der Straße aus, bei dem eine Glasscheibe zerschmettert wird.

STEVE:	Paul!
FORBES:	Achtung, Temple! Da ist jemand in einem Auto, der von der Straße aus schießt ...

Ein zweiter Schuss ist zu hören.

STEVE:	Sei vorsichtig, Paul!
ARMSTRONG:	(*Verzweifelt*) Temple, Marquand hat mich hintergangen – er hat sich mit Schreider ver-

	bündet und beschlossen, …
STEVE:	(*Mit einem Alarmschrei*) Paul, pass auf!
ARMSTRONG:	Es ist Marquand! Er versucht, mich aufzuhalten …
FORBES:	Runter, Temple! Runter!
STEVE:	Runter, Paul!

Von der Straße unten hört man ein Auto, das schnell am Hotel vorbeifährt: Eine Salve von Schüssen aus einer Maschinenpistole. Das Fenster zerbricht und ARMSTRONG stürzt mit einem plötzlichen Schmerzensschrei zu Boden.
Musik aufblenden.

ENDE VON EPISODE 7.

Episode 8
Noch immer eine wunderbare Zeit

Das Zimmer der Temples im Hotel Continental.

STEVE:	Paul!
FORBES:	Achtung, Temple! Da ist jemand in einem Auto, der von der Straße aus schießt …

Ein zweiter Schuss ist zu hören.

STEVE:	Sei vorsichtig, Paul!
ARMSTRONG:	(*Verzweifelt*) Temple, Marquand hat mich hintergangen – er hat sich mit Schreider ver-bündet und beschlossen, …
STEVE:	(*Mit einem Alarmschrei*) Paul, pass auf!
ARMSTRONG:	Es ist Marquand! Er versucht, mich aufzuhal-ten …
FORBES:	Runter, Temple! Runter!
STEVE:	Runter, Paul!

Von der Straße unten hört man ein Auto, das schnell am Hotel vorbeifährt: Eine Salve von Schüssen aus einer Maschinen-pistole. Das Fenster zerbricht und ARMSTRONG stürzt mit einem plötzlichen Schmerzensschrei zu Boden, wobei er an der Schulter leicht verletzt wird. Das Auto auf der Straße darunter macht sich schnell aus dem Staub.

STEVE:	Paul, er ist verletzt!
FORBES:	Wer ist dieser Mann?
TEMPLE:	Sein Name ist Armstrong. Er ist – oder war – im Bunde mit Colonel Marquand.
FORBES:	(*Nickt, zügig*) Ich habe von Marquand gehört, er ist hinter der Brille her … Rossetti hat mir von ihm erzählt.

STEVE: Paul, er ist verletzt!

ARMSTRONG: (*Mit großen Schmerzen*) Es ist meine Schulter. Ich habe gespürt, wie mich etwas getroffen hat ...

TEMPLE: Mach das Licht an, Steve. (*Zu FORBES*) Armstrong war in der Nacht, als Joyce Raymond ermordet wurde, in Bournemouth.

ARMSTRONG: Ja, aber ich habe Joyce Raymond nicht ermordet. Ich schwöre, ich habe es nicht getan. Temple, ich muss mit Ihnen sprechen ... ah ...

TEMPLE: Reichen Sie mir das Kissen, Sir Graham, vom Bett ... Danke sehr! (*Legt das Kissen unter ARMSTRONGs Kopf*) Ist es so besser?

ARMSTRONG: Ja ... Also, Temple, hören Sie zu ... Ich wurde von Marquand nach England geschickt. Mir wurde gesagt, ich solle die Brille holen! Ich dachte, Sie spielen dasselbe Spiel wie Marquand, deshalb bin ich Ihnen an diesem Nachmittag zu den Sandbanks gefolgt.

TEMPLE: ... und haben uns in bester Manier zum Kentern gebracht!

FORBES: Warum wollte Marquand die Brille, wissen Sie das?

Einen Moment.

TEMPLE: (*Leise*) Das ist Sir Graham Forbes von Scotland Yard.

ARMSTRONG: Ich weiß nicht, warum Marquand die Brille wollte – er sagte mir einfach, dass er mir 7.000 Pfund zahlen würde, wenn ich sie für ihn beschaffen könnte. Er warnte mich, dass mehrere andere Leute hinter der Brille her sind.

FORBES: Wer zum Beispiel?

ARMSTRONG: Olaf Schreider und einer seiner Handlanger

namens Constantine. Constantine wohnte … (*Er zuckt vor Schmerzen zusammen*) … in dem Hotel in Bournemouth, er durchsuchte mein Zimmer … Ich weiß, dass es Constantine war, aber ich glaube nicht, dass er Joyce Raymond ermordet hat.

TEMPLE: Wer hat sie ermordet?

ARMSTRONG: (*Einen Moment*) Ich weiß es nicht.

TEMPLE: Armstrong, was geschah in Augusta in jener Nacht, in der ich Colonel Marquand traf?

ARMSTRONG: Marquand nahm Kontakt zu einem jungen Mann namens Thompson auf – einem Freund von Joyce Raymond. Thompson wusste nicht, worum es ging, aber Marquand überredete ihn, Sie anzurufen und vorzugeben, Richard Sullivan zu sein. Als Sie am Telefon andeuteten, dass Joyce Raymond etwas zugestoßen war, zog Thompson vorschnell den Schluss, dass …

TEMPLE: Dass Sie sie ermordet haben?

ARMSTRONG: Ja.

STEVE: Und wer hat Marquand angerufen und sich als Constantine ausgegeben?

ARMSTRONG: Das war Schreider. Constantine hatte bereits Kontakt mit Schreider, und Schreider wusste, dass Sie in der Villa Negara waren.

TEMPLE: Wie konnte er das wissen?

ARMSTRONG: Constantine ist Ihnen vom Hotel aus gefolgt. Schreider ahnte, dass Sie Marquand erzählen würden, was auf dem Flugboot passiert ist, und …

TEMPLE: … und er wollte Marquand glauben machen, dass ich mich bereits von der Brille getrennt hatte, bevor ich Augusta erreicht hatte?

ARMSTRONG: Ja.

TEMPLE:	(*Leise, beobachtet ARMSTRONG*) Warum erzählen Sie uns das alles?
ARMSTRONG:	Weil Marquand mich betrogen hat: Er versprach, mir viertausend Pfund zu bezahlen, egal ob ich die Brille bekomme oder nicht, und jetzt … (*Er zuckt vor Schmerz zusammen*) … hat er sich mit Schreider verbündet und weigert sich, zu zahlen.
TEMPLE:	(*Leise*) Armstrong …
ARMSTRONG:	Ja?
TEMPLE:	Diese Frau – diese Amerikanerin – Miss Jeans … Hat sie für Marquand gearbeitet?
ARMSTRONG:	Ja.
TEMPLE:	Aber sie hat ein doppeltes Spiel mit ihm getrieben, nicht wahr?
ARMSTRONG:	Was meinen Sie?
TEMPLE:	Sie fing an, sich mit Bahri einzulassen: Marquand fand es heraus, folgte ihr auf das Hausboot – das Bahris Hauptquartier war – und ermordete sie. Das stimmt doch, nicht wahr?
ARMSTRONG:	Ja, das ist stimmt.
FORBES:	Warum ist Bahri – und ich nehme an, Sie meinen Zoltan Bahri – hinter der Brille her?
ARMSTRONG:	Vermutlich aus demselben Grund wie Marquand.
FORBES:	Was ist dieser Grund?
ARMSTRONG:	Ich weiß es nicht! Ich habe Ihnen doch gesagt, dass ich nicht weiß, warum Marquand die Brille haben will … Oh … Oh, mein Arm …
STEVE:	Wir werden einen Arzt holen müssen, Paul.
TEMPLE:	(*Leise*) Gleich.
FORBES:	(*Zu TEMPLE*) Es liegt ein Haftbefehl gegen Marquand vor: Was würden Sie vorschlagen, wo sollen wir ihn suchen?
TEMPLE:	Sie könnten es im *Karamet* versuchen, Sir

	Graham. Er war heute Abend da und nannte sich Oliver J. Whiteman.
FORBES:	(*Überrascht*) Marquand war dort?
TEMPLE:	(*Nickt*) Ja.
ARMSTRONG:	Wenn das nicht klappt …, können Sie es bei Meyerhoff versuchen.
FORBES:	Meyerhoff? Was ist das, ein Laden?
ARMSTRONG:	Es ist ein Juwelier, etwa eine Viertelmeile hinter dem Haus von Bahri. Und Temple, ich warne Sie, sowohl Schreider als auch Marquand sind ziemlich gefährliche Männer. Unterschätzen Sie sie bloß nicht. Sie sind fest entschlossen, diese Brille zu bekommen, koste es, was es wolle …
TEMPLE:	Keine Sorge, ich werde sie nicht unterschätzen, Armstrong.

Musik aufblenden.

Musik ausblenden.

Szene 2:
Das Zimmer der Temples im Hotel Continental.

Eine Tür öffnet sich.

STEVE:	Ich gehe jetzt, Darling. Es wird nicht lange dauern.
TEMPLE:	In Ordnung. Ich treffe dich dann hier gegen zwölf Uhr wieder. Ach, ich würde einen Mantel mitnehmen, Steve – es ist heute viel kälter.
STEVE:	Ich komme schon zurecht. Du siehst müde aus, Paul.
TEMPLE:	Ja, ich bin es auch. Ich bin erst gegen vier Uhr ins Bett gekommen.
STEVE:	Du regst dich immer über uns Frauen auf, wenn wir plaudern, aber ich dachte schon, du und Sir Graham würdet nie damit aufhören.
TEMPLE:	(*Lacht*) Ich weiß nicht, ob du es bemerkt hast

oder nicht, Steve, aber als sie Armstrong weggebracht haben, bist du sofort eingeschlafen.

STEVE: (*Lacht*) Ja, ich weiß. Wie geht es ihm übrigens? Hast du heute schon etwas über ihn gehört?

TEMPLE: Ich glaube, es geht ihm gut. (*Ernst*) Steve, ich hatte gestern Abend ein gutes Gespräch mit Sir Graham über diese Angelegenheit und – es gibt da etwas, das du wissen solltest.

STEVE: Es gibt da etwas, das ich unbedingt wissen möchte!

TEMPLE: Was?

STEVE: Warum Schreider, Marquand und Zoltan Bahri hinter der Brille her sind. Weißt du das?

Einen Moment.

TEMPLE: Ja, Liebling, ich weiß.

STEVE: Hat Sir Graham es dir gesagt?

TEMPLE: Mrs. Temple, ich muss schon sehr bitten!

STEVE: Du meinst, du hast es Sir Graham gesagt?

TEMPLE: Ja. Genauer gesagt weiß ich es schon seit einiger Zeit. Ich habe das Rätsel darum an dem Tag gelöst, an dem … Aber das kann warten. Steve, jetzt, wo Marquand und Schreider sich zusammengetan haben, werden sie offensichtlich etwas ziemlich Verzweifeltes versuchen. Sie wissen, dass ich die Brille habe, und – nun ja – ganz ehrlich, Liebling, es besteht die Möglichkeit, dass sie versuchen, dich zu entführen und als eine Art Geisel zu benutzen.

STEVE: Aber Marquand hat das schon versucht und ist damit gescheitert.

TEMPLE: Ja, dank Mr. Darwin. Aber das nächste Mal ist er vielleicht nicht wieder in so greifbarer Nähe.

STEVE:	Keine Sorge, Paul! Ich passe schon auf.
TEMPLE:	Ja, pass gut auf dich auf, Steve. Weißt du, ich bin mir nicht sicher, ob ich dich alleine gehen lassen soll oder nicht.
STEVE:	Ich komme schon klar, Darling!

Es klopft und die Tür öffnet sich.

FORBES:	Darf ich reinkommen?
TEMPLE:	Oh, hallo, Sir Graham.
STEVE:	Kommen Sie herein, Sir Graham.

Die Tür schließt sich.

TEMPLE:	Wie geht es Armstrong?
FORBES:	Er wird wieder gesund. Er sollte in etwa einer Woche aus dem Krankenhaus entlassen werden. Wir haben die Adresse des Juweliers, den er erwähnt hat, überprüft – es gibt dort keine Spur von Marquand.
TEMPLE:	Das überrascht mich nicht. Sie müssen gewusst haben, dass Armstrong diesen Ort erwähnt. Was ist mit Schreider?
FORBES:	Es gibt auch keine Spur von ihm, aber natürlich müssen wir, was Schreider betrifft, vorsichtig sein. Wir haben wirklich keine konkreten Beweise, dass er in diese Sache verwickelt ist.
STEVE:	Tja, dann gehe ich mal, Liebes. Auf Wiedersehen, Sir Graham – bis später.
FORBES:	Passen Sie auf sich auf, Steve!
STEVE:	(*Lacht, als sie die Tür öffnet*) Jetzt fangen Sie nicht auch noch an! Auf Wiedersehen.
TEMPLE:	Bis später!
FORBES:	Wiedersehen!

Die Tür schließt sich. Eine Pause.

TEMPLE:	Haben Sie getan, was ich vorgeschlagen habe?
FORBES:	Ja. Ich hatte ein Gespräch mit Hakim. Machen

Sie sich keine Sorgen. Steve wird von dem Moment an, in dem sie das Hotel verlässt, überwacht.

TEMPLE: (*Nickt*) Gut.

Musik aufblenden, die sich mit einer belebten ägyptischen Straße vermischt. Diese Straßengeräusche werden überblendet zur nächsten Szene.

Szene 3:
Eine Straße. Im Inneren eines Wagens.

Der Wagen ist auf der Straße geparkt und der Motor läuft.

SCHREIDER: (*Leise*) Da ist sie …

MARQUAND: Wo?

SCHREIDER: (*Beobachtet STEVE*) Sie kommt gerade aus dem Hotel. Sehen Sie sie nicht? Da drüben!

MARQUAND: Oh, ja … ja, jetzt sehe ich sie.

SCHREIDER: (*Leicht nervös*) Was sollen wir tun?

MARQUAND: (*Ganz ruhig*) Es gibt keinen Grund zur Eile: Bleiben Sie ganz ruhig. Entspannen Sie sich.

SCHREIDER: Für mich sieht es so aus, als würde sie sich auf den Markt begeben.

MARQUAND: Es ist schon gut. Keine Sorge. Wir werden sie nicht verlieren.

SCHREIDER: Was soll ich tun? Den Wagen weiter die Straße hinunter fahren?

MARQUAND: Nein. Entspannen Sie sich einfach. Bleiben Sie, wo Sie sind.

SCHREIDER: Aber wenn sie um die Ecke und auf den Marktplatz kommt, wird es fast unmöglich sein, sie wiederzufinden.

MARQUAND: Machen Sie sich keine Sorgen. Bleiben Sie einfach ruhig.

Eine Pause.

SCHREIDER: Worauf starren Sie da?

MARQUAND: Auf den Mann an der Ecke da. Er beobachtet

	sie.
SCHREIDER:	Das bilden Sie sich nur ein.
MARQUAND:	Das tue ich nicht, Schreider. Ich habe nicht diese Art von Vorstellungskraft. Er beobachtet sie sehr wohl. (*Einen Moment, zu sich selbst*) Was soll das denn jetzt?
SCHREIDER:	Er folgt ihr.
MARQUAND:	Ja … Es ist einer von Hakims Männern.
SCHREIDER:	Von der Polizei?
MARQUAND:	Ja … Sie gehen kein Risiko ein.
SCHREIDER:	(*Nervös*) Was sollen wir tun? Wir können sie nicht entführen, während er zusieht.
MARQUAND:	Da gibt es nur eines, was wir tun können. Geben Sie mir den Revolver zurück, den ich Ihnen gegeben habe – den mit dem Schalldämpfer.
SCHREIDER:	Aber was …
MARQUAND:	Geben Sie ihn mir!
SCHREIDER:	(*Übergibt den Revolver an MARQUAND*) Was werden Sie jetzt tun?
MARQUAND:	(*Leise, ein Hauch von Anspannung*) Wir müssen den Mann zuerst loswerden – das ist unsere einzige Chance!
SCHREIDER:	Aber Sie können doch nicht …
MARQUAND:	Hören Sie zu, Schreider: Lassen Sie mich etwa dreißig oder vierzig Meter hinter ihm aussteigen und fahren Sie dann langsam …

Überblendung hinaus auf die Straße: Menschen gehen vorbei, Straßengespräche. SCHREIDER nähert sich im Auto.

MARQUAND:	Ich bitte um Verzeihung, Sir …
KRIMINALBEAMTER:	(*Ägypter*) Ja?
MARQUAND:	Könnten Sie mir den Weg zum Hotel Alexandria zeigen?

Während dem nächsten Dialog fährt das Auto an den Bordstein heran.

KRIMINALBEAMTER: Das Hotel Alexandria? Da laufen Sie in die falsche Richtung, mein Freund, Sie müssen umdrehen und … (*Er bleibt stehen*)

MARQUAND: (*Leise, entschlossen*) Steigen Sie in den Wagen …

KRIMINALBEAMTER: Was soll das heißen? Was …

MARQUAND: Sie haben gehört, was ich gesagt habe: Steigen Sie in den Wagen!

MARQUAND öffnet die Autotür.

KRIMINALBEAMTER: Hören Sie, was haben Sie vor? Sie können doch nicht …

MARQUAND: Steigen Sie in den Wagen!

KRIMINALBEAMTER: Was hat das zu bedeuten? Warum …

MARQUAND: Tun Sie, was ich Ihnen sage! Steigen Sie in den Wagen!

Der KRIMINALBEAMTE steigt ein, MARQUAND folgt ihm und schlägt die Tür zu.

SCHREIDER: (*Schnell*) Ich habe Mrs. Temple gesehen, sie ist …

KRIMINALBEAMTER: Oh, jetzt verstehe ich...

MARQUAND: (*Schnell*) Drehen Sie den Motor auf – Schreider, lassen Sie ihn aufheulen!

SCHREIDER lässt den Motor aufheulen und dreht ihn während des folgenden Dialogs weiter auf.

KRIMINALBEAMTER: Was haben Sie mit dem Revolver vor … Nein, nicht! Nicht schießen! Nicht … nicht!

MARQUAND erschießt den KRIMINALBEAMTEN mit der schallgedämpften Pistole.

KRIMINALBEAMTER: Argh …

MARQUAND: Okay.

SCHREIDER hört auf, den Motor aufzudrehen.

SCHREIDER: Ist er tot?

MARQUAND: Kümmern Sie sich nicht um ihn! Wo haben Sie Mrs. Temple gesehen?

SCHREIDER: Sie ist in einem Kleiderladen auf der anderen

	Seite des Platzes.
MARQUAND:	Sind Sie sicher?
SCHREIDER:	Ja, ich habe gesehen, wie sie hinüberging.
MARQUAND:	(*Langsam, nickt*) Okay, fahren Sie da rüber … Fahren Sie an den Bordstein, halten Sie den Mund verschlossen und die Augen offen …

Musik aufblenden.

Musik ausblenden.

Szene 4:

Das Zimmer der Temples im Hotel Continental.

TEMPLE tippt an der Schreibmaschine. Das Telefon klingelt, er hört auf zu tippen und hebt den Hörer ab.

TEMPLE:	Hallo?
CONCIERGE:	(*Am anderen Ende der Leitung*) Mr. Temple?
TEMPLE:	Ja.
CONCIERGE:	Bleiben Sie bitte dran, da ist ein Anruf für Sie.
TEMPLE:	Vielen Dank.

Eine Pause. TEMPLE pfeift vor sich hin und wird ein wenig ungeduldig.

TEMPLE:	Hallo?
CONCIERGE:	Einen Moment, bitte.

Eine weitere Pause.

MARQUAND:	Hallo? Mr. Temple?
TEMPLE:	Ja – am Apparat. Wer ist da?
MARQUAND:	Erkennen Sie mich nicht?
TEMPLE:	Nein, leider nicht.
MARQUAND:	Hier spricht Marquand.
TEMPLE:	(*Überrascht*) Marquand!
MARQUAND:	(*Unterbricht TEMPLE*) Temple, hören Sie zu! Ich habe eine Freundin von Ihnen hier: Sie möchte ein paar Worte zu Ihnen sagen …
STEVE:	(*Ein wenig verängstigt*) Bist du das, Paul?
TEMPLE:	Steve!
STEVE:	(*Schnell*) Marquand hat mich entführt, Dar-

ling! Ich war in einem Kleiderladen … Ich
spreche von einem Haus in …

STEVE wird vom Telefon weggezogen.

TEMPLE: Steve!

MARQUAND: Haben Sie verstanden?

TEMPLE: (*Angespannt*) Ja, ich habe verstanden! Hören
Sie, Marquand, ich warne Sie, wenn meiner
Frau etwas zustößt, dann werde ich …

MARQUAND: Ganz ruhig, Bruder! Ich mag diese blöde Situation genauso wenig wie Sie. Jetzt hören Sie
mal zu! Ich will diese Brille. Ich will keine
Ausreden. Ich will kein Wenn und Aber und
keine Bedingungen – ich will nur die Brille,
kapiert?

Eine Pause.

TEMPLE: Ich habe verstanden, Marquand.

MARQUAND: Gut. Jetzt hören Sie zu, was ich Ihnen sage.
Ich schicke einen Wagen für Sie vorbei. Er
wird Sie an der Ecke in der Nähe des Zei-
tungsstandes abholen. Wenn Sie jemand be-
schattet oder es sonst irgendwelche komi-
schen Dinge gibt, dann … wäre das einfach zu
schade für Mrs. Temple. Verstehen Sie?

Einen Moment.

TEMPLE: (*Leise*) Marquand …

MARQUAND: Ja?

TEMPLE: Ich glaube, Sie … verstehen die Situation
nicht ganz.

MARQUAND: Wie meinen Sie das?

TEMPLE: (*Sehr leise*) Wenn Sie meiner Frau wehtun,
wenn Sie ihr auch nur ein Haar krümmen,
dann …

MARQUAND: (*Lächelt*) Was dann?

TEMPLE: (*Höflich*) Wissen Sie, was ich dann tun werde? Ich werde diese Brille auf den Boden fal-

len lassen und sie zerschmettern, Colonel Marquand. (*Einen Moment*) Verstanden?

Eine Pause.

MARQUAND: Ich schicke den Wagen sofort los. Lassen Sie ihn nicht warten … und vergessen Sie nicht, was ich Ihnen gesagt habe.

TEMPLE: Ich werde es nicht vergessen.

Musik aufblenden.

Musik ausblenden.

Szene 5:

Ein Zimmer in Marquands Wohnung in Kairo.

Plötzlich wird eine Tür aufgestoßen und TEMPLE *tritt ein, gefolgt von* SCHREIDER.

STEVE: (*Ein Ausruf der Erleichterung*) Paul!

TEMPLE: Steve … Steve, Liebling, geht es dir gut?

MARQUAND: (*Mit Autorität*) Bleiben Sie, wo Sie sind! Bewegen Sie sich nicht! (*Zu* SCHREIDER) Hat man euch verfolgt?

SCHREIDER: (*Nervös*) Nein … Nein, ich glaube nicht …

MARQUAND: (*Scharf*) Was soll das heißen, Sie *glauben* nicht?

SCHREIDER: Nein, es ist alles in Ordnung … Ich habe es überprüft …

MARQUAND: (*Nickt*) Okay, gehen Sie zurück zum Auto, Schreider – wenden Sie es – und warten Sie dann. (*Einen Moment*) Es wird nicht lange dauern.

SCHREIDER: (*Er zögert, dann*) In Ordnung …

SCHREIDER verlässt den Raum und schließt die Tür hinter sich.

MARQUAND: Nun, mein Freund, wo ist die Brille?

TEMPLE: Bevor ich sie Ihnen übergebe, Colonel Marquand, möchte ich Sie bitten, …

MARQUAND: Bevor Sie sie aushändigen, Mr. Temple,

möchte ich, dass Sie sich über eine Sache im Klaren sind. (*Leise*) Sehen Sie diesen Revolver?

TEMPLE: Man kann ihn kaum übersehen.

MARQUAND: Wenn Sie irgendwelche Dummheiten machen, dann werde ich nicht zögern, ihn zu benutzen. … Und jetzt geben Sie mir die Brille.

Eine Pause, dann geht TEMPLE auf MARQUAND zu.

TEMPLE: Können Sie mir versichern, dass, sobald ich sie übergeben habe, …

MARQUAND: Bleiben Sie, wo Sie sind! Bleiben Sie auf der anderen Seite des Ofens … Ich warne Sie, Temple, wenn Sie irgendwelche Dummheiten machen …

TEMPLE: Ich wollte nur Ihre Zusicherung, dass, sobald ich …

MARQUAND: Wenn Sie die Brille übergegeben haben, können Sie zurück ins Hotel gehen.

TEMPLE: Nun, in diesem Fall lassen Sie mir kaum eine andere Wahl.

TEMPLE hört auf zu sprechen. Von der Straße unten ertönt eine Autohupe. Mehrere wütende Stimmen, ein plötzlicher, verzweifelter Schrei von SCHREIDER. Ein Revolverschuss ertönt. Die Hupe verstummt.

STEVE: (*Schnell*) Paul!

MARQUAND: Was war das? Was zum …?

STEVE: (*Blickt auf die Straße hinunter*) Es ist Sir Graham … und die Polizei … Sieh doch! Sie müssen dir gefolgt sein, Darling!

TEMPLE: Sie haben Schreider festgenommen!

MARQUAND: Dieser Narr, ich habe ihn gewarnt, sich vorzusehen.

STEVE: (*Schnell*) Paul!

STEVE schreit auf, als MARQUAND auf TEMPLE feuert und ihn verfehlt. TEMPLE wirft sich auf MARQUAND.

TEMPLE: Lassen Sie die Waffe fallen. Lassen Sie die Waffe fallen ...

STEVE: Pass auf den Ofen auf, Paul! Schatz, pass auf den Ofen auf, sonst brennt das Haus!

TEMPLE: Lassen ... Sie ... den ... Revolver fallen ... Tun Sie, was ich ...

MARQUAND beginnt die Oberhand zu gewinnen und versetzt TEMPLE einen Schlag.

TEMPLE: Argh! ... (*Verzweifelt*) Steve! ... Schlag das Fenster ein ...

STEVE schlägt das Fenster ein und schreit nach unten.

STEVE: Sir Graham! Sir Graham!

Der Kampf geht weiter: Stühle werden umgeworfen, ein Tisch, der Ofen ...

STEVE: Paul, der Ofen!

MARQUAND: Passen Sie auf, sonst brennt das ganze Haus!

TEMPLE: Geben Sie mir den Revolver, Marquand, oder ich ... ich werde ...

Die Vorhänge beginnen zu brennen.

STEVE: Paul ... Die Vorhänge haben Feuer gefangen! (*Versucht, das Feuer zu löschen*) Ich – ich kann es nicht löschen ...

TEMPLE und MARQUAND kämpfen immer noch miteinander.

MARQUAND: Temple ... Es brennt!

TEMPLE: (*Fast erschöpft*) Lassen Sie den Revolver fallen!

STEVE: Paul, es breitet sich aus ... Ich kann es nicht aufhalten!

Die Flammen beginnen zu lodern.

MARQUAND: Temple, der Raum steht in Flammen!

Mit grimmiger Entschlossenheit drückt TEMPLE die Hand von MARQUAND zurück.

TEMPLE: Geben ... Sie ... mir ... den ... Revolver, ... oder ... ich werde ...

Plötzlich ist ein Revolverschuss zu hören. Es folgt eine ange-

spannte Stille.

MARQUAND: Oh … Temple, ich … ich …

MARQUAND fällt zu Boden. TEMPLE ist komplett erschöpft.

TEMPLE: Steve, wir … müssen hier raus …

STEVE: (*Hustet*) Es wird schwierig sein, … die Tür zu erreichen …

TEMPLE: Nimm dieses Taschentuch. Jetzt gib mir deinen Arm, wir müssen uns beeilen … Bist du bereit?

STEVE: Ja … Ja, ich bin bereit.

TEMPLE: Gut, los geht's!

TEMPLE und STEVE rennen durch den Raum und TEMPLE tritt die Tür auf. Männer steigen die Treppe herauf. FORBES ruft ihnen von unten zu.

FORBES: Temple, geht es Ihnen gut – geht es Ihnen beiden gut?

TEMPLE: Ja … Ja, wir sind in Ordnung, Sir Graham!

STEVE: (*Hustet, schwach*) Wir haben eine wunderbare Zeit!

FORBES: (*Lacht*) Kommen Sie runter, Steve!

Musik aufblenden.

Musik ausblenden.

Szene 6:

Das Zimmer der Temples im Hotel Continental.

TEMPLE: Trinken Sie doch noch etwas, Sir Graham.

FORBES: Nein, ich lieber nicht, Temple – trotzdem vielen Dank. Nun, fühlen Sie sich besser, Steve?

STEVE: Mir geht es gut, aber wissen Sie, Sir Graham, was ich an diesem Fall nicht verstehe, würde eine ganze Bibliothek füllen.

FORBES lacht.

STEVE: Nehmen wir zum Beispiel jene Nacht in Bournemouth. Was ist in dieser Nacht eigent-

	lich passiert? Oh, ich weiß, dass Joyce Raymond ermordet wurde und ich weiß …
FORBES:	(*Ziemlich amüsiert*) Lassen Sie mich am Anfang beginnen, Steve. (*Einen Moment, ernsthaft*) Erinnern Sie sich noch an den Raubüberfall auf die Montons?
STEVE:	Auf den Herzog und die Herzogin von Monton? Aber natürlich!
FORBES:	Vor etwa einem Jahr wurde eine Schmucksammlung, die dem Herzog und der Herzogin von Monton gehörte, aus Harrington House in Norfolk gestohlen. Es handelte sich um eine äußerst wertvolle – man könnte fast sagen einzigartige – Sammlung, deren Wert auf etwa eine Million und 250.000 Pfund geschätzt wurde. Der Hauptverantwortliche für diese Aktion hieß Leopold Farrington. Farrington arbeitete mit einem Mann namens Lewis Carson zusammen. Glauben Sie mir, das waren zwei ziemlich schlaue Vögel: Wie schlau, werden wir nie erfahren. Jedenfalls, um es kurz zu machen: Farrington entkam mit der Sammlung und kam bis nach Kairo. Als er Kairo erreichte, wurde es ihm jedoch zu heiß und er beschloss, die Sammlung zu vergraben und sich aus dem Staub zu machen. Er suchte sich ein geeignetes Versteck für den Schmuck aus, notierte sich sorgfältig den genauen Verbleib und verschwand dann von der Bildfläche. Drei Monate später erkrankte Ferrington an Typhus und starb.
STEVE:	Fahren Sie fort.
FORBES:	(*In Ruhe*) Ich denke, Sie können von hier aus weitermachen, Temple.
TEMPLE:	Bevor er starb, freundete sich Ferrington mit

einer Engländerin an. Genauer gesagt pflegte sie ihn während seiner Krankheit. Als er wusste, dass seine Chancen auf Genesung sehr gering waren, erzählte er ihr von dem Raubüberfall und gab ihr ...

STEVE: (*Mit einem Augenzwinkern*) ... gab ihr ein geheimes Dokument, das den genauen Verbleib der Monton-Sammlung erklärt!

TEMPLE: Nichts dergleichen! Er gab ihr eine scheinbar ganz normale Hornbrille und bat sie, sie mit nach London zu nehmen und sie Lewis Carson zu geben.

FORBES: Und zu Ihrer Information, Steve, der Name der Frau, die sich um Ferrington kümmerte – mit anderen Worten, die Frau, die die Brille erhielt – war Lydia Raymond. *Lydia* Raymond, wohlgemerkt.

STEVE: Ich verstehe das nicht. Es war doch Joyce Raymond, die zu uns in die Wohnung kam und uns bat, die Brille mitzunehmen.

TEMPLE: Einen Moment, Liebling! Lydia wusste, sobald sie die Brille von Ferrington erhalten hatte, dass sie auf irgendeine mysteriöse Weise mit dem Monton-Raub in Verbindung stand. Tatsächlich kam von diesem Moment an, soweit es Lydia betraf, der Stein ins Rollen ...

STEVE: Inwiefern?

TEMPLE: Zoltan Bahri, Marquand, Schreider und ein Gentleman namens Richard Sullivan versuchten alle, die Brille zu bekommen. Aber Lydia war ziemlich entschlossen und nahm sie mit nach London.

FORBES: Als sie in London ankam, erzählte sie ihrer Schwester davon. Sullivan hatte sich bereits mit Joyce Raymond in Verbindung gesetzt und ihr 5.000 Pfund angeboten, wenn sie die Brille für ihn beschaffen würde. Joyce bekam die Brille von Lydia und brachte sie zu Ihnen. Sie hatte Angst, sie selbst nach Kairo zu bringen, denn sie wusste – nach dem, was Lydia ihr erzählt hatte –, dass Bahri, Marquand und Schreider ziemlich gefährliche Gefährten waren, die vor nichts zurückschrecken würden, um die Brille zu bekommen.

STEVE: Hat Joyce ihre Schwester ermordet?

FORBES: Ja. Lydia fand heraus, was Joyce vorhatte und folgte ihr in die Half Moon Street.

STEVE: Aber warum ist Joyce nach Bournemouth gefahren?

TEMPLE: Aus dem einfachen Grund, dass sie, als sie in ihre Wohnung zurückkam, einen Telefonanruf von Sullivan erhielt, in dem er ihr sagte, dass er gerade in England angekommen sei und sie sehen wolle. Sie fuhr nach Bournemouth und erzählte ihm genau, was passiert war. Zuerst war er verärgert, doch dann wurde ihm plötzlich klar, dass es das Beste war, Joyce loszuwerden, denn sie wusste inzwischen viel zu viel. Er beschloss, dass wir das Risiko tragen und die Brille für ihn nach Kairo bringen sollten.

STEVE: (*Fassungslos*) Ja, aber … Warum wollte Sullivan die Brille überhaupt? Warum wollte Marquand sie? Warum schien jeder sie zu wollen?

TEMPLE: Weißt du nicht, warum?

STEVE: Mach mich nicht wütend, Paul! Du weißt genau, dass ich das nicht tue!

TEMPLE: Vor zwei Tagen, Steve, habe ich diese Brille zu einem Optiker gebracht. Ich habe ihn gebe-

	ten, sie genau zu untersuchen und etwas für mich zu tun. Weißt du, was?
STEVE:	Nein.
TEMPLE:	(*Nach einem Moment*) Ich sagte ihm, er solle das verordnende Rezept aufschreiben.
STEVE:	Das Rezept? Was soll das heißen?
TEMPLE:	Na, du weißt doch, dass jede Brille nach einer bestimmten Verordnung angefertigt wird.
STEVE:	Ja, natürlich.
TEMPLE:	Die Anzahl der Verschreibungen ist – nun ja – unendlich. Es gibt buchstäblich Milliarden von Möglichkeiten. Als Ferrington die Monton-Sammlung versteckte, fertigte er eine Karte an, die die genaue Stelle in der Wüste zeigte, an der die Sammlung vergraben war. Er wusste, dass es riskant war, die Karte zu behalten, also wandelte er sie in ein Brillenrezept um.
STEVE:	Das war es also!
TEMPLE:	Er ließ sich die Brille anfertigen und vernichtete dann sowohl die Karte als auch das Rezept. Er wusste natürlich ganz genau, dass er, wenn er die Karte haben wollte, nur einen Optiker aufsuchen musste, der die Brille untersuchte und das Rezept für ihn aufschrieb.
STEVE:	Ich verstehe. Mit anderen Worten: Sullivan, Bahri, Marquand und Schreider wollten die Brille, um das Rezept zu bekommen, damit sie die Monton-Sammlung finden können!
TEMPLE:	Genau!
STEVE:	Ja, aber es gibt einen Punkt, den du noch nicht ganz erklärt hast, Darling …
TEMPLE:	Oh? Und welchen?
STEVE:	Wer ist Richard Sullivan? Ist es Darwin?
TEMPLE:	Weißt du es denn nicht?

STEVE: Ist es Darwin?

TEMPLE: Ja. Warum, glaubst du, hat Darwin uns an jenem Nachmittag bei den Sandbanks gerettet? Warum glaubst du, hat er Marquand davon abgehalten, dich als Geisel zu nehmen?

STEVE: Ich nehme an, er dachte, du hättest die Brille bei dir und er hatte Angst, sie zu verlieren?

FORBES: Genau – und als Miss Jeans Sie abgeholt hat, hat er Sie gerettet, weil er dachte, Temple könnte kalte Füße bekommen und die Brille an Marquand übergeben.

STEVE: Ich verstehe. Weißt du, es ist komisch, Paul, aber, na ja, ich habe Darwin schon die ganze Zeit verdächtigt, und doch, irgendwie … na ja, er schien immer so ein »netter« Mensch zu sein. (*Plötzlich, leise*) Oh!

TEMPLE: Was ist?

STEVE: Da fällt mir gerade ein. Du hast ihn zum Essen eingeladen!

Musik aufblenden.

Musik ausblenden.

Szene 7:
Ein ruhiges Restaurant.

TEMPLE, STEVE, DARWIN und MISS FRASER sitzen an einem Tisch, das Essen ist beendet.

DARWIN: Nun, danke für das ausgezeichnete Abendessen, Temple!

MISS FRASER: Ja, in der Tat – es war wirklich vorzüglich.

TEMPLE: Möchten Sie nicht noch ein Glas Portwein trinken, Miss Fraser?

MISS FRASER: Nein … Nein, ich glaube nicht, danke.

TEMPLE: Darwin?

DARWIN: Nein, danke, alter Junge. Ich hatte schon mehr als genug.

MISS FRASER:	Tja, ich nehme an, wir sollten uns besser auf den Weg machen. Sie sehen heute Abend ein wenig blass aus, Mrs. Temple – fühlen Sie sich nicht wohl?
STEVE:	Ach, mir geht es gut, Miss Fraser. Ich habe letzte Nacht nicht so gut geschlafen, vielleicht deshalb …
DARWIN:	Das ist nicht überraschend! Wir hatten einen grässlichen Abend, Miss Fraser! Vollkommen grässlich! Zunächst war da einmal ein Kerl namens … (*Er hält inne, plötzlich*) Übrigens, ich hatte es schon völlig vergessen, aber wissen Sie, was Sie mir gestern Abend versprochen haben?
TEMPLE:	Was?
DARWIN:	Sie haben versprochen, mir die Brille zu zeigen.
TEMPLE:	Ach, ja. Ja, das habe ich.
MISS FRASER:	Die Brille?
DARWIN:	Mr. Temple hat eine ziemlich ungewöhnliche Brille, Miss Fraser. Man hat ihm 10.000 Pfund dafür geboten.
MISS FRASER:	Was denn? 10.000 Pfund für eine Brille?
DARWIN:	(*Lacht*) Ja.
MISS FRASER:	Das muss ein sehr ungewöhnliches Exemplar sein, Mr. Temple. Woraus ist sie gemacht – aus Platin, besetzt mit Diamanten?
TEMPLE:	Nein, es ist eine ganz normale Brille.
MISS FRASER:	Ja, aber die 10.000 Pfund!
DARWIN:	(*Lacht, vergisst sich*) Sehen Sie, sogar das alte Mädchen … (*Er beherrscht sich wieder*)
MISS FRASER:	Was soll das mit dem *alten* Mädchen, Mr. Darwin?
DARWIN:	Ich bitte um Verzeihung! Sie sehen, Temple, Miss Fraser ist genauso neugierig wie ich.

TEMPLE:	(*Freundlich*) Tja, dann habe ich wohl keine andere Wahl, als Ihre Neugier zu befriedigen. (*Er greift in seine Tasche*) … Wo habe ich sie nur hingetan … Oh, hier ist sie ja.

TEMPLE reicht die Brille an MISS FRASER weiter.

MISS FRASER:	Vielen Dank.

Eine Pause.

TEMPLE:	Nun, Miss Fraser?

Eine weitere Pause.

MISS FRASER:	(*Scheinbar perplex*) Tja! Es scheint eine ganz normale Brille zu sein. Ich kann mir beim besten Willen nicht vorstellen, warum Ihnen jemand 10.000 Pfund dafür bieten sollte.
DARWIN:	(*Langsam, höflich und locker*) Darf ich, Miss Fraser?
MISS FRASER:	Oh, ja, natürlich.
DARWIN:	(*Nimmt die Brille ab*) Danke.

Eine Pause.

TEMPLE:	(*Wenig überrascht und freundlich*) Und, Mr. Darwin?
DARWIN:	(*Ein Lachen*) Ich fürchte, ich muss Miss Fraser zustimmen. Wenn Ihnen jemand mehr als einen Fünfer dafür anbietet, alter Junge, dann würde ich zugreifen!

MISS FRASER lacht.

TEMPLE:	Wie lautet Ihr Angebot, Mr. Darwin?
DARWIN:	Mein Angebot? Ich kann sie doch überhaupt nicht brauchen, alter Junge.
STEVE:	(*Offenbar amüsiert*) Sieht so aus, als ob der Zug dafür abgefahren ist, Darling.
TEMPLE:	Das glaube ich langsam auch!

Alle lachen.

DARWIN:	Hier haben Sie, Temple – und denken Sie an meinen Rat: Wenn Ihnen jemand mehr …

DARWIN lässt plötzlich die Brille auf den Boden fallen.

DARWIN: Oh je! Jetzt habe ich sie fallen lassen!

MISS FRASER und STEVE rücken ihre Stühle vom Tisch weg.

MISS FRASER: Ich rücke meinen Stuhl beiseite.

DARWIN bückt sich schnell unter den Tisch.

DARWIN: Es geht schon, Miss Fraser …

TEMPLE: Haben Sie sie?

DARWIN taucht unter dem Tisch auf.

DARWIN: Ja – ja, ich habe sie.

STEVE: Sind sie kaputt?

DARWIN: Nein, sie sind völlig in Ordnung. Tut mir leid, Temple.

TEMPLE: Kein Problem, es ist ja nichts passiert.

DARWIN gibt die Brille an TEMPLE zurück.

DARWIN: Da haben Sie sie wieder.

TEMPLE: Vielen Dank.

Eine Pause.

MISS FRASER: Nun, ich denke, wir sollten besser gehen.

DARWIN: (*Fröhlich*) Ja. Und nochmals vielen Dank, Temple, für das ausgezeichnete Abendessen.

TEMPLE: Ich freue mich, dass es Ihnen geschmeckt hat, aber es tut mir leid, dass Sie von der Brille enttäuscht waren.

DARWIN: (*Lacht*) Ach, das macht doch nichts.

TEMPLE: Ich fürchte, Sie werden noch mehr enttäuscht sein, wenn Sie nach Hause kommen.

DARWIN: Wie meinen Sie das?

TEMPLE: Ich meine, wenn sie dann die Brille genauer untersuchen.

DARWIN: Aber wie kann ich sie genauer untersuchen? Sie haben sie doch in Ihrer Hand.

TEMPLE: Im Gegenteil: Sie haben sie in Ihrer Tasche.

DARWIN: (*Offensichtlich erstaunt*) Ich habe sie? Sind Sie verrückt?

TEMPLE: Sie haben die Brillen sehr geschickt vertauscht, mein Freund, aber ich fürchte, es wird

	Sie nicht weit bringen.
DARWIN:	Was soll das heißen?
TEMPLE:	Diese Brille – die, die Sie in Ihrer Tasche haben – ist genauso wertlos wie diese hier. Die echte Brille – die, die Joyce Raymond mir gegeben hat – wurde Sir Graham Forbes und Kommandant Hakim gleich heute Morgen übergeben. Zu diesem Zeitpunkt sind sie …

DARWIN ist sehr wütend und wirft den Tisch um.

DARWIN:	Sie gerissener Fuchs!

Im Restaurant herrscht allgemeine Bestürzung.

STEVE:	Paul, pass auf!

MISS FRASER spricht schnell, mit Autorität und ohne schottischen Akzent.

MISS FRASER:	Lassen Sie den Revolver fallen, Darwin.
DARWIN:	Was – Was zum Teufel meinen Sie?

Eine angespannte Stille.

MISS FRASER:	Sie haben doch gehört, was ich gesagt habe! Lassen Sie den Revolver fallen.
DARWIN:	(*Mit einem Lachen*) Glauben Sie, Sie können mich mit diesem verdammten Ding erschrecken? Es ist doch mit Pfefferminzbonbons gefüllt! Sie haben uns den Revolver gestern Abend gezeigt, als Sie Ihre Handtasche fallen ließen!
MISS FRASER:	Glauben Sie das, Mr. Darwin? Glauben Sie das?

MISS FRASER schießt und DARWIN stößt einen Schmerzensschrei aus, als die Kugel seine Hand trifft. Mehrere Frauen im Restaurant schreien.

MISS FRASER:	Glauben Sie immer noch, dass er mit Pfefferminzbonbons gefüllt ist?
DARWIN:	Wer sind Sie? Was wollen Sie? Sind Sie auch hinter der Brille her?
STEVE:	(*Ebenfalls verwirrt*) Wer sind Sie, Miss Fra-

ser?

MISS FRASER: Mein Name ist Nicholson. Ich bin von Scotland Yard.

Musik aufblenden.

Musik ausblenden.

Szene 8:
Die Passagierkabine des Flugboots.

STEWARD: Kann ich Ihnen etwas bringen, Sir?

TEMPLE: Ja, wir hätten gerne etwas zu trinken. Was möchten Sie, Miss Fraser?

MISS FRASER: (*Ohne schottischem Akzent*) Für mich nichts, danke, Mr. Temple.

TEMPLE: Sind Sie sicher?

FRASER: Ja, ganz sicher, danke.

TEMPLE: Steve?

STEVE: Nein, danke, Darling.

TEMPLE: Sir Graham?

FORBES: Ich hätte gerne einen Whisky mit Soda.

TEMPLE: Gerne. Haben Sie auch Bier?

STEWARD: Ja, Sir.

TEMPLE: Dann einen Whisky mit Soda und ein Bier.

STEWARD: Kommt sofort, Sir.

TEMPLE: (*Lacht*) Ich fürchte, ich werde Sie weiterhin Miss Fraser nennen, Miss Nicholson. Es tut mir schrecklich leid.

MISS FRASER: (*Lacht*) Das ist schon in Ordnung. Ich kann mich ehrlich gesagt auch schwer daran gewöhnen, ohne Akzent zu sprechen. (*Mit ihrem schottischen Akzent*) Es ist sehr seltsam, das kann ich Ihnen versichern!

Alle lachen.

STEVE: Miss Nicholson, warum sind Sie überhaupt nach Bournemouth gefahren?

FORBES: Wir haben Miss Nicholson nach Bournemouth

	geschickt, um ein Auge auf Armstrong zu werfen. Wir wussten, dass er für Marquand arbeitete, und wir hatten den Verdacht, dass Marquand in den Monton-Raub verwickelt war.
MISS FRASER:	(*Ohne schottischem Akzent*) Als ich jedoch nach Bournemouth kam, entdeckte ich Darwin, wurde misstrauisch und beschloss, mich für den jungen Mann zu interessieren.
STEVE:	Verstehe. Und was geschah in jener Nacht im Hotel Karamet?
TEMPLE:	Marquand, Schreider und Quinn wussten, dass Darwin hinter der Brille her war und …
FORBES:	Und sie erklärten ihm den Krieg!
TEMPLE:	Genau! An dem Abend, an dem wir im *Karamet* speisten, versuchte Quinn, Darwin zu ermorden, aber Darwin war zu schnell, drehte den Spieß um, erschoss ihn und legte ihn in sein Auto. Dann arrangierte er sich mit Valkerie, dem Kellner, um uns die Nachricht zu überbringen, und während wir draußen nach Quinns Auto suchten, ging Valkerie auf die Terrasse und feuerte einen Revolver ab, um den Eindruck zu erwecken, dass Quinn sich gerade eben erschossen hatte.
FORBES:	Natürlich ist der interessanteste Aspekt der … (*Er bricht ab*) Ja, was ist los?
STEWARD 2:	Ich bitte um Verzeihung, Sir – der Funkoffizier hat gerade diese Nachricht erhalten.

Der ZWEITE STEWARD übergibt FORBES die Nachricht.

FORBES:	Oh, vielen Dank.

Eine Pause, während FORBES die Nachricht liest.

TEMPLE:	Nun?
FORBES:	Die Nachricht ist von Kommandant Hakim: Sie haben die Sammlung gefunden.

MISS FRASER:	Oh, gut!
TEMPLE:	Das sind gute Nachrichten, Sir Graham.
FORBES:	Das stimmt.
STEVE:	Das sieht nach dem Ende des Falls Sullivan aus, Darling.
TEMPLE:	Ja. J-a-a!
MISS FRASER:	Was werden Sie tun, wenn Sie wieder in London sind, Mr. Temple?
TEMPLE:	Was ich tun werde? Ich werde ein Buch schreiben und wenn ich mit dem Buch fertig bin, Miss Nicholson, werde ich mich mit den Füßen auf dem Kaminsims zurücklehnen und an nichts Wichtigeres denken als an die Temperatur des …
STEWARD:	(*Lebhaft*) Ihr Bier, Sir!

Alle lachen.

Szene 9:
Die Kabine des Flugboots.

Wir befinden uns in der Kabine, es ist später. Mehrere Personen schnarchen leise. Der STEWARD spricht leise, um niemanden zu stören.

STEWARD:	Ich bitte um Verzeihung, Sir.
TEMPLE:	Ja, Steward?
STEWARD:	Der Gentleman in Kabine C möchte Sie gerne sprechen, Sir.
TEMPLE:	Welcher Gentleman?
STEWARD:	Der große dünne Gentleman, Sir – Sie können ihn durch die Tür sehen, er raucht eine Zigarette.
TEMPLE:	Oh. Wie ist sein Name?
TEMPLE:	Delaney, Sir.

Einen Moment.

TEMPLE:	In Ordnung. Sagen Sie ihm, dass ich ihn auf dem Promenadendeck treffe.

STEWARD:	Jetzt gleich, Sir?
TEMPLE:	Ja, jetzt gleich.
STEWARD:	In Ordnung, Sir.

Szene 10:
Das Promenadendeck auf dem Flugboot.
Die Tür öffnet sich und TEMPLE tritt ein.

DELANEY:	Mr. Temple?
TEMPLE:	Ja.
DELANEY:	Es tut mir schrecklich leid, Sie zu stören, Sir. Mein Name ist Delaney.
TEMPLE:	Was kann ich für Sie tun, Mr. Delaney?
DELANEY:	Nun, ich habe gehört, dass Sie nach England reisen – nach London, um genau zu sein.
TEMPLE:	Ja.
DARWIN:	Das war eigentlich auch meine Absicht, aber leider wurde ich aufgehalten und muss zwei oder drei Tage in Augusta bleiben.
TEMPLE:	Und?
DELANEY:	Ich habe hier ein Buch, Mr. Temple – ein Geschenk für meine Tochter, mein kleines Mädchen – sie hat morgen Geburtstag, und – nun, ich habe mich gefragt, ob Sie so gut sein würden, es für mich zu abzuliefern? Sehen Sie, wenn ich es in Augusta abschicke, wird sie es nicht vor Ende der Woche erhalten, und … Es wird keine Unannehmlichkeiten für Sie geben, Mr. Temple. Ich schicke meiner Frau ein Telegramm, und sie wird Sie in Waterloo abholen.
TEMPLE:	*(Einen Moment, beobachtet DELANEY)* Was für ein Buch ist es, Mr. Delaney?
DELANEY:	*(Ein wenig überrascht von der Frage)* Es ist eine Ausgabe von *Alice im Wunderland.* *(Lächelt unschuldig)* Es ist nur ein ganz gewöhn-

	liches Buch, Mr. Temple.
TEMPLE:	(*Leicht verlegen*) Ich fürchte …
DELANEY:	(*Erstaunt*) Sie meinen … Sie tun es nicht?
TEMPLE:	(*Schüttelt den Kopf, mit Nachdruck: um keinen Preis*) Nein, danke, Mr. Delaney! Nein, danke!

Musik aufblenden.

ENDE.

Stab, Besetzung, Hintergründe: Hörspiel und Auswertungen

Nachwort
von Dr. Georg Pagitz

Auf den folgenden Seiten finden Sie Informationen zur Besetzung der Rollen im Originalhörspiel sowie in der niederländischen Version und im englischen Remake. Außerdem wird auf die Romanfassung eingegangen.

Paul Temple and the Sullivan Mystery
Achtteilige Hörspielserie, Großbritannien 1947/48
Dauer: 8 x ca. 25 Minuten
Ausstrahlung BBC 2:
1. Dezember 1947 – 19. Januar 1948,
samstags um 13.00 Uhr

Paul Temple	KIM PEACOCK
Steve Temple	MARJORIE WESTBURY
Joyce Raymond	MARGARET INGLIS
Victor Armstrong	LAIDMAN BROWNE
Inspektor Fowler	STANLEY GROOME
Harold Darwin	CYRIL GARDINER
Miss Fraser	VIVIENNE CHATTERTON
Mr. Constantine	SIDNEY JAMES
Olaf Schreider	OLAF OLSEN
Signor Rossetti	IAN SADLER
Sidney Jeans	TUCKER MCGUIRE
Hakim	LEO DE POKORNY
Colonel Marquand	TOMMY DUGGAN

Zoltan Bahri . . . . LESLIE PERRINS
Tom Durant . . . . RICHARD WILLIAMS
Sir Graham Forbes . . . . LESTER MUDDITT
ferner . . . .

BETTY BASKCOMB	FREDERICK BELL
BERYL CALDER	ANDREW CHURCHMAN
PETER CLAUGHTON	HARRY HUTCHINSON
BASIL JONES CHARLES LENO	PAUL MARTIN
KENNETH MORGAN	GEORGE OWEN
FRANK PARTINGTON	EDDY REED
ARTHUR RIDLEY	ALEC ROSS
JOAN CLEMENT SCOTT	NORMAN WEBB

Buch . . . . FRANCIS DURBRIDGE
Titelmusik *Coronation Scot* von . . VIVIAN ELLIS
Produktion und Regie . . . MARTYN C. WEBSTER

Die Episodentitel lauteten wie folgt:
Episode 1: *Having a Wonderful Time* 01.12.1947
Episode 2: *Interlude at Augusta* 08.12.1947
Episode 3: *Introducing Colonel Marquand* 15.12.1947
Episode 4: *Cairo* 22.12.1947
Episode 5: *The House of Bahri* 29.12.1947
Episode 6: *A Message from Sir Graham* 05.01.1948
Episode 7: *Mr Darwin Entertains* 12.01.1948
Episode 8: *Still Having a Wonderful Time* 19.01.1948

In diesem zehnten Hörspiel der BBC mit Paul Temple wurde erstmals als Titelmusik *Coronation Scot* von Vivian Ellis verwendet. Im englischsprachigen Raum ist diese Melodie untrennbar mit Paul Temple verbunden. Francis Durbridge traf den Komponisten eines Tages in einem Restaurant und wollte sich bei ihm bedanken, woraufhin der Komponist meinte, er brauche ihm nicht zu danken, sondern er – Ellis – müsse sich bei Durbridge für den Ruhm erkenntlich zeigen.

Paul Vlaanderen en het Sullivan mysterie

Achtteilige Hörspielserie, Niederlande 1949
Dauer: 8 x ca. 25 Minuten
Ausstrahlung AVRO:
6. November 1949 – 22. Dezember 1949

Paul Vlaanderen . . . . JAN VAN EES
Ina Vlaandern . . . . EVA JANSSEN
Charlie . . . . HERMAN VAN EELEN
Arabischer Kaufmann . . . . PAUL DEEN
Sir Graham Forbes . . . . .NICO DE JONG
Harold Darwin . . . . BERT DIJKSTRA
Marquand . . . . . . CONSTANT VAN KERCKHOVEN
Olaf Schreider . . . . WIM PAAUW
Miss Fraser . . . MIEN VAN KERCKHOVEN-KLING
Joyce Raymond . . . . DOGI RUGANI
Patrick Quinn . . . . HUIB ORIZAND
Sidney Jeans . . . . .PERONNE HOSANG
Victor Amstrong . . . . ROBERT SOBELS
Zoltan Bahri . . . . RIEN VAN NOPPEN
Constantino . . . . RIEN VAN NOPPEN
Thompson . . . . PAUL DEEN
Signor Rosetti . . . . FRITS BOUWMEESTER
Steward . . . . SACCO VAN DER MADE
Tom Durant . . . . WILLIAM DE VRIES
Sullivan . . . . .FRANCIS SOMERS
Inspektor Fowler . . . . HUIB ORIZAND
Emilio . . . . KO VAN DEN BOSCH
Gustav . . . . FRANCIS SOMERS
Hakim . . . . WILLIAM TOLLENAAR
Monsieur Flambert . . . . FRANCIS SOMERS
Mr. Crawford . . . . HERMAN VAN EELEN
Zilla . . . . HAN SURINK
Hotelangestellter . . . . JOHAN WOLDER
Hotelportier . . . . SACCO VAN DER MADE

Hotelmädchen und Telefonistin . . FÉ SCIARONE
Ital. Hotelangestellte . . . . .ANNEMARIE VAN EES
Kellner 1 . . . . HERMAN VAN EELEN
Kellner 2 und Kutscher . . . . . .DICK VAN PUTTEN

Buch . . . . FRANCIS DURBRIDGE
Übersetzung . . . . J. C. VAN DER HORST
Musik . . . . KOOS VAN DE GRIEND
Regie . . . . KOMMER KLEIJN

Episodentitel lauteten wie folgt:
Episode 1: *Voor plezier op reis* 06.11.1949
Episode 2: *Intermezzo te Augusta* 13.11.1949
Episode 3: *Kennismaking met Kolonel Marquand* 20.11.1949
Episode 4: *Caïro* 27.11.1949
Episode 5: *Het huis van Bahri* 04.12.1949
Episode 6: *Een boodschap van sir Graham* 11.12.1949
Episode 7: *Harold Darwin als gastheer* 18.12.1949
Episode 8: *Nog steeds plezier op reis* 22.12.1949

Dieses Hörspiel ist in den Niederlanden verschollen. Die Ausstrahlung des letzten Teils erfolgte bereits vier Tage nach Folge 7, damit die finale Episode nicht am ersten Weihnachtstag ausgestrahlt wurde.

Paul Temple and the Sullivan Mystery

Achtteilige Hörspielserie, Großbritannien 2006
Dauer: 8 x ca. 27 Minuten
Ausstrahlung BBC 4:
7. August 2006 – 2. Oktober 2006
montags um 11.30 Uhr

Paul Temple . . . . CRAWFORD LOGAN
Steve . . . . GERDA STEVENSON
Weitere SprecherInnen für mehrere Rollen:

Charlie, Inspektor Fowler, Zollbeamter, Flugoffizier, Steward, Signor Rossetti, 3. Passagier, Clarence Sullivan . . . . GREG POWRIE
Joyce Raymond, 2. Rezeptionistin, Zimmermädchen, Rezeptionistin . . . . LUCY PATERSON
Olaf Schreider, Rezeptionist, Concierge, Baker, ein Passagier, ein zweiter Passagier, zweiter Flugoffizier, Steward Wilton, Thompson, 1. Passagier, Ägyptischer Rezeptionist, Delaney . . . . NICK UNDERWOOD
Victor Armstrong, 2. Zollbeamter, Kutscher, 2. Kellner, Ägyptischer Barmann, Straßenverkäufer, Ägyptisicher Taxifahrer, Mann auf dem Parkplatz, Ägyptischer Rezeptionist, Steward 1 .MICHAEL MACKENZIE
Harold Darwin, Ägyptischer Kellner, Steward 2 . . . . RICHARD GREENWOOD
Miss Fraser, Alte Dame, 2. Passagierin . . . . ELIZA LANGLAND
Constantine, Patrick Quinn, Zoltan Bahri, Kellner 1, Ägyptischer Kutscher . . . . .ANGUS MACINNES
Sir Graham Forbes, Hakim, Steward, Ägyptischer Rezeptionist, Monsieur Flambert, Gustav Valkerie, Ägyptischer Kriminalbeamter . . . . .GARETH THOMAS
Sidney Jeans, 4. Passagierin, Ägyptische Telefonistin . . . . WENDY SEAGER
Tom Durant, Zilla . . . . JOHN PAUL HURLEY

Buch . . . . FRANCIS DURBRIDGE
Dramaturgie . . . . FRANCIS BIBER
Produktion und Regie . . . . PATRICK RAYNER

Die Ausstrahlung erfolgte mit den selben Episodentiteln wie beim Original am 07.08.2006 (Teil 1), 14.08.2006 (Teil 2),

21.08.2006 (Teil 3), 04.09.2006 (Teil 4), 11.09.2006 (Teil 5), 18.09.2006 (Teil 6), 25.09.2006 (Teil 7) und am 02.10.2006 (Teil 8).

Paul Temple: East of Algiers (Die Brille)

Kriminalroman
Erstausgabe Großbritannien:
Februar 1959 bei Hodder & Stoughton
Deutsche Erstausgabe:
1967 bei Goldmann (Übersetzung: Peter Th. Clemens)

Wie bereits im Vorwort erwähnt, erschien in der englischen Erstausgabe Paul Temple als Autor auf dem Cover, auf den Taschenbuchausgaben wurde hingegen wieder Francis Durbridge als Verfasser genannt. Dass Douglas Rutherford ihm bei der Verschriftlichung des Hörspielskripts half, wurde jedoch stets unterschlagen. Auch die ausländischen Ausgaben des Buchs, *Die Brille* (in Deutschland, 1967), *Paul Vlaanderen – Ten oosten van Algiers* (in den Niederlanden, 1962), *A leste de Argel* (in Portugal, 1968) und *Očala* (im damaligen Jugoslawien, heute Slowenien, 1983) erwähnen nur Francis Durbridge auf dem Cover.

Der Roman ist in der Ich-Form verfasst, sodass man als LeserIn tatsächlich den Eindruck erhält, als handle es sich um eine Geschichte, die Temple selbst geschrieben hatte.

Der Roman erschien in England genau zu dem Zeitpunkt, als in der BBC das sechsteilige Fernsehspiel *The Scarf* (später in Deutschland als *Das Halstuch* verfilmt) anlief und Woche für Woche Millionen Durbridge-Fans vor dem Bildschirm versammelte. Es war eine kluge Marketingstrategie, ausgerechnet in jener Phase einen neuen Durbridge-Roman zu veröffentlichen.

Im Vergleich zum Hörspiel gibt es im Roman einige Änderungen, so heißt die zentrale Figur Sullivan nun Foster. Aber nicht genug damit, außer Paul, Steve und Sir Graham wurden sämtliche Figuren umbenannt. Darüber hinaus wurden auch alle Schauplätze geändert. Sind die Handlungsorte im Hörspiel noch London, Plymouth, Augusta (in der Nähe von Syrakus, Italien) und Kairo, so spielt die Geschichte im Roman in Paris, Nizza, Algier und Tunis.

Abschließend folgt eine Übersicht, wie Personen und Orte umbenannt wurden:

HÖRSPIEL	ROMAN
Personen	
Paul Temple	Paul Temple
Steve Temple	Steve Temple
Sir Graham Forbes	Sir Graham Forbes
Richard Sullivan	David Foster
Harold Darwin	Tony Wyse
Miss Fraser	Simone Lalange
Joyce Raymond	Judy Wincott
Victor Armstrong	Sam Leyland
Mr. Constantine	Pierre Rostand
Sidney Jeans	Audry Bryce
Olaf Schreider	Horst Schulz
Arthur Marquand	Patrick O'Halloran
Zoltan Bahri	Szoltan Gupte
Orte	
London	Paris
Plymouth	Nizza
Augusta	Algier
Kairo	Tunis

Folgendes Hörbuch basiert auf dem Roman:

Paul Temple und der Fall Foster

Hörbuch, BR Deutschland 2020
Lesung des Romans durch Omid-Paul Eftekhari
Regie: Antonio Fernandes Lopes
Produktion: HNYWOOD für Pidax Film- und Hörspielverlag

Die Durbridge-Edition
–Williams & Whiting –

Bei Williams & Whiting sind bisher zwanzig Bände von Francis Durbridge erschienen. Sämtliche Bücher enthalten eine umfassende Einleitung und ein Nachwort mit vielen Hintergrundinformationen zu Francis Durbridge, den jeweiligen Geschichten und den Produktionsumständen der Verfilmungen bzw. Vertonungen.

Band 1   FRANCIS DURBRIDGE

Stichtag für Harry
Paul Temple und der vorausgesagte Mord
Vorwort, Nachwort und Übersetzung: Dr. Georg Pagitz

Ein junger Mann namens Peter Gibson sucht Superintendent Max Christian in Scotland Yard auf. Er berichtet, dass er in einem Café in Hampstead arbeitet und ungewollt bei der Arbeit zwei Frauen belauscht hat. Diese sagten, dass ein gewisser Harry Sherwood den Sechzehnten des kommenden Monats nicht überleben würde. Christian geht der Sache nach, muss aber feststellen, dass nichts von dem, was Gibson erzählt hatte, stimmt. Es gibt weder das Café, noch einen Mann dieses Namens. Am Sechzehnten des darauffolgenden Monats wird jedoch in einem Wohnwagen eine Leiche gefunden. Der Täter hat sein Opfer erstochen. Als Superintendent Christian den Toten sieht, glaubt er seinen Augen nicht: Es handelt sich dabei um den angeblichen Peter Gibson, der in Wirklichkeit Harry Sherwood hieß ...

Durbridge schrieb diese Geschichte als Fortsetzungsroman im Jahr 1960. Sie blieb jedoch unveröffentlicht und erscheint nun erstmals posthum.

Der Autor versuchte die Story auch als Filmtreatment deutschen Produzenten anzubieten und schrieb sie später zur Episode für eine *Paul-Temple*-TV-Folge um. Dieses Szenarium ist in dem Buch als *Paul Temple und der vorausgesagte Mord* enthalten, den Abschluss bildet eine Abhandlung über Durbridge und die Temple-TV-Serie.

Band 2   FRANCIS DURBRIDGE

Schritt ins Dunkel
Drehbuch für einen deutschen Spielfilm
Vorwort, Nachwort und Übersetzung: Dr. Georg Pagitz

In Soho geht ein gefährlicher Mörder um, der Barmädchen mit einem Messer tötet. Scotland Yard steht vor einem Rätsel. Zur gleichen Zeit befindet sich der wohlhabende Immobilienmakler Mike Hilton in einer existentiellen Krise: Nach dem Tod seiner Tochter und schwierigen Phasen in seiner Ehe verlässt ihn seine Ehefrau Ruth. Nach einer Reifenpanne nahe eines berüch-

260

tigten Pubs in Soho lernt er die attraktive Selby Brooks kennen und verliebt sich in sie. Als er die junge Dame wenig später auf einem Hausboot besuchen will, findet er ihre Leiche. Mike Hilton gerät unter Mordverdacht. Zur Tatzeit half er einem kleinen Jungen dabei, dessen Papierdrachen aus einem Baum zu befreien. Doch dieses Alibi ist nichts wert, denn der Junge scheint spurlos verschwunden zu sein und gar nicht zu existieren. Gleichzeitig erfährt Mike von Scotland Yard, dass nichts von dem, was Selby ihm erzählt hatte, stimmte. Kann er sich aus dem Teufelskreis, in dem er sich befindet, befreien und den wahren Täter finden?

Die Hintergrundgeschichte zu diesem verschollenen Drehbuch ist ebenso spannend wie die Kriminalgeschichte selbst. Francis Durbridge verfasste das Skript 1961 und verkaufte es 1962 an einen deutschen Filmproduzenten. Letztlich wurde daraus der Spielfilm *Piccadilly null Uhr zwölf*, der bis auf vier Namen nichts mehr mit der Originalstory zu tun hatte.

Im Vor- und Nachwort werden die Hintergründe analysiert und dank erst kürzlich aufgefundener Originalkorrespondenz von Francis Durbridge auch die Umstände und Gründe der Änderungen rekonstruiert.

Band 3   FRANCIS DURBRIDGE

Paul Temple muss her!
Ein Kriminalstück

Vorwort, Nachwort und Übersetzung: Dr. Georg Pagitz

Scotland Yard steht vor einem Rätsel. Eine gefährliche Verbrecherbande verunsichert London durch Kindesentführungen, Lösegelderpressungen und andererseits durch spektakuläre Juwelenraube. Die Ganoven operieren unter dem Namen »Die Schlagzeilenmänner«. Dies ist gleichzeitig der Titel des Romans einer unbekannten Autorin, deren Identität niemand kennt. Nachdem Sir Graham und seine Ermittler nicht weiter kommen, fordern die Zeitungen nach Unterstützung und titeln: »Paul Temple muss her!« Der erfolgreiche Kriminalschriftsteller und Privatermittler schaltet sich daraufhin ein und weiß bald, dass der große Hintermann ein Superverbrecher namens Max Lorraine ist. Aber wer der Verdächtigen versteckt sich hinter diesem Namen? Wer ist der gefährliche Schlagzeilenmann Nummer 1?

Dieses im Jahr 1943 in Birmingham uraufgeführte Theaterstück wurde seither nie mehr gespielt. Der Autor zeigt darin sein ganzes Können und liefert Drehungen, Wendungen und atemberaubende Cliffhanger im Minutentakt. Vier Personen sterben auf der Bühne, ebenso viele Leichen gibt es aus Erzählungen. Die *Birmingham Post* schrieb damals zur Uraufführung: »Leichen fallen aus Aufzügen, Schreie hallen durch die Nacht, aus einem unverdächtig aussehenden Grammophon kommen Schüsse und Blausäure findet ihren Weg in harmlose Whiskyfläschchen. Eigentlich haben wir A oder B als Täter verdächtigt, aber dann war es plötzlich X.«

Bei dem Stück handelt es sich um eine geschickte Mischung aus Paul Temples ersten beiden Hörspielabenteuern.

Band 4   FRANCIS DURBRIDGE
Schöne Grüße von Mister Brix
Kriminalroman
Vorwort und Nachwort: Dr. Georg Pagitz

Geheimnisvolle und höchst mysteriöse Umstände haben den Ex-Inspektor Richard Grant und seine Frau Margret dazu veranlasst, vorübergehend wieder in den Dienst von Scotland Yard zu treten. In einem Fischerdorf namens Shorecombe war zuvor die Leiche einer gewissen Barbara Willis, Tochter eines feinen Londoner Hauses, aus dem Meer gezogen worden. Kurz darauf bekam ihr Verlobter Robert Brown eine Dia-mantenbrosche zugeschickt. Darauf stand: »Schöne Grüße von Mister Brix«. Wenig später finden die Grants in ihrer Garage eine weitere Leiche. Peggy Gillow, die in dem Fall undercover ermittelte, wurde erdrosselt. Auch ihr Vater bekam eine mysteriöse Karte von Mister Brix mit der gleichen sarkastischen Botschaft. Steckt hinter diesem Pseudonym jener gefährliche Ariman, dessen Fall Grant einst bearbeitete? Und wenn ja, wer von den zahllosen Verdächtigen ist dieser unheimliche Verbrecher?

Durbridge schrieb diesen Kriminalroman 1962 für den deutschen Markt. Er basiert auf dem legendären Hörspiel *Paul Temple und die Affäre Gregory* und erzählt dieses sehr werkgetreu nach, allerdings wurden die Charaktere umbenannt. Wer schon immer wissen wollte, worum es in diesem Fall geht und ihn in voller Länge erleben wollte, kann dies nun endlich tun.

Band 5   FRANCIS DURBRIDGE
Die gelbe Windmühle
Kriminalroman
Vorwort und Nachwort: Dr. Georg Pagitz

Susan Kelford, die vierjährige Tochter des reichen Sir Cedric Kelford, dem Präsidenten der Londoner Central Bank, wird entführt. Das Mädchen war gerade in einem Londoner Park, als eine kleine gelbe Spielzeugwindmühle ihre Aufmerksamkeit erregte und sie in die Hand ihres Entführers lockte. Dieser zerrte das Kind in seinen Wagen und suchte daraufhin rasch mit seinem Komplizen das Weite. Man fordert 10.000 Pfund Lösegeld von dem Multimillionär Kelford. Inspektor Houston von Scotland Yard macht drei Tage später eine grausige Entdeckung: Sein Sohn Dennis, der in Sir Cedrics Bank arbeitet, sitzt erschossen vor dem Fernsehgerät. In den Bildschirm ist eine gelbe Windmühle eingeritzt. Nobbler Williams, ein wichtiger Zeuge in dem Entführungsfall, wird am selben Abend von einem Auto überfahren. Der Besitzer des Wagens ist ein italienischer Arzt namens Dr. Spedro. Als Inspektor Houston und seine Tochter Rona, eine junge Schauspielerin, zu ihm fahren wollen, wird gerade eine Leichenbahre aus dessen Haus getragen. Es ist ein äußerst schwieriger und komplexer Kriminalfall, den der persönlich involvierte Kriminalinspektor Houston da zu klären hat ...

Die gelbe Windmühle erschien 1954 als Fortsetzungsroman in England. Im Jahr 1965 verfasste Francis Durbridge eine eigene Fassung für den deutschen Markt, die hier erstmals als Buch vorliegt.

Band 6   FRANCIS DURBRIDGE

Mitten ins Herz

Der Mann, der das Quiz gewann
Paul Temple und die flüchtige Miss Helvin

Vorwort und Nachwort: Dr. Georg Pagitz

Gary Mason, der berühmteste und beliebteste Schauspieler Englands, wird auf dem Gelände eines Londoner Filmstudios erschossen. Wer ist der Täter? Und hatte er tatsächlich Mason als Ziel auserkoren oder war dieser Mord ein Versehen und er galt eigentlich der überaus attraktiven schwedischen Nachwuchsschauspielerin Karin Lund? Diese legt ein seltsames Verhalten an den Tag, vor allem als sie zwei Tage später dem Journalisten Michael Collins begegnet, der Augenzeuge der Tat wurde und sich danach um die junge Frau gekümmert hatte. Diesmal ignoriert Karin den Reporter und ist in Begleitung eines mysteriösen Fremden. Als Journalist Collins in der darauffolgenden Nacht von einem weiteren Mord berichten soll, ist er schockiert, als er in der Leiche Karin Lund wieder erkennt. Sie wurde erstochen ...

Mitten ins Herz wurde 1955 als *The Man Who Beat the Panel* in Großbritannien als Fortsetzungsroman veröffentlicht. Durbridge überarbeitete diese Fassung für den deutschen Markt im Jahr 1962, erweiterte und verbesserte sie um viele Handlungsstränge und machte aus einem Nichtwhodunit einen Whodunit. Später entwickelte er daraus auch ein Skript für die *Paul-Temple*-Fernsehserie namens *The Elusive Miss Helvin*, das aber nie Verwendung fand. In dieser Ausgabe sind neben der deutschen Romanfassung auch erstmals die Übersetzungen der britischen Fortsetzungsgeschichte und des Szenariums enthalten. Titel: *Der Mann, der das Quiz gewann* und *Paul Temple und die vorsichtige Miss Helvin*, beide übersetzt von Dr. Georg Pagitz.

Band 7   FRANCIS DURBRIDGE

Sie wussten zu viel

Das Gesicht der Carol West

Vorwort und Nachwort: Dr. Georg Pagitz

Victor Merton, der Geschäftsführer der Absteige *High Dive* in Belhampton, zieht beim morgendlichen Schwimmsport die Leiche eines jungen Mädchens aus dem Hotelpool. Julia Nagy, eine aus Ungarn stammende Angestellte und Mister Cooper, ein Privatgelehrter, werden Augenzeugen des

Vorgangs. Ein Notizbuch der Toten führt zu einer gewissen Carol West. Außerdem findet sich darin die Telefonnummer von Scotland-Yard-Superintendent Christian Stiller, der die Tote allerdings nicht kannte. Stiller übernimmt die Ermittlungen. Immer wieder wird er in deren Verlauf von einem Anrufer mit sanfter Stimme gewarnt. Wenig später wird auf den Superintendent ein Überfall verübt, kurz darauf ein Anschlag in Scotland Yard. Was weiß das mysteriöse Ehepaar Beckworth? Und welche Rolle spielt der konservative Privatgelehrte Robin Long? Alle Spuren führen erneut in die zwielichtige Absteige *High Dive* ...

Francis Durbridge hatte diesen Roman 1959 als Fortsetzungsroman für die Zeitschrift *News of the World* geschrieben. 1963 überarbeitete er diesen für den deutschen Markt unter dem Titel *Sie wussten zu viel*, führte viele neue Handlungsstränge und Figuren ein und baute die Geschichte erheblich aus. Dieses Ausgabe enthält erstmals beide Fassungen, die deutsche erweiterte Version und die davon erheblich abweichende Originalfassung, die von Dr. Georg Pagitz erstmals unter dem Titel *Das Gesicht der Carol West* ins Deutsche übertragen wurde. In einem Vor- und Nachwort des Übersetzers wird auf die Hintergründe eingegangen sowie auf Durbridges meisterliche Fähigkeiten, alte Stoffe wiederzuverwerten.

Band 8   FRANCIS DURBRIDGE

Paul Temple und der Fall Valentine
Skript für ein achtteiliges Hörspiel

Vorwort, Nachwort, Übersetzung: Dr. Georg Pagitz

London, 1946: Seit einigen Wochen wird das Westend von einer geheimnisvollen Selbstmordserie junger Frauen erschüttert. Scotland Yard ist ratlos und kann nur herausfinden, dass es wohl um Drogen und einen geheimnisvollen Hintermann namens »Valentine« geht. Für Sir Graham Forbes ist eines klar: Das ist ein Fall für Paul Temple! Der bekannte Detektiv und Schriftsteller ist zunächst jedoch gar nicht daran interessiert. Erst als eine junge Frau spurlos aus seinem Wagen verschwindet, lässt er sich doch überreden. Dann geht alles blitzschnell: Auf die Temples wird im eigenen Schlafzimmer ein Mordanschlag verübt, eine geheimnisvolle Botschaft führt Paul und Steve zu einem mysteriösen Kapitän in eine Kneipe am Fluss und schließlich findet sich eine deutliche Warnung von Valentine bei einer Leiche in einer Zahnarztpraxis. Es gibt zahllose Verdächtige und undurchsichtige Gestalten und der gefährliche Unbekannte schlägt immer wieder zu.

Dieses Buch beinhaltet das vom englischen Originalmanuskript übersetzte Temple-Abenteuer, das 2021/22 Grundlage für die neue Pidax-Hörspielproduktion Paul Temple und der Fall Valentine war. In einem Vor- und Nachwort des Übersetzers werden interessante Hintergrundinfos geliefert. Außerdem wird auf die unterschiedlichen Versionen, die im Laufe der Jahre von diesem Stoff entstanden sind, eingegangen.

Band 9   FRANCIS DURBRIDGE

Zwei Fälle für Paul Temple: McRoy/Westfield
Zwei einteilige Hörspiele

Vorwort, Nachwort, Übersetzung: Dr. Georg Pagitz

Der Fall McRoy: Paul Temple und Steve haben ein paar erholsame Tage in Italien verbracht. Sie befinden sich gerade auf der Weiterreise in die Schweiz, als sie auf dem Mailänder Bahnhof zufällig den Ex-Ermittler Harry McRoy treffen. Gemeinsam tritt man die Weiterfahrt an. Im Zug erzählt Harry von einem rätselhaften Auftrag und bittet Paul, einen Koffer mit geheimnisvollem Inhalt an Sir Graham Forbes zu über-bringen, wenn ihm etwas zustoßen sollte. Ehe man Basel er-reicht, überschlagen sich die Ereignisse und es gibt Tote. Im weiteren Verlauf spielen eine geheimnisvol-le Brosche und Aufnahmen eines Boots namens »Corina« eine wichtige Rolle. Ein brenzliger Fall für Paul Temple ...

Der Fall Westfield: Vor Jahren wurde aus dem Hause des Herzogs von Westfield Schmuck im Werte einer Dreiviertelmillion Pfund gestohlen. Es gab keine Spuren und Scotland Yard legte den Fall damals auf Eis. Paul Temple interessiert sich für die Sache, zumal es bald auch eine neue Spur zu ge-ben scheint. Diese ergibt sich aus einem mysteriösen Leichen-fund in einem Londoner Hotel. Bei dem Toten handelt es sich um einen Franzosen, der mit gestohlenen Steinen handelte. Bei seinen Sachen werden ein Fahr-schein für eine Fähre und ein Rezept eines gewissen Dr. Schumann gefun-den. Temple geht der Sache nach. Die Ermittlungen führen ihn schließlich nach Cornwall, wo es bald eine weitere Leiche gibt...

Dieses Buch enthält die beiden Originalmanuskripte zu den 2021/22 neu produzierten Temple-Hörspielen von Pidax und HNYWOOD. In einem umfangreichen Vorwort werden die Hintergründe beleuchtet, zudem enthält dieser Band vollständige Stab- und Besetzungslisten sämtlicher Adaptionen und einige exemplarische Beispiele, wie im Fall McRoy dramaturgische Anpassungen vorgenommen wurden.

Band 10   FRANCIS DURBRIDGE

Paul Temple und der Fall Dr. Belasco
Skript für ein achtteiliges Hörspiel

Vorwort, Nachwort, Übersetzung: Dr. Georg Pagitz

Als Paul und Steve nach einem Tanzabend anlässlich Steves Geburtstag nach Hause kommen, werden sie schon von Sir Graham erwartet. Dieser hat Philip Kaufman von der Kopenhagener Polizei mitgebracht. Sie erklären, dass der berüchtigte Dr. Belasco seine Aktivitäten vom Kontinent nach England verlegt hat. Niemand kennt das Gesicht dieses gefährlichen Man-nes, der das Verbrechen organisiert und für Schutzgelderpressungen aber auch Mord verantwortlich ist. Sir Graham und Kaufman bitten Temple um Hilfe. Bald schon soll der Kanadier Ross Morgan in England ankommen. Er ist ein Handlanger Dr. Belascos. Temple soll ihn im Auge behalten, doch dann gibt es einen unerwarteten Zwischenfall: Bei der Zugfahrt nach London kommt es zu einem Unfall und Morgan stirbt. Der Kanadier kann Temple jedoch noch einen wichtigen Hinweis geben. Bei seinen Sachen findet Temple ein Feuerzeug. Dieses ähnelt jenem, das Steve an ihrem Geburtstag irrtümlich von einem Mr. Nelson eingesteckt hat ...

Francis Durbridge verfasste *Paul Temple and Steve*, so der Originaltitel dieses in der Chronologie gesehenen achten Falls, im Jahr 1947. Dieser band enthält ein informatives Vorwort, einen Artikel über die Paul-Temple-Comic-Serie und Francis Durbridges für die Radio Times geschriebene Einleitung zu dem Fall.

Band 11   FRANCIS DURBRIDGE
Paul Temple und die Marquis-Morde
Kriminalroman
Vorwort, Nachwort, Übersetzung: Dr. Georg Pagitz

In London sorgt ein skrupelloser Mörder, der sich »Der Marquis« nennt, für Angst und Schrecken. Ein halbes Dutzend Personen – lauter renommierte Damen und Herren – musste schon ins Gras beißen und kein Ende ist in Sicht. Scotland Yard in Form von Sir Graham Forbes ist ratlos. Doch diesmal ist es nicht der Chefkommissar, der Paul Temple um Hilfe bittet, sondern das Innenministerium. Ein anonymer Brief des Marquis an Temple sorgt schließlich dafür, dass sich der schreibende Detektiv in die Ermittlungen einschaltet. Er trifft eine Privatdetektivin, die dem großen Unbekannten auf der Spur ist. Doch auch sie wird wenig später tot aus der Themse gezogen. Alle Spuren führen zu einem Ägyptologen namens Sir Felix Reybourn. Ist er der Marquis? Und wenn nicht, wer von den zahlreichen Verdächtigen ist es dann? Temple und seine Frau Steve setzen sich zahllosen Gefahren aus, ehe Paul den gefährlichen Mörder endlich überführen kann ...

Dieser Krimi ist der letzte nicht übersetzte Paul-Temple-Roman und erscheint nun erstmals in deutscher Sprache – fast 80 Jahre nach seinem Entstehen! Ein packender, typischer Temple voller Cliffhanger, Drehungen und Wendungen, verdächtiger Figuren und natürlich mit der obligatorischen Cocktailparty. Das Buch enthält eine informative Einleitung und ein umfassendes Nachwort, in dem die multimediale Auswertung des Stoffs, der auf einem Durbridge-Hörspiel von 1942 beruht, beleuchtet wird. 1952 entstand auch eine Verfilmung mit John Bentley und Christopher Lee.

Band 12   FRANCIS DURBRIDGE

Die Anhalterin

Kriminalroman

Vorwort, Nachwort, Übersetzung: Dr. Georg Pagitz

Der Spielwarenfabrikant David Walker nimmt in seinem eleganten Wagen eine hübsche junge Anhalterin namens Judy Clayton mit. Als das Benzin ausgeht, macht sich Walker zu Fuss auf den Weg zu einer Tankstelle. Als er zurückkommt, ist die junge Frau spurlos verschwunden. Einige Tage später taucht Kriminalinspektor Denson bei Walker auf und teilt ihm mit, dass Judy nur wenige Meter von der Stelle, an der David die Panne hatte, ermordet aufgefunden wurde. Zahlreiche Indizien deuten daraufhin, dass Walker die Frau schon länger kannte, obwohl dieser das bestreitet. Im Laufe der Ermittlungen gibt es weitere Tote und neben einem Lippenstift spielen auch ein Schlüsselbund und eine Sofortbildkamera eine wichtige Rolle ...

Dieser Kriminalroman aus dem Jahr 1977 liegt erstmals in einer deutschen Übersetzung vor. Er basiert auf Francis Durbridges Originaldrehbuch zu dem 1971 gedrehten BBC-Dreiteiler *The Passenger*, der synchronisiert unter dem Titel *Die Spur mit dem Lippenstift* ausgestrahlt wurde. Im ausführlichen Vor- und Nachwort des Übersetzers wird auf die Entstehungsgeschichte eingegangen und auch erklärt, wieso 1971 in der BRD keine deutsche Verfilmung dieses Stoffs entstand. Auszüge aus Durbridge-Interviews, Hintergründe über die Miniserie und deren französische Adaption sowie ein 2015 geführtes, exklusives Interview mit dem Regisseur Michael Ferguson, der *The Passenger* inszenierte, runden diesen Band ab.

Band 13   FRANCIS DURBRIDGE

Die Frau im Hintergrund

Kriminalroman

Vorwort, Nachwort, Übersetzung: Dr. Georg Pagitz

Torcombe, an der Küste von Cornwall. Der ehemals als Kriminalreporter in der Fleetstreet tätige Roy Burton hat sich hierher zurückgezogen, um an einem Buch zu arbeiten. Gemeinsam mit Hund Angus lebt er in einer einfachen Hütte an der Küste. Eines Tages nähert er sich bei einem Spaziergang einer verlassenen Zinnmine und wird niedergeschlagen. Als er wenig später erwacht, erzählt ihm eine gewisse Karen Silvers, dass er sich in der Mine befinde. Sie leitet dort ein geheimes wissenschaftliches Projekt der Regierung. Es geht um den Bau einer Atomrakete, die so stark ist, dass sie ganz London oder New York zerstören könnte. Die Wissenschaftlerin erklärt, dass die Arbeiter in der Mine allerdings nichts davon wissen oder nur soviel als nötig. In der Umgebung scheint sich der gefährliche Kriminelle Fabian Delouris zu befinden, der schon einen Mitarbeiter entführt hat. Gemeinsam mit gefährlichen deutschen Ex-Nazis will er die Rakete stehlen und damit die Weltherrschaft erlangen. Karen und ihr Vorgesetzter, Chefinspektor Leyland, bitten Roy daraufhin um seine Mithilfe bei der Bekämpfung der Organisation. Bald darauf werden auf Roy mehrere Mordversuche verübt und die Ehefrau und Tochter eines Pubbesitzers verschwinden spurlos. Alles deutet daraufhin, dass die kriminelle Organisation ihr Hauptquartier in einer verlassenen Abtei aufgebaut hat, zu der mehrere unterirdische Tunnel führen …

Die Frau im Hintergrund stellt unter mehreren Gesichtspunkten eine Besonderheit dar und liegt erstmals in deutscher Übersetzung vor. So ist es der einzige Kriminalroman von Francis Durbridge, der nicht nach dem Whodunit-Muster gestrickt und in dem der Täter von Anfang an bekannt ist. Eine spannende Abenteuergeschichte, in der die beiden Protagonisten gegen eine gefährliche, aus brutalen Nazis bestehende Organisation kämpfen, die die Weltherrschaft mit einer Atomrakete erzwingen will. Weltherrschaftsphantasien bewegten damals die Welt. Eine für den Autor untypische, aber spannende Geschichte mit interessanten und überraschenden Wendungen. Das Buch enthält ein interessantes Vorwort mit Hintergrundinformationen. Im Anhang werden sämtliche Bücher und Kurzgeschichten von Francis Durbridge aufgelistet und dessen Wirken als Romanautor beleuchtet. Inhaltsangaben und weitere Infos zu allen Romanen und Kurzgeschichten runden diese Ausgabe ab.

Band 14   FRANCIS DURBRIDGE

Vorsicht vor Johnny Washington!
Kriminalroman
Vorwort, Nachwort, Übersetzung: Dr. Georg Pagitz

Johnny Washington ist ein junger amerikanischer Gentleman, der nach Kent gezogen ist, um das Leben zu genießen. Eigentlich will er nur dem süßen Nichtstun nachgehen und seine Zeit mit Fischen verbringen, doch eine Serie von Verbrechen ruft ihn auf den Plan. Eine Bande Krimineller verübt diese nämlich unter seinem Namen und lässt am Tatort Visitenkarten mit dem Aufdruck »Mit besten Grüßen von Johnny Washington« zurück. Das kann der Amerikaner nicht auf sich sitzen lassen. Die Zeitungsreporterin Verity Glyn ermutigt Johnny dazu, sich auf den Fall zu stürzen. Gemeinsam mit dem geheimnisvollen Horatio Quince, einem pensionierten Lehrer, jagt er den mysteriösen Hintermann, der die Morde und Verbrechen organisiert und der sich hinter dem Decknamen »Grauer Elch« versteckt.

Dies ist der letzte nicht auf Deutsch übersetzte Roman von Francis Durbridge. Die Geschichte hat der Autor von seinem ersten Temple-Abenteuer entlehnt und sie überarbeitet. Neuer Protagonist ist Johnny Washington, der Held einer seiner Radioserien.

Zwanzig Minuten von Rom entfernt liegt der Ort Tolero. Welche Rolle spielt er in einem mysteriösen Fall, in den der Wissenschaftler Geoffrey Ryder verwickelt ist? Der Mann steht unter Mordverdacht und besteht darauf, Alan Quinton vom MI5 zu sprechen. Nur ihm will er seine ganze Geschichte erzählen. Den Mann, den er ermordet haben soll, Walter Smedley, lernte er in einem teuren Pariser Nachtclub kennen. Er half ihm dort aus der Bredouille, woraufhin Smedley ihm anbot, während seiner eigenen Abwesenheit in seiner Londoner Wohnung unterzukommen. Ryder nimmt dankend an. Das ist der Beginn einiger mysteriöser Ereignisse. Welche Rolle spielt das goldene Zigarettenetui, das Smedley unbedingt wiederhaben will? Und warum befanden sich auf einem Mikrofilm Fotos von einer Fahrkarte für den Schlafwagen nach Rom und eine Aufnahme einer Landkarte, auf der der Ort Tolero eingezeichnet ist und auf der oberhalb handschriftlich die Notiz »Zwanzig Minuten von Rom« gemacht wurde? Einige verdächtige Personen tauchen auf. Geht es am Ende gar um Spionage und Ryders Versuch, als Chemiker im streng geheimen Forschungszentrum Stanfield unterzukommen?

Dieses unverfilmte Drehbuch stammt aus dem Jahr 1954. Es handelt sich dabei um eine ganz typische Francis-Durbridge-Geschichte mit jeder Menge Verwirrungen. Der Autor beweist hier, dass er nicht nur serielles Erzählen beherrscht, sondern auch innerhalb eines 90-Minuten-Films sein Publikum ganz schön raffiniert verwirren kann. Als übliche Zutaten gibt es einige überraschende Wendungen und die üblichen mysteriösen Gegenstände, wie ein goldenes Zigarettenetui und einen Mikrofilm, auf dem sich unerklärliche Fotografien befinden.

Dr. Mark Fenton behandelt im Londoner St. Matthews' Krankenhaus einen Mann namens Charles Constance. Er wurde bei einem Autounfall schwer verletzt, der Lenker beging Fahrerflucht. Constance liegt noch im Koma, als plötzlich eine gewisse Miss Freeman bei Fenton auftaucht, die sich für den Gesundheitszustand des Opfers interessiert. Als Constance erwacht, behauptet er, diese Frau nicht zu kennen. Noch erstaunter ist er über das zerbrochene Hufeisen, das sich auf einem Blumengesteck befindet, das sie ihm mitgebracht hat. Als der Mann wenig später entlassen wird und nicht zur Kontrolluntersuchung erscheint, stellt Fenton einen Brief zu, den Constance bei ihm hinterlassen hat. Dabei entdeckt er in einem Appartement die Leiche von Mr. Constance. Auf dem Spiegel befindet sich ein gemaltes zerbrochenes Hufeisen.

Mit dem Drehbuch zu diesem Sechsteiler legte Francis Durbridge 1952 den Grundstein als erfolgreicher Fernsehkrimiautor. Es war die erste von insgesamt zwanzig mehrteiligen Serien für die BBC, elf davon wurden auch in Deutschland verfilmt. *Das zerbrochene Hufeisen* war nicht darunter und erlebt somit seine deutschsprachige Premiere.

Band 17   FRANCIS DURBRIDGE

Operation Diplomat
Drehbuch für einen sechsteiligen Kriminalfilm
Vorwort, Nachwort, Übersetzung: Dr. Georg Pagitz

Der renommierte Arzt Dr. Mark Fenton wird von einer Unbekannten gebeten, einen Patienten zu behandeln. Fenton steigt in einen Krankenwagen ein und stellt fest, dass der Wagen leer ist. Ein weiterer Mann mit Pistole sitzt darin und erklärt, es handle sich um eine wichtige Operation. Die Reise, die Fenton in dem verdunkelten Wagen absolviert, dauert mehrere Stunden. Er wird in eine mysteriöse Villa gebracht wird. Dort ist in einem Raum ein Operationssaal aufgebaut worden und ein Deutscher namens Schröder erklärt, dass ein kranker Mann dringend operiert werden müsse. Es handelt sich dabei um den bekannten Diplomaten Sir Oliver Peters, der seit einiger Zeit spurlos verschwunden ist. Der Patient spricht im Fieber von einem »Goldenen Tal«. Assistiert wird Fenton von einer bildhübschen Krankenschwester. Nach der erfolgreichen Operation verliert er das Bewusstsein.

Operation Diplomat hat Durbridges ersten TV-Serienhelden zum Protagonisten, den Mediziner Dr. Mark Fenton, der bereits in *Das zerbrochene Hufeisen* ermittelte. Das Drehbuch entstand 1952 für einen Sechsteiler der BBC, der wie alle anderen Krimis von Francis Durbridge zum Straßenfeger avancierte.

Band 18   FRANCIS DURBRIDGE

Die Teckman-Biographie
Drehbuch für einen sechsteiligen Kriminalfilm
Vorwort, Nachwort, Übersetzung: Dr. Georg Pagitz

Philip Chance, ein junger Schriftsteller erhält einen interessanten Auftrag: Er soll eine Story über Martin Teckman schreiben. Dieser junge Testpilot ist angeblich bei der Erprobung eines neuen Flugzeugmodells verunglückt. Bei seinen Nachforschungen lernt Philip die Schwester Teckmans kennen, die junge und besonders attraktive Helen. Von da an ereignen sich seltsame

Dinge, die darauf schließen lassen, dass sich irgendjemand von Teckmans Nachforschungen enorm gestört fühlt. Nicht nur, dass Gangster in seine Wohnung einbrechen, wenig später wird dort auch ein Mann ermordet aufgefunden. Es handelt sich dabei um den Konstrukteur des Versuchsflugzeugs, Mr. Garvin. Wenig später kommt es zu einem weiteren Mord: Ein Informant, der wichtige Informationen beschaffen wollte, wird ebenso von dem großen Unbekannten beseitigt ...

Die Teckman-Biographie erscheint erstmals auf Deutsch und ist die Übersetzung des gleichnamigen Drehbuchs von Francis Durbridge zu dessen dritten Fernsehmehrteiler. Neben einem interessanten Vor- und Nachwort, in dem auch auf den Kinofilm eingegangen wird, enthält das Buch außerdem ein exklusives Interview mit Alvin Rakoff, der den Mehrteiler 1953/54 im Alter von nur 26 Jahren inszenierte.

Band 19   FRANCIS DURBRIDGE
Paul Temple und der Fall Z.4
Skript für ein sechsteiliges Hörspiel
Vorwort, Nachwort, Übersetzung: Dr. Georg Pagitz

Paul Temple schreibt für die bekannte Schriftstellerin Iris Archer ein Theaterstück. Wenige Tage vor der Aufführung des Stücks tritt Iris von der Rolle zurück. Als sich Paul und Steve nach Schottland begeben, um dort Urlaub zu machen, sind beide überrascht, dort auch Iris anzutreffen. Hat ihr plötzliches Auftauchen etwas mit dem geheimnisvollen Brief zu tun, den ein aufgeregter junger Mann Paul Temple übergeben hat, mit der ausdrücklichen Anweisung, ihn John Richmond zu übergeben? Was hat der rätselhafte Dr. Steiner mit den Ereignissen zu tun? Und wer verbirgt sich hinter dem Codenamen Z.4? Auch im Urlaub ist Temple auf der Spur einer geheimnisvollen Spionageorganisation, die vor Mord nicht zurückschreckt.

News of Paul Temple, so der Originaltitel dieses Hörspiels, wurde 1939 ausgestrahlt. Das Manuskript dazu galt lange als verschollen, kann nun jedoch erstmals mit vielen Hintergrundinformationen auf Deutsch veröffentlicht werden.

Band 20   FRANCIS DURBRIDGE
Paul Temple und der Fall Sullivan
Skript für ein achtteiliges Hörspiel
Vorwort, Nachwort, Übersetzung: Dr. Georg Pagitz

Joyce Raymond wendet sich mit einer Bitte an Paul Temple, der gerade nach Kairo reisen will. Er möchte doch einem Mann namens Richard Sullivan, der dort bei einer Ölgesellschaft arbeitet, seine Brille mitzunehmen, die er bei ihr vergessen hat. Temple will der jungen hübschen Dame diesen

Gefallen gerne tun und akzeptiert. In Plymouth, wo die Temples am nächsten Tag übernachten, erfährt der Kriminalschriftsteller schließlich, dass Miss Raymond ermordet wurde. Nicht genug damit, auch im Nebenzimmer der Temples findet sich eine Leiche. Von da an bemühen sich alle Personen, die den Temples auf der Reise nach Kairo über Süditalien begegnen um die mysteriöse Brille, an der allerdings von der Polizei nichts Seltsames festgestellt werden kann …

Dieses spannende Originalmanuskript erscheint erstmals auf Deutsch und stammt aus dem Jahr 1947. Die BBC-Aufnahmen aus den Jahren 1947/48 existieren nicht mehr, weshalb der britische Sender 2006 ein Remake produzierte. *Paul Temple und der Fall Sullivan* führt die Temple-Fangemeinde weit weg von der Themse: Durbridge beweist, dass seine Storys auch in Süditalien und Ägypten bestens funktionieren.

+ +

IN VORBEREITUNG

+ +

Band 21   FRANCIS DURBRIDGE

Das Messer

Drehbuch für einen dreiteiligen Kriminalfilm

Vorwort und Nachwort: Dr. Georg Pagitz

Spezialagent Jim Ellis soll den Mord an einer Mitarbeiterin des Secret Service aus Hongkong klären, deren Leiche in einem walisischen Ort aufgefunden wurde. Alle Spuren führen in das Hotel Ivanhoe, das einer gewissen Mrs. Corby gehört. Dort hat die Ermordete zuletzt gelebt. Ellis bekommt es mit einer Vielzahl von Verdächtigen und einem Mörder zu tun, der für seine Taten einen chinesischen Dolch verwendet. Weitere Spuren führen in das berüchtigte Hafenviertel von Cardiff, in das Büro eines zwielichtigen Immobilienmaklers und in ein einsames Haus im Wald namens Blackwood Cottage …

Diese Ausgabe gibt das Originaldrehbuch zu dem legendären deutschen Krimimehrteiler *Das Messer* von 1971 wider, den Rolf von Sydow mit Hardy Krüger in der Titelrolle inszenierte. Die Edition enthält außerdem ein umfangreiches Vor- und Nachwort, in dem erstmals die Produktionsgeschichte dieses Straßenfegers erzählt wird: von den Ursprüngen, als es noch eine Tim-Frazer-Geschichte war, über die Entwicklungsphasen bis hin zu den Dreharbeiten und den Reaktionen auf die Ausstrahlung.

+ +

IN VORBEREITUNG

+ +

IN VORBEREITUNG

Band 22 FRANCIS DURBRIDGE

Tim Frazer und das Rätsel von Melynfforest
Drehbuch für einen sechsteiligen Kriminalfilm
Vorwort, Nachwort, Übersetzung: Dr. Georg Pagitz

Tim Frazer erhält einen neuen Auftrag. Dieser führt ihn in das beschauliche Melynfforest in Wales, wo die Polizei den Mord an Elaine Bradford untersucht. Charles Ross informiert seinen Mitarbeiter zunächst darüber, dass die Ermordete eigentlich Thackeray hieß und für seine Auslandsabteilung in Hongkong arbeitete. Aber was tat sie in Wales und warum wurde sie ermordet? Die Spuren führen in ein Hotel namens St. Bride. Elaine Bradford (oder besser gesagt: Miss Thackery) verbrachte dort die letzten Tage ihres Urlaubs. Im Verlauf der Ermittlungen spielen ein Brieföffner, ein walisisches Volkslied und ein verschwundener deutscher Wissenschafter namens Kurt Lander eine wesentliche Rolle. Die meisten Verdächtigen sind außerdem im Umkreis von Mrs. Chrichtons Hotel zu finden.

Dieses Buch enthält erstmals in deutscher Übersetzung das Drehbuch zum dritten Tim-Frazer-Abenteuer, das zwar in England, aber nicht in der BRD produziert wurde. Francis Durbridge überarbeitete den Stoff erheblich, änderte Figuren und Ende und machte daraus den 1971 gedrehten Krimiklassiker *Das Messer*. Dank der vorliegenden Ausgabe können Fans erstmals die Urfassung mit der deutschen Variante vergleichen. Das Buch enthält ein informatives Vor- und Nachwort sowie als Bonus das von Durbridge für das Kino geschriebene, unverfilmte Treatment *Tim Frazer und die Melvin-Affäre*.

Band 23 FRANCIS DURBRIDGE

Porträt von Alison
Kriminalroman
Vorwort, Nachwort, Übersetzung: Dr. Georg Pagitz

Die Welt des Kunstmalers Greg Forrester bricht zusammen, als sein Bruder Lewis gemeinsam mit der bildhübschen Alison Ford in Italien in der Nähe von Sorrent tödlich verunglückt. Von da an überschlagen sich die Ereignisse. Alles dreht sich um eine geheimnisvolle Postkarte, die der Tote kurz vor dem Unglück noch verschickt haben soll, um ein mysteriöses Kennwort und um ein Gemälde der Toten, das Greg im Auftrag ihres Vaters malen soll. Bald gibt es auch eine Leiche: Es handelt sich dabei um das Modell Jill

Stewart, das im Kleid der verunglückten Alison Ford in Tims Wohnung aufgefunden wird. Von da an gilt Greg für Scotland Yard scheinbar als Hauptverdächtiger …

Dieser Kriminalroman aus dem Jahr 1962 basiert auf einem sechsteiligen Fernsehkrimi von Francis Durbridge aus dem Jahr 1955, der auch für das Kino verfilmt wurde. Erstmals erscheint das Buch, das zuletzt 1967 auf Deutsch aufgelegt wurde in einer ungekürzten Neuübersetzung mit zahlreichen Hintergrundinformationen und einem Vergleich mit Fernsehspiel und Kinofilm.

Band 24   FRANCIS DURBRIDGE

Mein Freund Charles
Kriminalroman

Vorwort, Nachwort, Übersetzung: Dr. Georg Pagitz

Der renommierte Arzt Dr. Howard Latimer schlittert in einen mysteriösen Kriminalfall. Alles beginnt damit, dass er für seinen Freund Charles Kaufmann, einen Filmproduzenten, die Schauspielerin Freda Velden vom Flughafen abholen soll. Diese wird am nächsten Tag ermordet in seiner Wohnung aufgefunden. Für Inspektor William Dane scheint der Mörder recht rasch klar zu sein: Er verdächtigt Dr. Latimer. Dieser schlittert im Laufe der Ermittlungen immer tiefer in einen Sumpf aus Verdächtigungen und in einen Kriminalfall, in dem Rauschgiftschmuggel und Mord an der Tagesordnung stehen. Ein bronzener Kerzenhalter spielt außerdem eine wichtige Rolle. Schließlich stellt sich heraus, dass ein großer Unbekannter hinter allem steckt, ein Mann namens Hitton, dessen Gesicht niemand kennt …

Dieser Kriminalroman aus dem Jahr 1963 basiert auf einem sechsteiligen Fernsehkrimi von Francis Durbridge aus dem Jahr 1956, der 1957 auch für das Kino verfilmt wurde. Erstmals erscheint das Buch, das zuletzt 1967 auf Deutsch aufgelegt wurde in einer ungekürzten Neuübersetzung mit zahlreichen Hintergrundinformationen und einem Vergleich mit Fernsehspiel und Kinofilm.

Bei Williams & Whiting sind im englischen Original auch folgende Werke von Francis Durbridge erschienen:

1   *The Scarf* (Drehbuch für den Mehrteiler)
2   *Paul Temple and the Curzon* Case (Manuskript für die Radioserie)
3   *La Boutique* (Manuskript für die Radioserie)
4   *The Broken Horseshoe* (Drehbuch für den Mehrteiler)
5   *Three Plays for Radio Volume 1* (Originalmanuskripte)
6   *Send for Paul Temple* (Manuskript für die Radioserie)
7   *A Time of Day* (Drehbuch für den Mehrteiler)
8   *Death Comes to The Hibiscus* (Theaterstück)
     The Essential Heart (Manuskript für ein Hörspiel)
9   *Send for Paul Temple* (Theaterstück)

274

www.williamsandwhiting.com